La fille du samouraï

DU MÊME AUTEUR
DANS LA COLLECTION « CHEMINS NOCTURNES »
AUX ÉDITIONS VIVIANE HAMY

Baka!
Cobra
Techno bobo
Travestis
Sœurs de sang
Strad
Vox
Passage du désir
La fille du samouraï
Manta Corridor
L'absence de l'ogre

DU MÊME AUTEUR,
AUX ÉDITIONS J'AI LU

Travestis, *J'ai lu* 5692
Techno bobo, *J'ai lu* 6114
Sœurs de sang, *J'ai lu* 6573
Vox, *J'ai lu* 6755
Passage du désir, *J'ai lu* 8026

DOMINIQUE SYLVAIN

Née en 1957 à Thionville en Lorraine, elle débute sa carrière en tant que journaliste puis devient responsable de la communication interne et du mécénat chez Usinor. Après avoir vécu pendant une douzaine d'années à Paris, elle décide de s'envoler pour l'Asie où elle restera six ans, accompagnée de sa famille.
Elle séjourne pendant trois ans à Tokyo, métropole qui lui inspire son premier roman, *Baka !*, en 1995. C'est ensuite à Singapour qu'elle écrit *Sœurs de sang* et *Travestis*, respectivement en 1997 et 1998. De retour à Paris, elle se consacre pleinement à sa passion, l'écriture, et entame avec son roman *Passage du désir* l'aventure des enquêtrices Lola Jost et Ingrid Diesel. Ce roman sera couronné par le grand prix des Lectrices de *ELLE*. *Manta Corridor*, son troisième opus, après *La fille du samouraï*, est paru en 2006.
Elle est retournée vivre à Tokyo.

Dominique Sylvain

La fille du samouraï

J'AI LU

Il y a beaucoup de façons de parler de la télévision. Mais dans une perspective « business », soyons réalistes : à la base, le métier de T F1, c'est d'aider Coca-Cola, par exemple, à vendre son produit. Or pour qu'un message publicitaire soit perçu, il faut que le cerveau du téléspectateur soit disponible. Nos émissions ont pour vocation de le rendre disponible : c'est-à-dire de le divertir, de le détendre pour le préparer entre deux messages. Ce que nous vendons à Coca-Cola, c'est du temps de cerveau humain disponible.

Patrick Le Lay

La vision de l'esprit ne commence d'avoir un coup d'œil perçant que lorsque celle des yeux se met à perdre de son acuité.

Platon

1

Taim san i go daun i gat bikpela singsing. Voilà comment un Papou vous invite à faire la fête au coucher du soleil. Sa langue chante, sa langue danse, elle sent bon l'oiseau de paradis, la mangrove, le poisson-clown, le canoë. Depuis sa découverte d'un lexique franco-pidgin dans la benne jaune de son immeuble, Alice s'imaginait en partance. Elle se rêvait sur le tarmac, prête à embarquer pour la Nouvelle-Guinée, prête à partir s'oublier dans les couleurs d'un ailleurs inconnu.

Bien joli tout ça mais il était temps de s'agiter, son client l'attendait porte Maillot. Alice referma le lexique à regret. Pour commencer, l'armoire à pharmacie, pensa-t-elle. Elle récupéra un comprimé contre la migraine, chercha en vain un médicament contre le mal d'estomac, mit le cap sur la douche. Elle se frictionna avec vigueur en fredonnant sur un air de sa composition : *Au coucher du soleil, on ira tous au dancing !*

Elle dissimula le bleu de ses yeux sous des lentilles de contact marron, se maquilla soigneusement. Quelques pensées lugubres profitèrent de l'occasion. Tu n'iras nulle part, dit son reflet à Alice, tu te morfondras à Paris parce que c'est la ville de Diego, Diego Carli, l'homme à la peau douce et au cœur de crin. Tu es une grande lâche d'un mètre soixante-huit, tes années disparaissent une à une dans le Grand Incinérateur. Et puis voilà, c'est comme ça et c'est tout. Ou peut-être pas. Un grain de volonté suffit parfois pour enrayer la mécanique, n'est-ce pas, ma petite Alice ? En hommage à ses rêves d'évasion, elle glissa le lexique dans son sac à main.

Elle fit un détour par la pharmacie du quai de Valmy. Le pharmacien était inconnu au bataillon et plus jeune que d'habitude, elle décida de le chambrer.

— Vous avez un patch contre les chagrins d'amour ?

— Euh, non... mais...

— Ça ne fait rien, donnez-moi un pansement gastrique à la place. S'il vous plaît.

Le garçon fouilla l'un de ces longs tiroirs maigres dont les pharmacies ont le secret, posa le médicament sur le comptoir et ne trouva plus ses mots.

— Combien vous dois-je ?

— Cinq euros soixante-trois, mais...

— Oui ?

— Excusez ma curiosité, mademoiselle, vous ressemblez terriblement à... enfin, c'est-à-dire que pendant quelques secondes, je vous ai prise pour Bri...

— Brigitte Bardot ! Bravo, bingo ! Vous associez maîtrise de la pharmacologie et sens de la physionomie.

Alice récupéra sa monnaie, fit bouffer sa chevelure telle l'inoubliable interprète de *Et Dieu créa la femme* puis quitta le pharmacien et sa pharmacie en ondulant des hanches, en agitant d'invisibles maracas pour rythmer sa chanson. *Au coucher du soleil, on ira tous au dancing !/Pour rien au monde je ne raterai le singsing !*

— Bardot ! Et puis quoi encore ! Non mais quelle culottée ! déclara une vieille dame, outrée.

— À vrai dire, j'avais cru reconnaître Britney Spears, dit le jeune pharmacien un rien chamboulé.

— Britney Soupir ?

— Une chanteuse américaine.

— Je ne connais pas Britney Soupir, mais cette belle petite blonde cause le parisien à la perfection, fit remarquer le mari de la dame.

— J'ai même pensé à une émission de caméra cachée, reprit le pharmacien.

— Vous avez raison ! C'est à cause de la télé tout ça, dit la dame. Les jeunes se croient en représentation. Et puis vous avez remarqué comment parlent les présentateurs ? Sans compter ces déballages d'intimités variées devant tout le monde. Moi, je dis que ça nous fait du mal. À la longue.

— Ça nous chamboule grave le mental global, admit le pharmacien encore remué par sa rencontre.

— Vous parlez comme à la télé, dit le mari de la dame.

De retour quai de Valmy, Alice ouvrit la boîte avec impatience et avala le gel rose. Il fallait le reconnaître, hier elle avait forcé la dose. L'animation de fêtes familiales avait ça de bon et de mauvais à la fois : les clients vous offraient toujours à boire. Cela permettait de supporter leur progéniture. En milieu de soirée, ces mômes gâtés pourris l'avaient virée du podium pour installer leur karaoké. Quel était désormais l'intérêt de faire le sosie de Britney en play-back quand tout le monde s'éclatait en chantant du Jean-Jacques Goldman à pleins poumons, et faux en plus ?

Elle prit le métro à la gare de l'Est, le quitta station Porte-Maillot et descendit le boulevard Gouvion-Saint-Cyr. La tour de l'*Astor Maillot* grandissait au fil de ses pas. Un des rares buildings dignes de ce nom à Paris ; certains jours, Alice avait la sensation de vivre dans un musée. La découverte du lexique avait bel et bien ranimé l'idée de s'exporter vers un ailleurs plus vibrant. Et le plus loin possible de Diego.

Elle pénétra à l'*Astor Maillot* sous l'œil appréciatif du portier et partagea l'ascenseur avec des Américains. Ils entamèrent la conversation, prêts à lui demander si elle était bien leur chanteuse mais son accent les détrompa. Elle se présenta comme la présidente du fan-club français de Britney Spears comptant huit mille cinq cent quatorze blondes dont pas mal de travestis, et les touristes dégustèrent l'histoire avec délice. Elle les quitta au 34ᵉ étage, en même temps qu'un ado en partance pour la piscine qui lui proposa un verre au bar du 46ᵉ. Elle lui répondit que ce serait avec plaisir dès qu'il aurait atteint l'âge légal.

C'était la première fois qu'un client lui louait une chambre en guise de loge. Elle avait soupçonné un plan glauque, un pervers qui aurait eu envie de sauter Britney Spears en douce. Et puis le nom de Pierre Maréchal lui était revenu en mémoire. Le ponte d'une compagnie financière. Elle avait déjà animé l'anniversaire de son fils Gildas, à Neuilly. Aujourd'hui, le gamin fêtait ses douze ans et aimait toujours autant Britney.

Elle avait comme d'habitude proposé d'immortaliser l'événement sur DVD, et Maréchal avait accepté sans mégoter sur le prix. Alice pensa au cousin Jules. Pourvu qu'il arrive à l'heure et fasse son travail correctement. Il ne jurait que par le journalisme, difficile de lui faire admettre qu'un souvenir familial se fignolait autant qu'un reportage télé.

À travers la paroi en verre du club de fitness, on voyait des gens soulever de la fonte, barboter dans la piscine. L'ado faisait mine de lire le programme en lui jetant des regards à la dérobée. Alice lui adressa un petit signe d'adieu. Elle glissa la carte magnétique dans la serrure, et entra dans la 3 406.

Elle laissa la porte entrouverte, rapide issue de secours potentielle, fit l'état des lieux pour vérifier qu'aucun maniaque ne se planquait dans un placard. Parfait, rien à signaler. Sauf une chambre élégante et des attentions délicates. La baignoire emplie d'eau parfumée, une bouteille de Cristal de Rœderer, une assiette de boudoirs rosés. Et un bouquet composé. Magnifique mais un rien étrange. Des fleurs des champs mêlées à des lys.

Elle verrouilla, mit la chaîne de sécurité, décida qu'une gueule de bois pouvait se soigner de la manière forte et se servit une coupe de champagne. La bouteille dans une main, la coupe dans l'autre, elle pénétra dans la salle de bains. L'odeur du bain moussant concurrençait celle des fleurs. Ça sentait bon l'île lointaine, le sable chauffé à blanc, le pidgin pour tous. Elle trempa le bout d'un orteil. La mousse était dense comme une douzaine d'œufs d'autruche battus serré mais l'eau trop tiède. Alors Maréchal, tu imaginais ton bain patientant pour moi à la bonne température ? Elle remplit à nouveau sa coupe, le champagne était délicieux.

Elle retourna dans la chambre pour profiter du panorama. Vu d'ici, Paris avait beaucoup plus de gueule. L'Arc de Triomphe était tout blond dans le soleil radieux, et la trouée du boulevard Pereire dessinait une chenille géante, d'un vert fluorescent. Le gâteau en sucre du Sacré-Cœur chavirait. Alice imagina un énorme cœur sanglant palpitant dans l'édifice au point de faire trembler ses murs.

Sur le périphérique, les voitures, scarabées brillants. Une cohorte d'insectes sous amphétamines tournant sans arrêt autour de Paris, et en plus dans les deux sens. Et les passants fourmis. Où était Jules dans cette fourmilière ? Alice aurait pu lui offrir une coupe avant le show. Mais ce moment de paix était trop appréciable. Et puis le cousin n'avait jamais été un rigolo. Il filmait la réalité parce qu'il ne savait rien proposer en échange.

Elle porta un toast imaginaire au cousin Jules et à toutes les fourmis qui gigotaient trente-quatre étages plus bas. L'alcool lui aiguisant les idées, elle imagina Paris peuplé de Diego. Dieu l'avait cloné et il vivait partout, travaillait dans chaque hôpital, chaque bureau, prenait le métro dans toutes les stations à la fois, quarante-cinq mille fois par jour, se laissait apercevoir sur les bancs publics, derrière les vitrines des cafés, les colonnes Morris. Même les mémères à chiens étaient des Diego. Les conducteurs d'autobus, les portiers d'hôtel étaient d'authentiques Diego. Et tous les touristes et tous les cousins Jules. Il y avait tellement de Diego qu'on espérait enfin l'overdose, celle qui donnerait la force de rallier les terres australes et les mers du Sud au lieu de pleurer sur un garçon bien trop tout pour vous.

En attendant, il fallait faire le show. Il fallait recréer Britney pour le petit Gildas. Quel âge avait-il déjà ? Et l'heure, quel âge avait l'heure ? Alice regarda sa montre. Elle était bizarre. Nacrée, sculptée dans un coquillage de l'île lointaine.

Elle s'éloigna de la fenêtre, de la ceinture de scarabées sortis tout droit de tombes égyptiennes fracassées par des brigands et qui encerclaient la ville à l'insu de ses habitants, de cette chenille intoxiquée au plutonium. Il ne fallait pas être en retard. Maréchal de Fric City attendait.

Ses vêtements tombèrent sur la moquette dans un petit bruit d'ailes de papillon noir. Elle enfila la robe pailletée, les chaussures argentées. Et Britney Spears lui adressa la parole.

— Bonjour, Alice ! Comme c'est gentil d'être venue.

— C'est bien naturel, c'est mon métier, Britney.

— Tu es belle.

— Non, pas tant que toi.

— Mais si, puisque nous sommes exactement pareilles.

Alice eut envie de répondre que non, elles n'étaient pas tout à fait pareilles. Britney était beaucoup beaucoup beaucoup plus riche. Mais il aurait été impoli de parler comme ça à Britney Spears. Et surtout, et surtout que, que Britney venait d'arriver. Eh oui, elle était là en personne. Simplement elle était passée par la fête, euh... non, par la fenêtre, mais c'était bien normal. Alice avait toujours pensé que Britney Spears était une fée.

Elle avait voleté dans le ciel de Paris, puis elle était entrée en souplesse, le vent agaçant ses cheveux dorés, ses dents blanches comme une montre de nacre, et Alice avait eu le temps d'apercevoir sa culotte en dentelle.

Britney passa derrière Alice, alors Alice se retourna. Un homme trempé se tenait au milieu de la pièce. Et Britney avait disparu.

L'homme posa sa main sur la joue d'Alice. C'était une main mouillée. Alice pensa : cet homme ne peut être que Diego. Le Diego de la ville des Diego. Il s'avança vers la fenêtre et désigna le ciel. Dans ce ciel pâle, Britney Spears était de retour et nageait ou dansait. On ne savait pas trop. En tout cas, elle souriait. Mais ce n'était pas pour Alice, c'était un sourire gratuit, pour personne en particulier. Alice sentit une angoisse rouge innerver son corps. On avait remplacé son sang par une matière en combustion. Ça allait chauffer. La fenêtre du Grand Incinérateur était ouverte. Diego le clone voulait qu'elle y entre. D'ailleurs, il le lui disait.

— Viens, Alice, viens, c'est le moment de faire ton numéro.

Britney, gamine insouciante, nageait dans le ciel d'émail et dansait comme jamais elle n'avait dansé et chantait comme une sirène des airs.

Quant à Alice, elle n'avait plus aucun moyen de résister à la voix de ce Diego.

La caméra enregistra la chute jusqu'à l'écrasement sur le toit d'une voiture.

— C'est horrible ! gémit une femme.

— Maman ! C'est Britney Spears ! dit une gamine avant de fondre en larmes.

— Mais non, Clotilde. C'est quelqu'un d'autre.

— Il faut appeler la police, dit un vieil homme.

Zoom sur ces gens puis sur le corps.

— Ça va pas la tête ! Vous êtes malade de filmer cette pauvre fille !

L'homme se mit à lui bourrer les côtes. Ses coups devinrent teigneux.

— Arrête ça tout de suite ! JE VAIS TE BOUSILLER TA PUTAIN DE CAMÉRA, PETIT SALOPARD !

Le portier arrivait en courant. Des employés en uniforme de l'*Astor Maillot* suivaient. Un homme appelait la police.

La fillette qui avait cru reconnaître sa chanteuse favorite dévisagea le cameraman. Un barbu habillé comme un rappeur. Il était pâle mais ses mains ne tremblaient pas. Le jeune homme détourna la tête avant de partir vers l'avenue des Ternes, sa caméra serrée contre sa poitrine. Il s'éloigna sans se retourner sur la morte qui ressemblait comme une sœur à Britney Spears.

2

Posséder un tatouage dorsal englobant votre fesse gauche présentait un gros avantage : il permettait de ne pas se sentir trop nue une fois le dernier vêtement abandonné. Du moins, c'est ainsi qu'Ingrid Diesel vivait la situation alors qu'elle se déhanchait sur la scène du *Calypso*. Elle laissa glisser le string le long de sa cuisse, tel un petit animal caressant à peine apprivoisé, puis tourna le dos au public.

La musique n'arriva pas à couvrir les sifflets admiratifs et les encouragements des habitués qui retrouvaient enfin sur le dos de satin blanc la geisha, l'étang bordé d'iris et le banc de carpes joueuses, voire folâtres. Les nouveaux restèrent un temps interdits avant de mêler leurs cris à ceux des aficionados.

Et justement, cette nuit, Ingrid se sentait d'humeur espagnole. Elle était toréador. Mais aussi le picador, son cheval caparaçonné, le sable fauve de l'arène et, bien sûr, le taureau avec son envie féroce d'étriper tout ce qui lui passait sous les naseaux.

Elle avait mis au point une technique impeccable, une méthode Actors Studio du strip-tease. Avant d'entrer en scène, on intériorise. On prépare son numéro en inventant l'histoire à incarner le moment venu. Les possibilités étaient illimitées. Ingrid s'était déjà déshabillée en portant en elle une équipe de rugby au grand complet ainsi qu'un splendide ballon ovale et une pelouse d'un vert électrique. Cela fonctionnait également avec une équipe de foot. Ou un as du Tour de France, son vélo rutilant et le peloton accroché à ses basques. Elle s'était visualisée en alpiniste emmenant fièrement ses compagnons de cordée vers des sommets périlleux. Elle avait interprété tous les grimpeurs à la fois sans oublier les murs de granit, les pics blancs, le ciel, les aigles au regard d'inox, les pitons, les cordes et la tente de survie.

Sur scène, pour une mise à nu en solo, il ne fallait pas s'aventurer sans soutien. Le succès dépendait des amis qu'on avait invités dans son quant-à-soi. En somme, quand il n'y avait plus qu'une douce et fine couche d'épiderme pour vous séparer de l'attente du monde, il fallait être habitée de l'intérieur.

Fini l'habit de lumière, les banderilles : Ingrid n'avait plus à sa disposition que sa perruque rousse et ses sandales en Plexiglas. Le toréador était nu dans l'arène mais il lui restait sa cape rouge et il avait bien l'intention de l'agiter sous le soleil des projecteurs. Elle fit la roue, à plusieurs reprises. Les sifflets redoublèrent jusqu'à ce qu'elle retombe sur ses pieds, pile au centre de la scène, et toise son public dans une fière immobilité andalouse.

Alors, elle devint taureau. Ne fut plus qu'une roulée de muscles ardents, une machine à mettre à mort le toréador. À l'encorner, le rouler dans le sable, à piétiner son corps pané d'ocre. Il y eut du sang et des larmes et Ingrid termina un genou à terre, les mains en l'air manipulant d'invisibles castagnettes, des gouttes de sueur perlant sur ses seins, et dans le regard la paix empreinte de tristesse de celui qui a vaincu pour ne pas mourir.

Ce nouveau numéro de danse – c'est ainsi qu'Ingrid nommait ses strip-teases – se termina sur un franc succès : vivats, rappels, sifflements, éraillés à force de fuser, mais comme à l'accoutumée Ingrid ne revint pas. La prestation de Gabriella Tiger, dite la Flamboyante, était le numéro vedette du *Calypso*. Pas question de rassasier un client qui devait rester « un rien sur sa faim ». Ordre de la direction. C'est-à-dire de Timothy. Qu'Ingrid approuvait.

D'ailleurs elle approuvait l'attitude de Timothy Harlen en général. Son patron et compatriote n'était que business et détestait les privautés. Il s'adressait à ses filles avec déférence et veillait, en les payant très convenablement, à ce qu'elles ne soient pas tentées par des extra avec la clientèle. D'un naturel constant et systématique, il licenciait sur-le-champ celles qui enfreignaient la règle. Mandy, l'Australienne repérée avec un client, en avait fait les frais. Elle avait eu beau pleurer contre son smoking, Timothy avait été d'une douceur inflexible. Maîtrisant les subtilités de la langue française aussi bien que celles de la cohabitation avec les flics de la Mondaine, il lui avait expliqué qu'il la congédiait parce que le *Calypso* était un établissement « canaille, certes, mais qui devait à tout prix rester classe ».

Ingrid ramassa son fourreau rouge, ses bas, ses sous-vêtements, son boa mauve et rejoignit les coulisses où elle s'enveloppa dans son peignoir à l'inscription *Calypso* en arc de cercle doré. Virginia, sa consœur californienne, la salua en lui faisant le signe de la victoire. Dans le couloir menant à sa loge, elle croisa la remplaçante de Mandy, Carlota, une Jamaïquaine traqueuse mais splendide qui avait su se gagner les faveurs du public en un rien de temps.

Ingrid eut la désagréable surprise de trouver Enrique adossé à la porte de sa loge. Dans l'équipe de sécurité, il était le seul qu'elle ne pouvait pas souffrir. Un garçon blasé du visage et des idées. Une sensibilité de coffre-fort, une conversation de bûche. Les filles qui parlaient français le surnommaient Enrique la trique, les autres *Enric'the prick*.

— Que me vaut l'honneur ? demanda-t-elle d'un ton doucereux.

— Y a des fleurs dans ta loge.

Il marqua une pause et en profita pour enfourner un de ses éternels chewing-gums fraise-banane et se bricoler une expression impénétrable.

— Y a un mot avec les fleurs. Ça dit « pardon », c'est signé Ben. J'espère pour toi que ce mec est pas un client.

— Tu espères juste.

— Timothy ne veut pas d'histoires avec la clientèle. Tu sais ça.

— Et moi, je ne veux pas d'histoires avec Timothy. Ça tombe bien. Ben est mon ex, et ça s'arrête là.

Toujours glué à la porte, Enrique hocha la tête avant de concentrer son attention sur l'extincteur comme s'il devait lui révéler le sens de la vie. Ingrid prit son mal en patience. Enrique était le cousin de l'épouse de Timothy, sa seule faiblesse, et surtout un type qui abusait des séries B. Il se fabriqua un revolver imaginaire et la visa au cœur avant d'appuyer sur la détente en mimant un bruit de détonation. *Stupid motherfucker*, pensa-t-elle alors qu'il repartait enfin d'où il était venu. Elle resserra son peignoir et entra dans sa loge.

Un volumineux bouquet de roses rouges attendait sur la coiffeuse et le billet était bien de Ben. Elle enleva sa perruque. Redevenue blonde et redevenue Ingrid Diesel, elle resta un instant immobile face à son reflet, sa colère s'atténuant au profit de la tristesse. Toutes les fleurs du monde ne changeraient rien à l'affaire : elle avait quitté Benjamin Noblet et ne comptait pas revenir sur sa décision. Il avait commis une erreur irréparable en décidant de l'espionner et de mettre au jour sa seconde vie. Il avait osé la suivre et se mêler à la foule du *Calypso*. Or, à part Lola Jost et Maxime Duchamp, personne n'était autorisé à savoir que Gabriella Tiger, strip-teaseuse dans le 9e arrondissement, et Ingrid Diesel, masseuse dans le 10e, étaient une seule et même femme.

Elle se démaquilla, remit ses vêtements civils et fit cadeau des capiteuses roses rouges à Carlota.

3

Le lendemain matin, dans son cabinet de massage, Ingrid Diesel portait son débardeur fétiche « *I'm an angel, what about you ?* », mais ses effets rassurants semblaient inopérants. Pour alléger sa mélancolie, elle entreprit de la dissoudre dans l'universel. Elle compara nos tracas à des navires, qui, à défaut de triangle des Bermudes, s'échouaient dans un archipel non moins fatal, le trapèze tourmenté des muscles liant nos omoplates à notre colonne vertébrale. Pour le moment, allongés sur une serviette-éponge et dans la quiétude d'une musique balinaise, Maurice Bonin et son trapèze gorgé de soucis se plaignaient en silence.

Quelques minutes passèrent, rythmées par les carillons indonésiens, et puis le vieil homme chiffonna la tranquillité.

— Ah… si j'avais le temps, tu me masserais tous les jours, Ingrid…

— C'est vrai que c'est bien plus tendu que d'habitude, Maurice. Trop de stress avec tes apprentis comédiens ?

— C'est ma fille qui me tracasse. Elle s'est entichée d'un hidalgo.

— Un *hidalgo* ?

— Un séducteur espagnol, quoi. Un vrai, avec l'œil charbon noir, l'accent roucouleur et tout.

— Tu l'as rencontré ?

— Bien trop souvent mais seulement à travers les récits de ma fille. Elle affirme « que c'est un garçon très cool, à la suavité en béton ». Eh bien ce type très cool ne veut plus d'elle. En conséquence, Alice s'est mise à forcer sur les spiritueux et les excentricités. Et cette nuit, elle a découché. Je le sais, on habite le même immeuble. J'espère que ce n'était pas pour pleurer sur le palier de ce gommeux.

— Ça fait longtemps ?

— Des mois.

— *Fuck !*

— Comme tu dis. Alice imagine qu'elle réussira à le reconquérir. J'ai essayé de la raisonner. Peine perdue. Heureusement, elle s'accroche à son métier. Elle travaille pour *Paris est une fête*. Une société d'organisation d'anniversaires, mariages, communions, bar-mitsva et j'en passe. Elle a un numéro de sosie de Britney Spears. C'est toujours ça, en attendant un rôle sérieux dans une comédie musicale.

Ingrid réfléchit : ce devait être dur de devenir quelqu'un si l'on était le portrait craché de quelqu'un d'autre. Il aurait peut-être mieux valu ne ressembler à personne. Ou alors à peine.

— Elle lui ressemble tant que ça ?

— Elle se teint en blonde jet-set et met des lentilles de contact pour cacher ses yeux bleus, un bon coup de maquillage et le tour est joué.

— Et l'hidalgo, c'est un artiste lui aussi ?

— Penses-tu ! Un infirmier. Il y a un monde entre elle et lui. Aucune raison que ça marche.

— Comment l'a-t-elle connu ?

— Par ma faute. De temps à autre, Alice accompagne ma troupe d'amateurs à Saint-Félicien pour remonter le moral des malades. Et ce type, ce Diego Carli qui travaille aux urgences, lui a tapé dans l'œil...

— Et dans le cœur.

— Eh oui ! Ma fille, c'est l'impétuosité incarnée. En amour, ça coûte cher. Bien sûr, mon Alice vit trois vies pendant que le commun des mortels n'en voit passer qu'une. Mais elle se fait mal. Dans le temps, ça inquiétait ma femme. Alice ne foutait rien en classe, alors qu'elle était douée pour les langues et la géographie. Elle se faisait enguirlander par les profs, et se grillait avec ses camarades à force de leur sortir leurs quatre vérités. Les psys ont parlé d'hyperactivité, ils ont voulu lui donner des médicaments. J'ai dit stop, les gars. Laissez mon Alice en paix et retournez à vos petites mesures de normalité grise.

Ingrid abandonna les reins de Maurice pour se consacrer à ses jambes. Elle l'avait rencontré aux *Belles de jour comme de nuit*, le restaurant de Maxime Duchamp. Depuis, le vieil homme avait naturellement trouvé sa place dans son cercle d'amitiés. Pour Ingrid la bourlingueuse, qui après des années d'errance plantait enfin ses racines à Paris, les amis formaient une famille d'adoption dont l'épicentre était le restaurant du passage Brady. À quelques encablures de celui du Désir où elle extirpait leurs cargaisons de soucis aux trapèzes endoloris. Le style de Maurice lui avait plu d'emblée. Comédien retraité, celui que certains surnommaient Papy Dynamite avait un caractère aussi bouillant qu'attachant. On disait qu'il avait abandonné la scène lorsque ses trous de mémoire avaient atteint le gabarit de ses coups de gueule. En tout cas, à la MJC de la rue du Delta, les participants de l'atelier théâtre ne se plaignaient jamais de leur professeur.

— C'est dans ces moments-là qu'Alexandrine nous manque le plus. Alice aurait fini par écouter sa mère. Elle était bien plus jeune que moi, et il y avait une belle connivence entre elles. Je ne suis qu'un vieux bonhomme qui s'énerve vite. Alice tient de moi. On a des caractères de sangliers.

— Tu lui as donné le virus de la scène ?

— C'est pas ce que j'ai fait de plus malin. À six ans, elle nous faisait déjà du french cancan dans la cuisine et trépignait pour venir m'applaudir au théâtre. C'est une danseuse hors pair, mais aujourd'hui, si tu fais pas la Star Académie ou la Ferme Trucmuche et si t'es pas lèche-cul patenté, c'est râpé. Y a plus que les faux rebelles pour faire bander l'audimat. Les vraies natures, on n'en veut plus.

Ingrid massa Maurice plus longtemps que d'habitude. Antoine Léger devait patienter dans la salle d'attente, en compagnie de son chien Sigmund, pour son massage thaï hebdomadaire, mais il comprendrait. De toute façon, Antoine était psychanalyste et comprenait toujours tout. Et Sigmund aussi.

— Une nuit, j'ai rêvé que j'exterminais l'Hispanique. Je le poussais et il disparaissait dans un puits.

— Un rêve éveillé ?

— Non, un vrai rêve endormi. C'est peut-être ça la solution : tuer les emmerdeurs en rêve.

— Peut-être.

— Et toi, Ingrid, c'est quoi ta recette anti-coups durs ? Tu ne te masses pas toi-même, je suppose.

— Au *Supra Gym* de la rue des Petites-Écuries, je galope comme une perdue.

— Ah bon ?

— Oui, sur un tapis mécanique. Je soulève aussi de la fonte avec frénésie et je ne rate jamais un cours de body-combat.

— Et ça marche ?

— Plus ou moins.

— Moi, je fais du kendo.

— L'escrime japonaise !

— Même les vieillards cacochymes peuvent la pratiquer.

— Caco quoi ?

— Ça signifie chenu, décati, très âgé quoi. Tel que tu me vois, je me fais régulièrement le coup du vieux samouraï occidental. C'est un bon entraînement pour la scène. Le souffle, la posture, tout ça.

— Quelle coïncidence ! Je rêve d'aller un peu barouder au Japon avec Lola, mais elle joue les casanières.

— *Barouder* ? Jolie invention. Ah, Lola, elle est si sympathique…

Ingrid avait deviné depuis un moment ce qui allait suivre.

— Crois-tu qu'elle accepterait de m'aider ?

— Bien sûr, Maurice. J'allais te le proposer.

— Il faudrait qu'on arrive à savoir si cet emmanché s'amuse avec ma fille. Parce qu'il n'y a pas de raison qu'avec son caractère, Alice ait tant de mal à décrocher. Si ça se trouve, le bellâtre joue au yo-yo. Je reviens, je repars. Je dis oui à trois mignonnes à la fois. Si encore c'était beau comme du Marivaux, mais j'en doute.

— Eh bien, Maurice, Lola c'est le bon choix ! Elle n'est pas ex-commissaire pour rien.

— Elle nous montera une filature en deux coups les gros. Vu sa prestance, elle saura le questionner sans qu'il lui manque de respect. Bien entendu je paierai ses frais. Et je vous inviterai aux *Belles* pour un magistral gueuleton. Qu'en dis-tu, ma jolie ?

— Que j'attends ça avec impatience. J'ai l'intention de donner un coup de main.

— Si vous n'existiez pas, il faudrait vous inventer. L'une soulage, l'autre persuade.

— Je persuade aussi quelquefois.

— Vous n'avez jamais pensé créer une boîte de détectives ? L'agence Jost Diesel, ça sonne bien.

— Lola dit que ce métier c'est 92 % de constats d'adultère, 57 % de paperasse, 71 % de vide existentiel. Et seulement 1,2 % de rigolade. Et puis elle a ses crises de casanerie aiguë.

— Tu veux dire qu'elle est casanière.

Ingrid acquiesça. Ces derniers temps, Lola Jost se faisait rare et cultivait une attitude de vieille ourse en hibernation. Mais avec ce je-ne-sais-quoi dans l'atmosphère sautillant de visage en visage, et ces primevères en compétition avec les taupes pour trouer les mottes des squares, avec ce printemps qui piaffait d'impatience, elle n'aurait bientôt plus d'excuse pour se calfeutrer dans sa tanière. Ingrid s'était remise à travailler les deltoïdes de Maurice.

— Tu es la reine des masseuses ! lâcha-t-il avec un soupir d'aise.

Les carillons balinais distillaient leurs gouttelettes sonores et chatoyantes et tropicales, le soleil audacieux forçait son chemin à travers les stores et créait des colonnes de particules dansantes, tourbillons irisés. Passage du Désir, l'atmosphère était aussi esthétique que détendue. Cette sérénité résisterait-elle à un entretien avec Lola ? La meilleure stratégie consistait sans doute à la mettre dans de bonnes dispositions en lui proposant une escapade aux *Belles*.

4

Ingrid Diesel faisait face à Lola Jost de l'autre côté de leur table attitrée. De temps en temps, le ventre de Khadidja Duchamp interférait dans leur tête-à-tête. L'épouse de Maxime avait décidé de faire plusieurs voyages, ses talons claquaient vivement sur les carreaux ciment du restaurant. Elle avait apporté une carafe d'eau, puis le vin du patron et puis le petit tourniquet sel-poivre-moutarde. Elle revenait pour la corbeille de pain. Il y avait des femmes à qui leur future maternité donnait des ailes. Ou la bougeotte, c'était selon.

Autre nouveauté aux *Belles* : un poste de télévision. Khadidja, privée de castings pour le moment, compensait en suivant d'un œil les shows de téléréalité et autres émissions de variétés susceptibles d'ouvrir les portes de la renommée à de jeunes talents. Ingrid n'essayait plus de comprendre pourquoi les gens rêvant de célébrité étaient de plus en plus nombreux. Pour l'instant, c'était le journal télévisé qui ronronnait dans son dos, mais les mouvements violents du monde n'interrompaient pas sa conversation avec Lola. Les deux amies communiaient dans la joie d'un navarin d'agneau printanier. Le mois de mars n'en était qu'à son début, mais en cuisine Maxime Duchamp avait décidé de devancer l'appel, se fiant plus à la chanson du ciel et des fleurs qu'à celle du calendrier.

— Sublime, ce navarin, Lola.

— Tu l'as dit, ma fille. Fondant à souhait. Des petits navets nouveaux du tonnerre. Tu sais ce qu'a dit Baudelaire à ce sujet ?

— J'ignorais qu'il avait écrit des poèmes sur les légumes.

— *Tout homme bien portant peut se passer de manger pendant deux jours – de poésie jamais*. On a de la chance. Aux *Belles*, on a les deux. Mais bois donc un peu de vin.

— Merci, je reste à l'eau.

— En voilà une drôle d'idée.

— Si je bois, je ne pourrai plus faire efficacement du sport.

— C'est bien ça, le problème. Tu fais trop de sport.

— Ça me calme.

— Tu devrais essayer le vin du patron ; on sue moins mais on explore plus. Et puis il faut que tu assumes tes choix. Exit Benjamin. Un point c'est tout, et on tourne la page. Allez hop.

— Facile à dire.

— Bon, eh bien renoue avec lui. Allez zou.

— Facile à dire aussi.

Lola leva les yeux au ciel mais, dans une impeccable maîtrise des lois de la gravité, remplit son verre. La carafe étant aux trois quarts vide, Ingrid pensa que c'était peut-être le moment de transmettre la requête de Maurice Bonin. Après tout, Lola était bien placée pour comprendre. Elle tentait d'encaisser un coup dur : après de longues années en poste à Singapour, son fils, qui aurait dû rentrer en France, venait d'être muté à Tokyo.

— Maurice aimerait que tu l'aides, lâcha Ingrid.

— À quoi ?

— Éclaircir le jeu de cet infirmier.

— Ça veut dire quoi « éclaircir » ? Un coup de boule et trois baffes ? J'ai le genre para, d'après Maurice et toi ?

— Ne fais pas ta mauvaise tête. De toute façon, je lui ai dit que tu étais d'accord.

Lola s'immobilisa, le verre à hauteur des lèvres. Ingrid poursuivit courageusement :

— Tu as toutes les cartes dans ton jeu. Tu es flic sans l'être. Tu es une femme qui en impose. Tu pourrais être la grand… la mère de cette fille. Et surtout tu es une amie de Maurice, ce qui te donne le droit de fourrer ton nez dans ses affaires.

— Je le connais à peine.

— Tu exagères, Lola ! Aux *Belles*, on a partagé un poulet aux morilles avec Maurice ! On l'a arrosé avec un vin que *tu* as choisi. Si ça ne crée pas des liens !

— Maurice est plus ton ami que le mien.

— Tu sais bien que tous mes amis sont à toi.

— Ingrid, écoute-moi bien !

— *Yes.*

— Que tu tentes de me flatter, pas de problème, bien des naïfs s'y sont essayés, tu ne seras pas la dernière.

— *Yes.*

— Mais t'engager en mon nom, alors là ! c'est…

— Impardonnable ?

— C'est…

— Inexcusable ?

— C'est bas.

— Bas ?

— Oui.

— Pourquoi *bas* ?

— Tu me vois dire non à Maurice maintenant ? Me bricoler une excuse diplomatique ? Tu m'as acculée dans un coin, Ingrid. Un petit coin sombre. Et je déteste ça.

— Je savais que tu allais paniquer et j'ai tout prévu.

— Paniquer !

— À force d'hibernation, tu nous fais un rejet du monde extérieur.

— Tu es gentille, mais le vocabulaire psy tu le laisses à Antoine Léger et Sigmund. Même si ce chien n'est pas doté de la parole, il maîtrise ces notions mieux que toi. Explique-moi plutôt ce que tu entends par « j'ai tout prévu ». Que je coure me mettre aux abris en connaissance de cause.

— Tu règles l'affaire de Papy Dynamite. Et ensuite on part toutes les deux au Japon voir les sakura.

— Qu'est-ce que c'est que ces salades ?

— Je te parle des cerisiers en fleur.

— Je sais ce que sont les sakura, Ingrid. Et alors ?

— À Tokyo et Kyoto, la pleine floraison intervient à la fin mars. On visite ton fils et tes petites-filles et ensuite, pour ne pas les enquiquiner trop longtemps, on va pique-niquer sous les sakura en se goinfrant de sushis et de saké, comme les Japonais. J'ai un peu d'économies, toi aussi. Allez zou, comme tu dis. Mais il faut calculer notre coup car la floraison est éphémère. Après les fleurs, c'est le grand rien. Les pétales s'envolent inexorablement et survient la mélancolie de la neige de printemps. Les sakura ne font pas de cerises. Ce voyage sera ta carotte pour résoudre l'affaire Bonin.

— Ma pauvre fille. Mais il faut arrêter immédiatement tes séances au *Supra Gym*. C'est très dangereux. Regarde dans quel état tu t'es mise. Tu me parles de cerises et de carottes alors que même un topinambour a plus de jugeote que toi.

— Essaie donc d'être zen de temps à autre, Lola, *please !* Laisse-toi pénétrer par les idées des autres. L'intelligence sociale, ça existe aussi.

— Je corrige : une feuille de blette. Le topinambour est encore trop consistant pour la situation. Ou alors une fane de navet. Oui, hélas, la dégénérescence sénile attaque tôt, parfois. Tiens, pousse-toi donc. Tu me bouches la vue sur le téléviseur.

— Depuis quand regardes-tu la télé ?

— Depuis que j'y repère des connaissances. Tu vois le petit barbu qui n'a pas l'air aimable ?

— *Holy shit !* C'est le Nain de jardin ! Je ne l'avais pas reconnu.

— Ce n'était pas suffisant de l'avoir en cauchemar. On nous le filme, à présent.

Et Lola se leva pour s'approcher du téléviseur. Elle pila net au milieu du trajet. Sur l'écran, une blonde faisait une chute vertigineuse. Qui se terminait sur le toit d'une voiture. Lola écarquilla les yeux et tendit l'oreille. Suivirent les déclarations d'un quidam mécontent, puis l'intervention d'Hélène Plessis-Ponteau. Voix posée, visage lisse, la ministre de l'Intérieur eut tôt fait de créer une ambiance rassurante et de proposer, avec la simplicité très étudiée qui faisait son charme, « de laisser travailler la police ». Lola revint s'asseoir. Il y eut un silence assez lourd qu'Ingrid se garda bien de flétrir. Le visage de sa compagne disait qu'il n'était plus question de navets, de carottes ou de sakura.

— Tu m'as bien dit que la fille de Papy Dynamite perturbée par l'indifférence d'un infirmier espagnol se prénommait Alice ?

— Exact.

— Je ne pense pas pouvoir abattre pour elle les cartes que tu vois dans mon jeu. Ou alors ce sera le valet de pique.

— Qu'est-ce qui se passe ?

— Il se passe qu'une certaine Alice Bonin, âgée de vingt-quatre ans et exerçant la profession de danseuse, a sauté hier, en fin de matinée, du 34e étage de l'*Astor Maillot*.

— *Fuck !*

— Tu es sûre de m'avoir tout dit, Ingrid ?

— Je ne comprends pas ! J'ai vu Maurice ce matin.

Une valise de plomb atterrit sur le cœur d'Ingrid. Maurice adorait sa fille. Cette jolie Alice qui avait aimé un type au point de se jeter dans le vide alors qu'elle avait sa vie devant elle. C'était aussi bizarre qu'horrible, cette mort, juste après l'évocation des sakura. Pauvre, pauvre Maurice.

— Elle s'est suicidée ? articula-t-elle d'une voix blanche.

— On n'en sait rien mais ça y ressemble.

— Pourquoi le commissaire Grousset passait-il à la télé ?

— Pour bafouiller deux, trois âneries et, accessoirement, parce qu'il est chargé de l'enquête. Alice Bonin habitait notre arrondissement, vois-tu. Si tu avais daigné t'approcher de la lucarne magique, tu aurais profité du point de vue de l'homme de la rue. Il ne faisait pas trop dans l'intelligence sociale lui non plus. Il nous a livré ce qu'il pensait des chaînes fabriquant de l'audience avec la mort. De quoi mettre un peu de piment, juste avant les propos de la belle Plessis-Ponteau.

Ingrid réfléchit un moment. Lola jouait avec sa fourchette et traçait des lignes sur la nappe en papier. Son navarin refroidissait inexorablement.

— Une télé passe l'interview d'un homme qui dit qu'il n'aime pas la mentalité des télés. Ça ne tient pas, Lola.

— Le cameraman a vendu son film à une petite chaîne agressive qui l'a passé tel quel. Une grande chaîne a eu alors une idée plus perverse. Ils l'ont également diffusé, mais avec l'intervention du citoyen lambda expliquant le mal qu'il pense des reportages gore.

— Comme ça, ils gagnent sur tous les tableaux.

— Eh oui. Ils diffusent le film mais jouent les vertueux outragés. Et ils piétinent la concurrence.

— Vous devenez plus américains que nous, on dirait.

— On a d'abord été grecs parce que tout est parti de là, du moins en ce qui concerne la vieille Europe. Ensuite romains, gallo-romains, francs, et je passe sur les métissages avec les hordes barbares venues de trop loin, ça ne nous fait pas peur d'être un peu américains. Enfin, cinq minutes, bien sûr. Bon, sur ces considérations d'une haute portée géopolitique, je m'en retourne à mon puzzle. Mon fils m'a envoyé le mont Fuji en sept mille pièces. Les cerisiers éphémères au premier plan et les neiges éternelles au second. Autant dire du blanc et encore du blanc. Et une minuscule touche de rose.

Lola avait balancé ça dans un souffle. Elle avait toujours eu sa façon à elle d'encaisser les drames. Ingrid hésita à la retenir puis se contenta d'une grimace de désapprobation. Partir, partir, à certains moments on avait l'impression que Lola ne savait faire que ça. Le problème c'est qu'elle ne partait jamais assez loin. Des petits départs. De rien du tout.

Déplaçant sa masse imposante avec la férocité tranquille d'un grizzli, l'ex-commissaire alla saluer Maxime en cuisine puis quitta les *Belles* sans se retourner. Ingrid en eut un pincement au cœur. Au bout d'un moment, Maxime vint à sa table, Khadidja ayant dû lui dire que le navarin n'avait pas eu le succès escompté. Ingrid le rassura et lui raconta ce qui venait de se passer. Plus trace de la chute d'Alice Bonin dans l'impitoyable moulinette à drames. Un politologue évoquait l'inexorable déclin industriel de la France, la montée du chômage, et pariait pour une consolidation de l'avancée de l'extrême droite.

Pour Ingrid, la politique française était un domaine encore plus impénétrable que celui des puzzles de sept mille pièces, mais elle se souvenait d'avoir lu qu'Hélène Plessis-Ponteau était la mieux placée dans la course à la présidentielle 2007. Sa popularité avait grimpé à l'occasion de son *coming out* devant les télés. Tuant la rumeur dans l'œuf, la ministre avait révélé la dépendance à la drogue de son fils et sa bataille pour l'aider à s'en sortir.

Je ne pense pas que Lola soit fâchée, dit Maxime.

— Ce n'est pas ça qui m'inquiète. Une jeune femme s'est jetée du haut de l'*Astor Maillot* à cause d'un type qui ne l'aimait plus. C'était la fille de mon copain Maurice.

— Mince ! Je le connais ?

— Tu as failli, lors de dîners ici. Tu étais en cuisine ces soirs-là.

Maxime lui tapota la main. Pour lui avoir confié ses peines de cœur au moment de l'apéritif, elle savait ce qu'il pensait à présent. Ingrid ne détestait pas que le patron des *Belles* s'intéresse à elle, mais la sollicitude ne devait pas virer à l'apitoiement. Après l'abandon de Lola, le remède ne pouvait être que l'action. Et puis, imaginer l'affaire Bonin confiée au commissaire Jean-Pascal Grousset était à peine supportable.

— Bon, je vais me rendre compte de la situation sur place. Combien donnerais-tu à un portier pour le faire parler ?

— Je ne sais pas trop. Cinquante euros ?

— On va essayer.

— Tu ne pars pas sans boire le café que je vais t'offrir. Avec un petit calva artisanal pour la route. Rien de tel contre les grosses émotions.

— *Yes* pour le kawa mais *no* pour le calva. Alcool ou investigation, il faut choisir.

— Ah bon ?

5

Maxime Duchamp avait vu juste. Le portier de l'*Astor Maillot* échangea le billet d'Ingrid contre des souvenirs et quelques suppositions. Un certain Jules effectuait un reportage caméra au poing sur les portiers des grands hôtels. C'était sans doute ce jeune barbu, en vêtements de sport trop larges, style rappeur, dont on ignorait le patronyme, qui avait eu le réflexe de filmer la chute de la cliente et de proposer sa vidéo à la télé. Il l'avait peut-être prise pour la vraie Britney Spears.

— Elle lui ressemblait beaucoup. Très blonde, les yeux chocolat noir, une moue boudeuse, des jambes de danseuse. Et pas mécontente d'être célèbre trente secondes.

— Célèbre pour qui ?

— Pour moi. J'ai cru reconnaître la chanteuse. Étrange, cette histoire. Une jeune femme si contente d'elle qui change d'avis et se tue.

— Pour vous, c'est un suicide ?

— Tout le monde le pense, ici. Et d'ailleurs la cliente était seule dans sa chambre. On a un témoin.

— Qui ça ?

— Un ado américain qui se rendait à la piscine. Son père l'a forcé à témoigner. Le gamin a croisé la cliente dans l'ascenseur. Elle a laissé sa porte entrouverte, il a jeté un œil. Personne. Mais elle passait tout en revue.

Elle a ouvert les placards, regardé sous le lit, derrière les rideaux avant de mettre la chaîne de sécurité.

— Qu'est-ce que vous en pensez ?

— Elle était peut-être droguée. Elle voyait des monstres partout et du coup, elle a sauté.

— On a trouvé de la drogue ?

— Non, seulement une bouteille de champagne entamée. Mais elle a pu se droguer juste avant. Ou alors, elle était sous traitement mais elle avait oublié de prendre ses médicaments ? En découvrant la vue, elle s'est sentie aspirée par le vide. Ça arrive.

— Mais vous m'expliquiez qu'elle avait un air content en arrivant.

— On ne sait jamais.

— C'est-à-dire ?

— Je suis portier depuis plus de dix-sept ans, mademoiselle. J'ai ouvert la porte d'hôtels de prestige à des milliers de gens. Eh bien, si certains sont heureux de débarquer dans un endroit comme l'*Astor Maillot*, ça peut être un bonheur bref. Les chambres sont chic mais froides. On peut s'y sentir seul tout à coup.

Ingrid essayait de visualiser la scène. La fille de Maurice se rend seule dans un quatre étoiles avec pour bagage un costume de Britney. Elle arrive pimpante, mais s'inquiète en entrant dans sa chambre et vérifie qu'elle est vide et sûre.

— Quelqu'un a pu entrer, suggéra-t-elle.

— Peut-être, mais il fallait que ce ne soit pas un inconnu, étant donné les précautions qu'elle prenait. La piscine et le club de gym sont aussi au 34e étage. Croyez-moi, ça circule bien là-haut. Eh bien personne n'a vu entrer qui que ce soit dans la 3406, à part la cliente.

— On lui a bien livré le champagne.

— Détrompez-vous, elle n'a rien commandé. Elle a dû arriver avec sa propre bouteille.

Ce portier ne manquait pas de logique. Et mine de rien, il venait de lui donner le numéro de la chambre. Son attention se délitait : un taxi arrivait avec un couple à bord. Ingrid pénétra dans l'hôtel et prit l'ascenseur. Elle s'éleva dans les airs en compagnie d'un groupe de Japonais. Elle s'imagina sous les sakura, mangeant des sushis aux topinambours avec Lola la grognonne, et ne put s'empêcher de sourire. L'ex-commissaire n'était jamais avare d'une remarque acerbe mais, sans elle, l'enquête sur le terrain manquait de sel. Il fallait glaner des informations consistantes pour la persuader de sauter à pieds joints sur les plates-bandes du Nain de jardin.

La chambre 3 406 était proche de la salle de fitness. Ingrid croisa deux femmes en survêtement puis un homme en short et en sueur qui entra dans la 3410 au moyen d'une carte magnétique. La porte de la 3406 était intacte. Ingrid l'avait imaginée barrée d'un ruban jaune de la police scientifique. Les techniciens avaient-ils travaillé à toute allure, la direction de l'hôtel mettant la pression pour rendre le plus vite possible sa normalité à son établissement ? Elle vit défiler un certain nombre de sportifs. Le portier avait raison : les allées et venues étaient nombreuses. Elle patienta jusqu'à l'arrivée d'une femme de chambre poussant son chariot de nettoyage.

— Je suis une amie d'un proche d'Alice Bonin, déclara Ingrid avec un de ces grands sourires naïfs dont elle avait le secret.

— Pardonnez-moi, mademoiselle, mais je ne comprends pas de qui vous parlez.

— De la jeune femme tombée de la 3 406.

— La direction nous a interdit de parler aux journalistes.

— Je ne suis pas de la presse. Mon nom est Ingrid Diesel et je suis masseuse dans le 10e arrondissement.

La femme de chambre la considérait d'un air sceptique.

— Parole d'honneur, jura Ingrid en levant la main droite. Je fais tous les styles : shiatsu, thaï, balinais, californien…

— C'est vrai qu'avec votre accent, vous ne devez pas être une journaliste française. Vous êtes de la famille de l'ado qui a témoigné ?

— Pas du tout. Je vous ai dit la vérité. Je suis venue pour le père d'Alice.

— Ça m'a attristée, cette histoire. Elle était si jeune.

— C'est vous qui avez fait le ménage ?

— Oui, mais… la direction ne veut pas…

— Montrez-moi rapidement la chambre. Vos patrons n'en sauront rien. J'ai promis au père d'Alice d'en apprendre un peu plus.

— Bon, entendu, mais pas plus de cinq minutes.

Elle ouvrit avec son passe puis laissa Ingrid entrer la première. Le portier avait raison une fois de plus : c'était chic mais froid. Un décor dans les beiges, des gravures abstraites où dominait le bleu. Et puis la fenêtre, bordée de doubles rideaux jaune pâle.

— Il en faut du courage pour se jeter d'ici.

— Je crois qu'elle était très malheureuse, dit la femme de chambre.

Ingrid ne bougea plus un cil, le mieux était de laisser les gens venir à leur rythme. C'est ce que répétait toujours Lola. La femme de chambre entra dans la salle de bains. Elle hésita puis, face à l'air tranquille d'Ingrid, désigna la baignoire.

— Quand j'ai commencé mon ménage, elle était pleine. La cliente avait utilisé beaucoup de produit moussant. Le flacon, presque vide, était posé sur le rebord.

— Fourni par l'hôtel ?

— Non. Un produit de luxe. Mais…

— Mais ?

— Les serviettes de toilette étaient intactes. Et, plus bizarre, il y avait des fleurs.

— Des fleurs ?

— Oui, de belles fleurs qui flottaient dans la mousse.

— Qu'est-ce que ça peut bien signifier ? réfléchit Ingrid à haute voix.

— J'ai pensé que son amoureux les lui avait offertes. Elle s'était faite belle pour lui. Elle avait pris un bain parfumé, mis sa robe à paillettes, apporté une bouteille de champagne. Elle était toute jolie, là, devant lui, mais il n'était venu que pour lui dire que c'était fini. Après son départ, elle s'est mise à boire et à pleurer. Et elle a jeté le bouquet d'adieu dans le bain. Et après la rage, ça a été…

— Le désespoir.

— Oui, l'envie de mourir. Elle aimait un homme qui lui a broyé le cœur.

— Quelqu'un l'a vu, cet homme ?

— Personne, mais pourquoi prendre un bain et se faire belle pour se jeter ensuite dans le vide ? Il faut bien qu'entre le bain et le vide, il y ait quelque chose, quelqu'un.

— Un coup de fil ? tenta Ingrid. On peut dire adieu à quelqu'un par téléphone. Ça s'est déjà fait. Souvent. On se quitte même par texto, de nos jours.

— Je ne sais pas. On ne m'a jamais quittée comme ça.

Place du Général-Kœnig, Ingrid demeura un instant le nez en l'air à considérer l'imposante façade de l'hôtel. Que fallait-il faire ? Aller présenter ses condoléances à Maurice ou attendre ? Faire partager à Lola les informations glanées à l'*Astor Maillot* ? Mais pour quelle raison dans le fond ? Tout semblait indiquer le suicide.

Cependant, Ingrid ne pouvait s'empêcher d'entendre une petite voix lui murmurer qu'il y avait des étrangetés dans l'air.

Alice Bonin faisait le sosie de Britney Spears en espérant décrocher un rôle sérieux. Alors pourquoi mettre fin à ses jours et d'une façon aussi spectaculaire ? Et pourquoi se barricader dans sa chambre par peur d'un danger pour ensuite se jeter dans le vide sans hésitation ? Et ce bain de luxe, et ce costume de scène, ce champagne. La femme de ménage pensait que c'était pour un homme. Un inconnu que personne n'avait vu alors que le couloir regorgeait de sportifs.

Il fallait bien l'admettre : l'affaire était truffée de contradictions. Entre le tempérament tenace d'Alice décrit par son père et son suicide présumé, entre sa rage romantique avec lancer de fleurs dans le bain et son arrivée fringante à l'*Astor Maillot*. Ingrid commençait à avoir mal à la tête. Sans Lola, les analyses devenaient trop difficiles. Mais comment la faire réagir avec si peu de munitions ? Le plus simple était peut-être d'aller voir l'infirmier. *Il faudrait qu'on arrive à savoir si cet emmanché s'amuse avec ma fille*. Tu as raison Maurice, essayons.

6

Arrivée avenue Claude-Vellefaux, Ingrid regrettait d'avoir refusé le calva du patron des *Belles*. Dans la folie des derniers événements, elle avait oublié qu'elle détestait les hôpitaux. La taille du bâtiment l'étonna autant que sa vétusté. Saint-Félicien datait au moins du Moyen Âge et elle percevait mal l'intérêt de conserver pareille vieillerie en plein XXIe siècle.

L'odeur l'assaillit avant le porche. Des effluves soi-disant propres mais qui n'évoquaient que des images sentant le décomposé. Pour l'Américaine, un hôpital avait le potentiel pour se métamorphoser en un tableau de Jérôme Bosch. Tout paraissait sous contrôle mais ce n'était qu'apparence, dans un recoin mal balayé un vortex vibrant attendait d'aspirer sa prochaine victime pour l'entraîner dans le cinquième cercle de l'enfer. Le visiteur, ah ! le pauvre innocent, croyait percevoir un monde visible blanc et vert mais sous cette réalité, un monde rouge et brun et suintant palpitait en parallèle.

La zone des urgences grouillait de monde. Deux réceptionnistes bataillaient dur pour réduire une file d'attente aux proportions cosmiques. L'arrivée du printemps était-elle propice aux accidents ? Les gens baissaient-ils la garde, troublés par l'excitation liée aux beaux jours ?

Elle prit un couloir au hasard, slaloma entre des aides-soignantes poussant des chariots de matériels, des infirmiers montés sur pile mais dont aucun n'avait l'air hispanique. Équipé d'un balai-brosse et d'une serpillière, un petit homme sans âge, à l'air moins agité que la moyenne, nettoyait sans trop de passion une modeste portion de couloir. C'était une vision rassurante, cette tranquillité, cette tête de philosophe ratatiné. Ingrid lui demanda s'il connaissait Diego Carli. Il voulut savoir si elle était journaliste. Il la questionna d'un air aimable mais intense. Elle lui annonça sa qualité d'amie du père d'Alice Bonin, la *fiancée* de l'infirmier Carli. L'homme affirma avoir bien connu « cette fille qui se dévouait avec son père pour distraire les malades », puis il indiqua une salle où on soignait une patiente brûlée. Son visage était si triste qu'on l'eût dit touché par l'accident. Ingrid pensa que s'il transportait la misère du monde sur ses frêles épaules, sa vie à l'hôpital devait être un jogging sur une planche de fakir ou un trekking dans une vallée de larmes. Elle referma le robinet à métaphores. Terrible hôpital inhospitalier ! Une seconde d'inattention et tout se mettait à déborder. Elle remercia chaleureusement le petit homme.

Un interne prenait la tension d'une vieille femme tandis qu'un infirmier équipé de pinces lui recouvrait les mollets de compresses enduites d'une crème blanchâtre. Ingrid éprouva simultanément l'envie de fuir à toutes jambes et de fondre sur le carrelage. Elle se mordit les lèvres en imaginant la douleur qu'avait dû éprouver la blessée. Pour le moment, elle semblait flotter dans un brouillard analgésique.

— Ah, vous êtes la petite-fille de Mme Maudet ! dit l'interne. Votre grand-mère va s'en sortir parce que son cœur est de première qualité, mais elle s'est fait une grosse frayeur. Ses mains ont lâché prise pendant qu'elle transportait une marmite de soupe. En plus des brûlures, elle a fait une mauvaise chute...

Ingrid répondit qu'il y avait erreur sur la personne et qu'elle souhaitait parler à Diego Carli.

— C'est moi, dit l'infirmier en relevant la tête.

Les yeux étaient aussi sombres que les cheveux, l'accent sans doute espagnol. C'était donc pour cet homme à l'air concentré et calme qu'Alice s'était jetée dans le vide ?

— Je m'appelle Ingrid Diesel et... je suis venue au sujet d'Alice Bonin, continua-t-elle en s'attendant à être congédiée dans la seconde.

Il se contenta de la fixer, puis son visage se radoucit et il lui demanda d'attendre quelques minutes dans le couloir. Elle sortit promptement. L'état de Mme Maudet, les odeurs et jusqu'à l'éclairage au néon lui donnaient la nausée. Elle se força à pratiquer quelques exercices de relaxation. Mais un branle-bas de combat l'en empêcha. Des brancardiers transportant un homme ensanglanté arrivaient au galop. Ingrid écarquilla les yeux et les referma aussitôt. Quand elle les rouvrit, la vision d'apocalypse s'était dissoute. Et Diego Carli la dévisageait, un léger sourire aux lèvres.

— Tu n'es ni journaliste ni flic, Ingrid Diesel, sinon tu ne pâlirais pas comme ça. Tu étais de ses amies ? Bizarre, elle ne m'a jamais parlé de toi.

Ingrid, désormais accoutumée aux habitudes européennes et à une certaine progression dans la familiarité, fut étonnée de ce tutoiement. Et aussi du regard. Un tantinet fixe.

— Je suis une amie de son père.

— Il doit me détester, et c'est compréhensible. Je ne suis pas fier de moi. Je comptais aller le voir. Qu'est-ce que tu me conseilles ?

Elle se sentit presque aussi déstabilisée par les manières de l'infirmier que par l'ambiance du lieu.

— Plutôt que donner des conseils, j'aimerais comprendre.

— Je sortais d'une histoire compliquée et je me sentais seul. Alice s'est jetée dans mes bras. Si je pouvais tout effacer... Mais la vie, ça ne repart pas en arrière.

— Veux-tu qu'on aille en parler ailleurs ?

— Pas la peine. Tout Saint-Félicien est au courant.

— Déjà ?

— Un commissaire est venu. Un tout petit tout énervé, avec un collier de barbe.

Ingrid se retint d'évoquer l'inénarrable Jean-Pascal Grousset. Le Nain de jardin remplaçait désormais Lola à la tête du commissariat de la rue Louis-Blanc et sa largeur d'esprit était équivalente à deux microns et demi.

— Mais comment a-t-il su si vite pour Alice et toi ?

— On a trouvé des photos de moi dans son studio. Prises au téléobjectif aux abords de Saint-Félicien. Le lieutenant Barthélemy, un homme plus fin que son patron à mon avis, a vite fait le lien. Alors je lui ai raconté.

— Raconté quoi ?

— Mes ennuis.

— Quels ennuis ?

— Apparemment, le père d'Alice n'était pas au courant des méthodes de harassement de sa fille.

— *Harassment* ?

— Oui, comme chez vous en Amérique. Parce que tu viens de là-bas, n'est-ce pas ?

— *Yeah*, mais vas-y, continue.

— Appels en pleine nuit, mon numéro de portable et mon adresse e-mail donnés à des sites porno gay, noyade de ma serrure dans la colle, pour commencer. Par la suite, mon immeuble a été envahi par des ballons de baudruche à l'inscription : *Diego, tu ne me mérites pas*. Heureusement, les voisins ont trouvé ça drôle. On a forcé ma porte et revu la décoration avec un papier à angelots et cœurs fendus de flèches. Et ma Vespa a été repeinte en rose.

— Sans blague ?

— Alice avait de grandes qualités, sa mort me rend très triste, mais il faut bien le dire : elle était un peu *loca.*

— Tu avais essayé de la raisonner ?

— Bien sûr. Elle jouait les innocentes. La vie n'est facile pour personne mais elle avait décidé que c'était insuffisant et qu'il fallait en rajouter. Des tonnes. J'ai même pensé à déménager. Et pourtant une adresse quai de Jemmapes pour un urgentiste de l'hôpital Saint-Félicien, ça vaut de l'or.

Papy Dynamite admettait que sa fille et lui avaient des caractères de sangliers. Et que depuis sa rupture avec Diego, Alice forçait sur *les spiritueux et les excentricités.* Et l'hidalgo avait l'air sincère.

— C'est au tour des flics de harasser, continua-t-il d'un air philosophe. J'ai coopéré, mais le petit commissaire énervé m'a bombardé de questions et menacé de garde à vue.

— Grousset pense que ce n'est pas un suicide ?

— Tu as bien noté qu'elle était travestie en Britney Spears ?

— J'ai bien noté. Comme quelques millions de téléspectateurs.

— Le problème c'est qu'il n'y a jamais eu de réception à l'*Astor Maillot* ce jour-là. Aucun client n'a contacté *Paris est une fête*. Alors le commissaire m'imagine bien aidant Alice à sauter. D'autant que j'étais en repos, seul chez moi.

Ingrid leva un sourcil et réfléchit dur. Señor Carli se paye ma tête, pensa-t-elle. Comment a-t-il pu en savoir autant en si peu de temps ? Mais déjà un soupçon germait. Le Nain de jardin s'était-il fait manœuvrer par l'habile hidalgo ? Elle en eut vite confirmation.

— Il est persuadé qu'Alice m'a fait savoir qu'elle était à l'*Astor Maillot*. Et justement, j'ai reçu deux appels anonymes et silencieux, tôt le matin, en provenance de l'hôtel. Des appels silencieux, mais ça, je ne peux pas le prouver. En tout cas, grâce au commissaire, j'ai su qu'elle avait réservé elle-même la chambre. Avec du cash.

Ingrid leva un deuxième sourcil. Pour un type cool autant que suave, Diego passait pas mal de temps à se fouetter les neurones. Et son ton décidé évoquait peut-être plus le conquistador que l'hidalgo finalement.

— Elle est venue deux fois à l'*Astor Maillot* ?

— Le matin même pour payer, et récupérer ses deux clés magnétiques auprès du concierge. Et, malheureusement, plus tard dans la matinée pour y mourir.

— Pourquoi deux clés ?

— Parce que c'était une chambre double ou parce qu'elle les a demandées, je ne sais pas. On les a retrouvées toutes les deux dans la chambre.

— Le ménage était fait ?

— Oui, il a même été fait entre les deux passages d'Alice.

— Ce qui veut dire que personne n'est entré dans la chambre avant son retour. C'est ce que confirme un jeune témoin.

— Le commissaire dit qu'elle a ouvert à une connaissance. Moi, par exemple. Et tu sais ce que je pense ?

— Je n'ai pas le talent de divination.

— Qu'Alice a peut-être monté tout ça pour me faire condamner.

— *Come on !*

— Ça paraît dingue, je sais, mais j'ai exercé en psychiatrie à Madrid, et j'en ai vu d'autres. Cette histoire de mort filmée du sosie d'une star est délirante, tu es d'accord avec moi ?

— Si on était à L.A., peut-être pas, mais ici, c'est vrai que…

— Ça cache quelque chose. Tu crois que les télés auraient acheté le film si Alice n'avait pas ressemblé à Britney ?

— Parce que pendant quelques secondes, les téléspectateurs ont eu le frisson, c'est ça ?

— À la télé, même une seconde de frisson vaut cher. Avec une ambiance aussi pourrie, je sens qu'on n'est pas au bout de nos surprises. Et puis les flics sont nerveux. Tu penses bien ! Leur ministre a parlé de l'affaire sur toutes les chaînes. Pas bon, tout ça.

Que l'hidalgo conquistador voie juste ou pas, l'affaire se compliquait à vive allure. Empiéter sur le territoire d'un Grousset surexcité par l'intervention de sa ministre était-ce une idée aussi intéressante que cela en avait l'air ? Le duo Ingrid et Lola avait déjà eu l'occasion de pratiquer ce sport dans les grandes largeurs, et même si les bons souvenirs surpassaient les mauvais, était-ce une raison suffisante pour récidiver ? Il était temps de rentrer au bercail réfléchir au calme. C'est alors qu'elle se rendit compte que l'homme de ménage aux yeux de cocker n'avait rien perdu de la conversation.

— Tiens, Adam ! Comment vas-tu, mon vieux ? lui lança l'infirmier Carli, l'air content de le voir.

Mais le petit bonhomme se contenta d'une grimace de lutin chagrin et s'éloigna dans le couloir.

— Ce type est un peu *loco* lui aussi mais je l'adore. C'est la gentillesse faite homme.

— Bon, il faut que j'y aille.

— Encore une minute, Ingrid Diesel. Que fais-tu dans la vie quand tu n'aides pas tes amis ?

— J'aide mes amis.

— Allez, sérieusement.

— Sérieusement. Je suis masseuse.

Et accessoirement effeuilleuse à Pigalle mais ça, tu ne le sauras jamais mon grand. Eh non. Ingrid s'en voulut de penser à pareille broutille en un tel moment. Décidément, ce sinistre hôpital lui mâchouillait la raison. Il était temps de faire la nique au mauvais génie en se translatant au plus vite hors de cet environnement délétère.

— C'est marrant, mais je te voyais plutôt dans les arts du spectacle. Danseuse ou trapéziste ou…

— Je ne suis qu'une masseuse et rien d'autre et ça m'occupe déjà bien.

Il marqua un temps d'arrêt pendant lequel il entreprit de la griller encore un peu sous son regard laser.

— Finalement, ça me va que tu débarques comme un ange dans cette histoire.

— Qu'est-ce que tu veux dire ?

— Adresser seul mes condoléances à Maurice Bonin, c'est très délicat. Tu veux bien m'accompagner ?

L'envie de fuir d'Ingrid devenait irrésistible, pourtant elle fut sidérée par la demande de son interlocuteur. Dans le même temps, elle se dit qu'en confrontant les points de vue de Papy Dynamite et de l'infirmier elle obtiendrait une image plus claire de la vraie Alice Bonin. Les méthodes de Lola déteignent sur moi.

— Je vais me convaincre que ce n'est pas une idée plus stupide qu'une autre.

— Ça veut dire d'accord ?

— *Yeah.*

— Je finis dans moins d'une heure. Tu peux t'installer à la cafétéria, il y a une télé.

Une heure ici, *help !*

— *Muchas gracias*. J'ai eu ma dose de télé aujourd'hui. Je t'attends au café d'en face.

— *¿ Hablas español ?*

— *No.*

— *¿ No ?*

— *No ! Absolutely not !*

Il lui décocha un nouveau regard censé perforer toutes les résistances des filles de la planète. Pourquoi ce garçon s'essayait-il à l'hypnotisme à la moindre occasion ? Sa mère avait dû lui répéter trop souvent qu'il avait d'inoubliables yeux de jais. Ou son expérience en psychiatrie lui avait fait plus de mal que de bien. Elle tourna les talons.

— Ingrid !

— *Caramba*. Quoi encore ?

— Mets ta consommation sur ma note. Le patron du *Canon des Amis* me connaît.

Cette fois, elle prit la tangente sans se retourner. Mais quand elle passa devant la chambre où s'était réfugié l'homme de ménage, elle ralentit et regarda par la porte ouverte. Son balai entre les genoux, le lutin à la triste figure était assis à côté d'un homme alité et lui parlait. Une jambe et un bras plâtrés, une minerve, mais malgré ses déboires, l'accidenté souriait. Il avait l'air innocent, voire demeuré. Adam le farfadet lui racontait-il une bonne blague ? Je ne le saurai jamais, se dit-elle en repartant d'un pas décidé vers la sortie.

En quittant l'hôpital, elle repensa à la réflexion de l'infirmier. *Ça m'arrange que tu débarques comme un ange*. Pourquoi un ange ? Et puis elle réalisa que c'était à cause de son débardeur porte-bonheur. « *I'm an angel, what about you ?* » C'est vrai ça, Diego Carli. *What about you, man ?*

7

Maurice Bonin habitait non loin de Saint-Félicien, rue des Écluses-Saint-Martin. L'immeuble était dépourvu d'ascenseur, le tapis rouge et élimé s'évaporait au quatrième étage. Arrivé au cinquième, Diego Carli poussa un soupir de soulagement.

— Il faut la santé pour faire ça tous les jours, soufflat-il.

— On ne le surnomme pas Papy Dynamite pour rien.

— C'est ça qui m'inquiète.

— Il est encore temps de faire demi-tour.

Elle constatait que pour un Latin, l'infirmier Carli n'était pas trop macho. Ça faisait au moins un bon point dans le tableau.

Ils trouvèrent la porte entrouverte. Et pénétrèrent dans un deux-pièces vide où bourdonnait un téléviseur. Ils frappèrent sans succès chez quelques voisins.

— Le concierge est en voie d'extinction à Paris, comment retrouver Maurice ? interrogea Ingrid.

Elle envisagea sa présence aux *Belles*, expliqua à Carli que ce havre de paix était devenu la cantine favorite du vieil homme. Maurice s'était pris d'amitié pour Khadidja Duchamp, la femme du patron, une artiste elle aussi.

Passage Brady, Khadidja avait l'air contrarié. Maurice Bonin venait de partir. Il avait appris la mort de sa fille par le journal télé, juste avant que la police ne se manifeste – la veille, son travail à la MJC l'avait retenu tard dans la nuit, et on n'avait pas pu le joindre à son domicile. Après le récit de cette catastrophe, Maurice avait changé abruptement de sujet. Il avait voulu connaître le prénom du futur bébé, avait écouté avec une attention fébrile des détails concernant la décoration de sa chambre, « comme s'il s'accrochait à mes petites histoires pour ne pas couler », précisa Khadidja. Elle avait alors remarqué qu'il transportait une sorte de tube emballé dans du papier kraft. À la question de savoir où il se rendait, Maurice avait répondu d'une voix bizarre : « Chez le marchand d'illusions et de téléviseurs. »

— Le magasin d'électroménager le plus proche, c'est Luxania, dit Diego. On y va ?

Maurice Bonin semblait absorbé par un mur de téléviseurs formant un kaléidoscope géant. C'était l'heure des séries en tous genres. Ingrid reconnut le capitaine chauve de *Love Boat*. Le titre français n'était guère plus brillant. Qu'est-ce que c'était déjà ? Ah oui ! *La croisière s'amuse*.

— Maurice !

Il tourna la tête. Ses yeux glissèrent sur Ingrid et tout alla très vite. Le papier kraft arraché révéla un sabre de bois. Maurice le brandit puis dans un geste coulé fracassa la tête du capitaine.

— *Fuck !* Le coup du samouraï occidental ! balbutia Ingrid.

— *¡ Madre de Dios !* articula Diego alors que Maurice Bonin poursuivait l'extermination du téléviseur.

— MAURICE, ARRÊTE ! hurla Ingrid.

Conjugué à l'implosion, le fracas du verre et du métal broyés foudroya les clients. Très vite, ceux qui se trouvaient dans le périmètre de Maurice reprirent leurs esprits et s'enfuirent.

Deux vigiles accouraient en sens inverse, mais le vieil homme eut le temps de réduire à néant un nouvel appareil. Le duo ralentit, partagea une expression perplexe tandis que Maurice tranchait le vide, sabre en tête chercheuse, posture hiératique et visage impassible. L'animateur d'un jeu moyennement intellectuel souriait de toutes ses dents à une candidate très gaie elle aussi. Leur joie explosa en même temps qu'un troisième téléviseur de marque allemande. La contre-offensive progressait difficilement : le plus hardi des vigiles avançait à pas de loup tandis que son collègue tentait de parlementer. Maurice et son sabre s'approchaient dangereusement de la zone écrans plats à six mille euros l'unité.

— Maurice, je t'en supplie, reprends-toi ! On t'aime tous dans le quartier ! On va t'aider ! cria Ingrid, les mains en porte-voix.

— Eh, Martin, vise un peu ! Je te parie que c'est une émission surprise, commenta une cliente. Le vieux est un acteur et la grande Américaine lui donne la réplique. Géant.

— Non, du tout, Odette. Ça a l'air vrai. Filons d'ici.

Quand le sabre de Maurice balafra un splendide écran plasma d'un bon mètre de large, l'assistance poussa un cri d'effroi.

— MESDAMES, MESSIEURS, RECULEZ, S'IL VOUS PLAÎT ! ordonna un vendeur.

Le vigile en approche arrière ceintura Maurice ; le sabre tournoya pendant quelques périlleux moments jusqu'à ce que l'autre gardien s'y arrime comme à un mât de tempête, en poussant des grognements de moins en moins humains. Le genou de Maurice percuta l'entrejambe du vigile suspendu qui émit un couinement. Le vieil homme lâcha son sabre qui tomba en même temps que l'attaquant.

— Martin, ce vieux est trop bon pour être vrai.

— On se replie, Odette ! Ça sent la tranche de vie cent pour cent authentique.

— FAITES TOUS COMME MOI ! se mit à hurler Maurice. MASSACREZ CES TÉLÉS DE MERDE. ELLES DÉVERSENT DES TORRENTS DE BOUE SUR NOS VIES ! ELLES NOUS KIDNAPPENT L'ÂME ! ON VAUT TOUS MIEUX QUE ÇA !

— Martin, crois-moi, c'est du faux.

— C'est du vrai, Odette.

— Je commence à comprendre où veut en venir le père d'Alice, dit Diego en prenant la main d'Ingrid.

Ingrid regarda la main de Diego puis son profil puis Maurice à la crinière blanche échevelée, qui rugissait à pleins poumons, emporté avec grand mal par les vigiles empourprés.

— TÉLÉ VAMPIRE ! ELLE A SOUILLÉ LA MORT DE MA FILLE !

— Moi aussi, je commence à comprendre, dit Ingrid.

— Je suis sûre que c'est un nouveau concept de téléréalité, Martin. Ils en pondent un frais toutes les cinq minutes. Et avec un peu de chance, on est dans le cadre.

— Ah, parce que tu as repéré une caméra quelque part ? Allons donc !

— On en fait des discrètes de nos jours, pas plus grosses que des boutons. Tu sais ça, tout de même.

— Ce que je sais, c'est que ce vieil homme a l'air *vraiment* en colère, Odette. Et vraiment malheureux.

— On va téléphoner au lieutenant Barthélemy, reprit Ingrid. Il veillera à ce que le commissaire Grousset traite Maurice le moins méchamment possible.

— Je me demande si ce n'est pas Maurice qui va avoir le commissaire hystérique à l'usure, répliqua Diego. Je comprends de qui Alice tenait son caractère de feu d'artifice.

De retour chez elle, Ingrid s'allongea sur son canapé rose avec le sentiment d'avoir vécu vingt-quatre journées en une alors que la soirée n'avait même pas débuté. Elle décida de s'octroyer une nécessaire séance d'apaisement face à sa lava-lampe, la danse violette des boules de cire ayant le don de la calmer.

Papy Dynamite avait été embarqué au commissariat *manu militari* et à l'heure qu'il était, bien que Barthélemy ait promis de jouer les amortisseurs, il passait sans aucun doute un affreux moment entre les mains du Nain de jardin, et vice versa. Les murs du commissariat devaient en trembler et cette électricité négative n'épargnait personne. Quant au massacre des téléviseurs, il s'élevait à une montagne d'euros. Diego avait tenté sans succès d'expliquer la situation au directeur du magasin. Ingrid se demandait, avec angoisse, combien de vies seraient nécessaires à Maurice pour régler la facture.

Face à la vilaine tournure des événements, Diego avait proposé de prendre un remontant. Elle n'avait rien trouvé de mieux à répliquer que : « Je rentre chez moi remettre en place le puzzle explosé qu'est ma tête. » Avant de l'abandonner, bras ballants, sur le trottoir. Elle l'avait entendu qui demandait dans son dos :

— Mais au fait, c'est où chez toi, Ingrid ?

Elle s'était alors lancée dans un sprint. Ce n'était pas tant Diego Carli qu'elle avait fui que le grabuge. Elle s'était précipitée vers la paix, symbolisée par l'atelier du passage du Désir.

L'idée du remontant n'était pas si mauvaise que ça. Sans réserve d'alcool fort, il lui faudrait se rabattre sur une bière. Dans son réfrigérateur, elle repéra du jambon sous cellophane, du pain en tranches, du beurre de cacahuètes et un bocal de cornichons. Il existait une oasis de bière mexicaine derrière tout ça. Elle saisit le bocal, cala jambon, pain et beurre de cacahuètes entre ses seins pour se libérer une main et extirper une bouteille. Et laissa tomber son chargement. Le bocal explosa sur le carrelage en même temps qu'un : *Holy shit ! What the hell ?*

Elle recula, écrasant quelques cornichons sous ses pieds nus. Évitant miraculeusement de se couper sur les débris, elle s'enfuit de chez elle. Au contact des pavés du passage, elle réalisa qu'elle avait oublié de mettre ses chaussures et de fermer sa porte à clé. Elle fit demi-tour avec l'envie contraire au fond des tripes, enfila ses tennis, verrouilla sa porte puis courut en direction de chez Lola.

8

La rue de l'Échiquier était en pleine effervescence. C'était l'heure où les gens qui n'aimaient pas faire la cuisine avaient faim. Au 32, les pizzaïolos faisaient lever la pâte et pétarader les mobylettes. Un livreur exécuta une embardée pour éviter Ingrid en plein sprint et lui lança un « fais gaffe, eh, toi, la girafe ! ». Elle passa outre, elle ne pensait qu'à poser son index sur le bouton de l'interphone de Lola Jost. La voix bourrue lui fit l'effet d'une bouée sonore.

— Qu'est-ce que c'est ?

— *Open the door, please !*

— Oh, la, la ! Eh, les Ricains, vous ne pouvez pas la laisser cinq minutes tranquille la vieille Europe ?

— *Open the fucking door ! Now !*

Il ne se passa rien pendant quelques secondes, puis la porte se débloqua dans un clic et Ingrid grimpa l'escalier quatre à quatre. Vêtue d'une robe mauve assortie au reflet de ses cheveux gris, Lola attendait dans l'embrasure de sa porte. L'œil vide, c'est-à-dire plein de rancune.

— Pardonne-moi de te le dire sans gants, mais même un soudard aviné aurait plus de manières.

— Lola, je viens de trouver une main dans mon réfrigérateur !

L'ex-commissaire garda un visage impassible, mais ouvrit sa porte en grand et fit signe d'entrer. Puis elle désigna son vieux voltaire et fila en cuisine. Ingrid fixa, hagarde, la table colonisée par les sept mille pièces du mont Fuji. Lola avait confectionné de soigneux tas de couleurs allant du gris au franchement blanc qui n'évoquaient rien de plus joyeux que des monticules de cendre. Elle revint avec une bouteille et un verre qu'elle remplit d'autorité et colla dans la main tremblante d'Ingrid, qui but d'un trait. Sirupeux... ça ne pouvait être que le vieux porto que Lola sirotait en puzzlant. Une douceâtreté. Ça se disait en français ? Ingrid avait toujours détesté le porto.

— Décris-la-moi, ordonna Lola.

— Je l'ai à peine vue. J'ai couru comme une folle !

— Fais un effort, quoi ! Ingrid !

La voix s'était radoucie mais derrière ses lunettes Lola montrait son regard de vieux hibou prédateur de vérités.

— C'était peut-être bien une main d'homme. Et on y avait planté un clou.

Lola la resservit et lui fit signe de boire illico. Ingrid obéit.

— Quel genre de clou ?

— Un clou sans genre particulier. Long et mince. Un clou, quoi.

— Il y avait du sang ?

— Je ne m'en souviens pas.

— De quelle couleur, la main ?

— Blanchâtre ou plutôt verdâtre, avec des veines noires.

— Ça vient peut-être d'un magasin de farces et attrapes.

— C'était drôlement réussi, comme effet.

— On ne va pas palabrer toute la soirée. Allons chez toi. J'ausculte, et si ce n'est pas du plastique, on appelle Barthélemy.

Ingrid était plus groggy que si elle avait fait un sort à l'intégralité des réserves portugaises de Lola. L'ambiance morbide de l'hôpital, la froideur de la chambre de l'*Astor Maillot*, cette main horrible... Les morceaux d'un puzzle déjanté dansaient la farandole, et si quelqu'un avait l'audace de reconstituer l'image de cette épouvante, elle ressemblerait à un Monet couvert de fientes d'oiseaux. Un jour radieux foulé aux pieds. Une promesse de bonheur piétinée. Ma cervelle bat la campagne autant que mes métaphores, songea Ingrid en suivant Lola dans l'escalier puis dans la rue, caressée par un soleil couchant bien trop doux pour la circonstance, où s'égaillaient encore quelques livreurs kamikazes.

En chemin, et au pas de gymnastique, sa robuste compagne l'interrogea au sujet de ses derniers clients. Rien que des habitués. De ses dernières amours. Personne. De livreurs éventuels, de visiteurs inopinés, d'enquiquineurs variés. *Nobody*. Mais une masseuse en rez-de-chaussée était une proie facile pour un fouineur malintentionné. D'ailleurs, on venait d'arriver et Lola prenait la serrure de l'atelier à témoin, et la jugeait dans un état de conservation remarquable. Ingrid déclara qu'elle n'avait pas pris le temps d'identifier des traces de passage forcé.

— On dit *effraction*, Ingrid.

— Et une *infraction*, c'est quoi ?

— On sondera les mystères de la terminologie une autre fois ! lâcha-t-elle en franchissant le seuil de l'atelier. Et puis tais-toi un peu, il faut que je me concentre.

Malgré le ton autoritaire, Ingrid était contente de retrouver sa Lola. La vraie, pas l'ourse des Rocheuses. Lola la généreuse prête à se remuer pour sa communauté. Il était grand temps. Et justement, une fois dans la cuisine, qui faisait aussi salle d'attente, l'ex-commissaire ne gaspilla aucune précieuse seconde. Elle dénicha la pince à toast, ouvrit le réfrigérateur, en extirpa la main et, sans hésiter, l'étudia sous toutes ses coutures, puis la renifla. Elle déclara que c'était une authentique main gauche de sexe masculin. Conservée grâce à un produit indéterminé, évoquant l'essence florale. Puis elle la remit en place avant de sonder l'appartement. Aucune ouverture n'avait été forcée.

— On ne dit pas *effractée* ?

— Et puis quoi encore !

— Pourquoi ?

— Tu vas la laisser tranquille, la stylistique, oui ou zut ?

Alors qu'Ingrid appelait la serrurerie, Lola extirpa son portable de la poche de sa robe terriblement mauve et téléphona à son ex-adjoint, le lieutenant Jérôme Barthélemy.

— Ah, l'indisponible casse-pieds ! maugréa-t-elle. Il m'enquiquine avec ses questions hebdomadaires au sujet de ma santé – laquelle ne lui en demande pas tant – mais il est infoutu de répondre quand on a besoin de lui !

— Il est sûrement en planque et a éteint son portable.

— Et alors ? Le mode vibratoire ça marche aussi dans les sous-marins.

— Barthélemy planque sous la mer !

— Le sous-marin, dit aussi le soum, c'est l'estafette de planque des flics, ma grande. Et c'est un engin insonorisé justement. J'y ai gâché des heures, je sais de quoi je parle. Eh bien, jadis, quand on me téléphonait dans le soum, je répondais. Je peux faire plusieurs choses à la fois, moi.

Lola abandonna un message impérieux sur le répondeur du lieutenant. Il s'agissait de se matérialiser passage du Désir, même tard dans la nuit, Ingrid Diesel était dans les ennuis. Et prière de venir avec un sachet pour pièce à conviction. Les deux femmes s'assirent sur leurs canapés respectifs (Lola choisissait toujours l'orange, allez savoir pourquoi), d'où elles se considérèrent un instant sans rien dire.

— Ce qui me tracasse le plus dans cette nature morte d'un goût très sûr, c'est le clou, reprit Lola.

— Je crois que même sans clou, ça m'aurait tracassée aussi.

— Je ne sais pas si la montée du sentiment identitaire et religieux dans notre belle France laïque me travaille trop le ciboulot, mais j'élargis l'image et j'interprète le cadeau de ton frigo comme une réminiscence du Christ en croix.

— Pas faux.

— Ça sent le désaxé mystique. Le détraqué heurté par ton numéro au *Calypso*. Ingrid la diablesse fait tourner la tête des pauvres pécheurs. Honte sur elle, et pof, une main dans le frigo. Tu as repéré un drôle de paroissien parmi les adeptes de Gabriella Tiger ?

— Non, personne.

— Tu n'en fréquentes aucun une fois ton numéro terminé, mais qu'en est-il de tes collègues ?

— Idem. Le patron veut que le *Calypso* reste une boîte canaille mais classe. Il nous le répète assez souvent.

— On peut imaginer un dingue t'attendant à la sortie des artistes.

— J'ai l'œil, en général.

— Bon, je suppute, mais cette main n'a peut-être rien à voir avec ton strip au *Calypso*, après tout.

Il y avait peu de chances que les deux histoires soient liées mais puisque Lola était prête à fouiner partout, autant lui donner satisfaction.

— J'ai pris l'initiative de fourrer mon nez dans l'affaire Alice Bonin, avoua Ingrid.

Lola eut un sourire bref mais très causant qui disait : « Crois-tu qu'une vieille plantigrade comme moi ignorait que tu avais fait des tiennes ? »

Alors Ingrid raconta. Sa visite à Saint-Félicien. Les soupçons du Nain de jardin. La théorie de Diego Carli quant à un suicide prévu pour lui occasionner les pires ennuis. La chambre payée en liquide le matin même, la récupération des clés cartes magnétiques. La présence aux abords de l'*Astor Maillot* d'un cameraman nommé Jules, la prudence d'Alice pénétrant dans la 3406, son travestissement en idole pop. Les serviettes intactes. Et le bouquet jeté avec l'espoir et l'eau du bain. Le champagne entamé. Elle oblitéra provisoirement le massacre des téléviseurs. Il ne fallait pas abuser des sensations fortes.

— Des fleurs éparpillées dans une baignoire, c'est presque aussi bizarre qu'une main abandonnée dans un réfrigérateur, commenta Lola.

— Tu vois un rapport ?

— Aucun, à part la bizarrerie.

— Tu penses donc que la femme de ménage a tort d'imaginer Alice jetant les fleurs dans la baignoire sous le coup du dépit ?

— Je ne pense rien de précis. Je laisse les sensations s'entasser tranquillement. Comme des pétales de sakura sur un trottoir anthracite.

Ce qu'il y avait de bon avec Lola la grognonne, c'est que son esprit n'était jamais fermé, malgré les apparences. Elle pouvait mouliner trois sujets à la fois : la mort d'Alice, la main dans le fridge, le projet d'échappée nipponne. Pour autant, à peine envisagé, ce voyage devrait être ajourné. Lola venait certes de faire sienne l'affaire Bonin, mais leur duo aurait-il le temps d'élucider un cas aussi compliqué et d'arriver au Japon à temps pour les sakura ? Improbable. Bien sûr le Japon était un pays tout mince, étiré du sud au nord. La floraison des cerisiers s'étirait de la même manière, des îles chaudes d'Okinawa aux montagnes d'Hokkaido. Elle serait terminée fin mars dans la région de Tokyo mais on pourrait toujours la poursuivre vers le nord. Poursuivre, c'est ce qu'elles faisaient si bien en duo.

Elle jugea le moment opportun pour raconter le coup d'éclat chez Luxania. L'ex-commissaire sourit en imaginant le Nain de jardin aux prises avec Papy Dynamite et précisa qu'il était temps de se mêler des soucis du vieil homme.

— Merci, Lola ! Et moi qui croyais que tu puzzlais comme une bête en te moquant du reste.

— Le puzzle est une impeccable pratique zen qui, contrairement aux apparences, n'éloigne en rien de la réalité. On prend du recul pour revenir pile au centre. Après ce qui vient d'arriver, on ne va pas laisser tomber Maurice Bonin. Il a le droit de savoir. Bon, offre-moi donc un verre. Histoire qu'on attende Barthélemy sans trop s'ennuyer.

— Je n'ai que de la bière mexicaine.

— J'aurais dû m'en douter.

— En plus, elle est dans le fridge.

— C'est plus indiqué que l'armoire à pharmacie pour tenir au frais. Qu'à cela ne tienne, Ingrid, je vais t'aider à purifier ce réfrigérateur contaminé. Quant à la bière, je saurai m'en satisfaire. Je me permets de te rappeler que sa robe blonde mais néanmoins exotique est protégée par une bouteille, et une capsule.

— Oui, mais tout de même…

— Ne laisse pas ton imagination gouverner à ta place, déclara Lola en se mettant en quête d'un sac-poubelle. Ce serait le début de l'anarchie.

Elle fit disparaître les quelques produits alimentaires *souillés*, effectua le sauvetage des bières, puis captura les cornichons écrasés et le bocal explosé.

— À quoi sert donc un réfrigérateur géant et rose vif de surcroît à une fille qui ne fait jamais la cuisine ? Ô, mystère épais de l'existence humaine, que ne caches-tu pas sous tes lourds replis !

— C'est de qui, ça ?

— De Lola Jost. Il était temps que tu sortes de ton avachissement romantique, ça ne te ressemble pas.

Et toi, il était temps que tu sortes de ton hibernation neurasthénique, pensa Ingrid en regardant son opulente compagne boire au goulot selon les habitudes américano-mexicaines de la maison. Pour un peu, elle se serait jetée dans ses bras et lui aurait raconté le bonheur de la retrouver intacte. Mais il fallait savoir garder de la tenue en toutes circonstances.

— Je vais faire changer la serrure ce soir, affirma Ingrid d'une voix énergique.

— Tu as obtenu qu'ils se déplacent à cette heure-ci ? Bravo.

— Nadine, la serrurière, est une copine. Je la masse shiatsu deux fois par semaine.

— Serrurière, voilà une invention qui sonne joliment, surtout avec l'accent d'outre-Atlantique.

— On ne sait jamais trop quand vous féminisez ou pas, les Français. Alors j'improvise.

— Tiens, voilà Barthélemy, je le vois grimacer derrière tes carreaux. Tirons-le de sa misère intellectuelle. Il a le droit de savoir qu'un imbécile a glissé une main dans ton frigo.

L'ex-adjoint était en nage. Il expliqua qu'il sortait d'un round « Maurice Bonin contre le Nain de jardin » ; les deux hommes s'étaient lancés dans une empoignade verbale phénoménale, gagnée haut la main et la voix par l'ex-comédien très en verve, et il avait fallu calmer le jeu avant de rallier le passage du Désir. Qu'était-il arrivé à Ingrid ?

— Un imbécile a déposé une main dans son réfrigérateur. Fais-nous analyser tout ça en vitesse. Empreintes digitales et comparaisons avec les ressources des fichiers, histoire de voir si ça fait tilt. Et surtout de la discrétion. Ingrid n'a pas l'intention d'aller porter plainte rue Louis-Blanc et de se retrouver nez à nez avec le Nain.

— Mais si le macchabée n'est pas fiché, on sera marrons, fit remarquer Barthélemy en enfilant une paire de gants en plastique.

— Tout juste, dit Lola. Mais un marron ça peut rouler loin. Oh oui. Gardons espoir.

Barthélemy glissa la main dans un sachet qu'il proposa de déposer à Saint-Félicien.

— Je croyais que c'était un hôpital, s'étonna Ingrid.

— La police a ses labos, mais se sert également de ceux de l'Assistance publique, expliqua Lola. Et une analyse à Saint-Félicien passera plus facilement inaperçue qu'à l'Institut médico-légal.

Ingrid alla ouvrir à Nadine la serrurière qui compatit en apprenant qu'un déséquilibré s'était introduit chez sa masseuse favorite pour y déposer une obole des plus lugubres. En se mettant au travail, elle y alla de ses conjectures.

— Et si c'est quelqu'un qui te connaît et détient le double de tes clés, Ingrid ?

— J'ai bien réfléchi. Je les laisse souvent sur la porte pendant que je reçois mes clients. N'importe qui a pu les prendre, faire une copie dans le quartier et les remettre en place, ni vu ni connu.

Nadine eut tôt fait de démonter la serrure. Elle affirma que c'était du gâchis, une si belle pièce en parfait état de marche, et commença à monter la nouvelle. Ingrid la regarda travailler.

— Tout de même, offrir une main coupée à une masseuse ! C'est du vice. On insulte ton outil de travail.

Ah, je n'avais pas pensé à ça, médita Ingrid en observant ses mains. *On insulte mon outil de travail.* Ou on menace de me le couper. Elle croisa promptement les bras et enfouit ses mains sous ses aisselles.

9

Ingrid continuait d'étudier la technique de Nadine, qui s'était mise à siffloter un air des Rita Mitsouko. Elle proposa une bière qui fut acceptée avec plaisir. Lorsqu'elle revint, porteuse d'une bouteille mexicaine passée sous le robinet après une giclée de liquide vaisselle, Diego Carli se tenait à côté de la serrurière, les bras chargés d'un volumineux bouquet de glaïeuls.

— C'est pour m'excuser de t'avoir entraînée dans cette histoire.

Elle demeura interdite. Nadine leva le nez de sa serrure, prit la bière des mains de l'Américaine et la tendit à Diego en proposant un échange. Ingrid récupéra les fleurs.

— Elles te vont bien, commenta Diego. Tu ressembles à un glaïeul.

— C'est une belle grande tige, notre Ingrid, renchérit Nadine.

— Un problème de porte ? demanda-t-il.

— Un imbécile a déposé une main dans son frigo, expliqua la serrurière avant qu'Ingrid ait eu le temps de réagir. On change les clés.

— Tu as appelé la police ?

— Plus ou moins, répondit Ingrid.

— Comment ça ?

— Bon, entre.

Il ne se fit pas prier mais tiqua en apercevant Barthélemy. Ingrid expliqua que le lieutenant n'était là qu'au titre d'ex-adjoint de Lola Jost. Laquelle avait démissionné de ses fonctions au profit de l'ineffable Grousset.

— Elle et moi ne pouvons pas porter plainte. Jean-Pascal Grousset, alias le Nain de jardin, ne nous apprécie guère.

Lola et Barthélemy n'avaient pas remarqué la présence de l'Espagnol. Ingrid capta le mot *Papouasie* et se demanda ce que les antipodes faisaient dans leur conversation. Elle mit les glaïeuls dans un vase qu'elle posa à côté du réfrigérateur, alla chercher des tacos et en remplit une coupelle qu'elle proposa à Diego.

— Tu n'aurais pas les Rita Mitsouko ? Nadine m'en a donné envie.

— Ça peut se faire, répondit-elle en fouillant sa réserve de CD.

Rapidement, la voix de Catherine Ringer emplit l'atelier.

— J'aime ta décoration, Ingrid. C'est psychédélique. On a l'impression de descendre d'une machine à voyager dans le temps. Boum, trente ans de moins.

Au-delà des trilles de Ringer, Ingrid reconnut les voix de Maxime et Khadidja Duchamp. Elle s'approcha. Les Duchamp s'inquiétaient de voir Nadine changer la serrure. Mais celle-ci leur avait déjà expliqué l'affaire.

— Une main dans le frigo ! s'exclama Khadidja. Et au lieu de paniquer, tu gardes le moral. Bien vu, Ingrid. Il ne faut *jamais* se laisser démoraliser par les imbéciles.

L'Américaine n'essaya pas de la contredire. Elle était à la fois trop fatiguée par sa brinquebalante enquête en solo et trop heureuse d'avoir retrouvé sa coéquipière.

— Tu es sûre que tout va bien ? s'inquiéta Maxime.

— Mais oui, viens donc boire une bière mexicaine.

Les Duchamp saluèrent Diego Carli puis se dirigèrent vers Lola et Barthélemy. Ingrid demanda à Carli par quel miracle il connaissait les Duchamp, mais il se contenta d'un nouveau sourire enjôleur. Désarçonnée par les manières de l'hidalgo, elle partit retrouver Nadine qui semblait s'entretenir avec sa serrure, et réalisa qu'elle discutait avec le Dr Antoine Léger, accomplissant sa promenade nocturne en compagnie de Sigmund. Elle lui proposa d'entrer boire une bière avec son dalmatien puis s'échoua dans le canapé rose face à Diego Carli.

— Ça se danse, dit-il.

— *What ?*

— Les Rita Mitsouko, ça se danse.

Il lui tendit la main. Elle se laissa faire, se retrouva lovée contre lui, et constata qu'ils étaient de la même taille.

— Tu trouves bizarre que j'aie envie de danser alors qu'Alice vient de mourir, non ?

— Bizarre est le mot.

— Je te promets qu'on ne dansera que cinq minutes. Pour oublier cette horrible journée. Ce sera toujours ça de pris si une nouvelle catastrophe nous tombe dessus.

— Comment as-tu trouvé mon adresse ?

— Je suis retourné voir Khadidja aux *Belles*. Son mari prétend que tu es la meilleure masseuse du faubourg Saint-Denis. Tu es une bonne danseuse aussi.

— Je danse rarement.

— Ingrid, il y a quelque chose que je veux que tu saches.

— Je t'écoute.

— Je t'ai dit qu'elle était *loca*. J'ai exagéré, et tu as dû me prendre pour le dernier des salauds. Alice n'était pas folle, elle était… abîmée. Certaines personnes paraissent solides, on pense qu'elles savent encaisser mais on se trompe. Alice m'appelait au secours et je n'ai pas su l'entendre. C'est injuste.

— Qu'est-ce qui est injuste ?

— Les gens qui ont le plus besoin d'amour sont ceux qui en récupèrent le moins. Leur avidité fait peur. Et pourtant, quelquefois, ça tient à un rien. Pourquoi finit-on par épouser une femme plutôt qu'une autre ?

— IL NE FAUT PAS SE GÊNER ! cria une voix furibarde, et Ingrid se sentit agrippée par le bras.

— Benjamin !

— Je suis fou d'inquiétude – Nadine vient de me raconter pour la main –, et je te trouve en train de danser avec ce type ! TU TE FOUS DE MOI !

— Je danse si je veux !

Ben sentait l'alcool à plein nez, le gin plus précisément.

— C'est ton fiancé ? interrogea calmement Diego.

— Sûrement pas ! Lâche-moi, Benjamin ! Tu me fais mal.

— Tu as entendu, Benjamin. Tu la lâches tout de suite.

— Mais tu veux mon poing dans ta gueule d'espingouin, toi ou quoi ?

— Non, je veux que tu te calmes.

— Tu me cherches. Viens, tu m'as trouvé.

— Désolé, mais je soigne les gens, je ne leur casse pas la figure. Surtout quand ils ne sont pas en état.

— T'as les foies, c'est tout.

Ben chargea, tête en avant, rage au bord des dents, mais Carli virevolta au dernier moment. Ingrid agrippa Ben aux épaules, lui ordonna de rentrer chez lui. Il y eut un concours de gifles. Maxime et Antoine s'interposèrent. Benjamin envoya des ruades en hurlant qu'Ingrid était une menteuse. Elle avait beau se foutre à poil pour le Paris de la nuit, son cœur était voilé !

Khadidja et les deux hommes raccompagnèrent Benjamin Noblet chez lui. Sigmund Léger considéra Ingrid d'un œil triste puis fila sur leurs talons. Lola arrêta la musique. Jérôme Barthélemy déclara qu'il était grand temps pour lui de mettre le cap sur Saint-Félicien. Tout le monde le regarda s'éloigner, avec son sachet en plastique déformé par la main inconnue, et monter dans sa voiture de fonction garée devant l'entrée du passage.

— Les flics ne sont jamais gênés pour se parquer au petit bonheur la chance, énonça Lola pour briser le silence. C'est un des aspects du métier qui me manque. Si je pose ma Twingo n'importe où, je me récupère une prune.

Elle rassembla les bouteilles de bière qui traînaient un peu partout. Et fit remarquer que quelqu'un en avait même servi à Sigmund dans un bol.

— Oui, c'est moi, admit Ingrid. Je ne savais plus trop ce que je faisais.

— Ce chien n'aime pas la bière. J'ai toujours pensé qu'il avait du goût.

— C'est de ma faute, s'excusa Diego. Mais je ne regrette rien.

— C'est Ben qui a commencé.

— Il t'a fait mal ?

— Non.

— Voilà tes nouvelles clés, annonça Nadine en tendant deux jeux. Ne les oublie plus sur ta porte.

Ingrid confia une clé à Lola :

— En cas de panique, on ne sait jamais.

Il sembla à Lola que l'infirmier regardait la petite pièce de métal avec convoitise.

Nadine sourit à Carli et s'en alla sans plus de commentaires.

— Je ne suis pas seulement venu t'apporter des fleurs, Ingrid.

— Je m'en doutais.

— Tu as un ordinateur ?

— Bien sûr. Pourquoi ?

— Parce que Alice n'en finit plus de tomber sur le net.

— *What !*

— Quelqu'un a mis le film en boucle.

L'écran montrait un quadragénaire jovial aux moustaches enfarinées. Grâce aux indications plutôt subtiles de Diego, Ingrid avait déniché le bon site, celui d'un certain Richard, posté devant une boulangerie au fronton illisible. Au loin, se dessinait un campanile que Lola identifia comme celui de Sainte-Odile. Ingrid trouva le bon lien et bientôt la façade métallique de l'*Astor Maillot* se détacha sur le fond gris-bleu du ciel. Puis sur Alice Bonin penchée à une fenêtre, vêtue de sa robe de sirène. Elle redressa le buste, se hissa en souplesse, passa une jambe après l'autre dans l'embrasure, sans précipitation. Elle resta un instant assise sur le rebord. Et se jeta dans le vide. Son corps fendit le ciel et s'écrasa sur le toit d'une voiture. Il y eut quelques gros plans sur les visages de témoins horrifiés et enfin un zoom sur la morte. L'image se mit à trembler et on entendit un homme insulter le cameraman. Le film redémarra sur Alice à sa fenêtre.

Lola pensa que l'aplomb du cameraman donnait à ce reportage des allures de fiction. Il fallait presque se pincer pour ne pas confondre la mort d'une femme avec la prestation d'une cascadeuse aidée d'un mannequin de mousse. À force de vivre dans un monde d'images, on en venait à douter de ses contours. Raison de plus pour l'observer à la loupe le moment venu.

— Pas moyen d'apercevoir quiconque dans la chambre, commenta Diego. J'ai essayé avec un logiciel adapté. Mais il y a malgré tout quelque chose d'étrange.

— Son visage sans expression, intervint Lola.

— Je me suis vu à sa place. Même si j'étais déterminé à sauter, je crois que je ferais la grimace.

Ingrid se promena sur le site et déboucha dans un salon familial. Le boulanger moustachu y regardait la télévision.

— Qu'est-ce que c'est que ce bazar ? lâcha Lola.

— L'internaute qui s'intéresse à Alice a une webcam chez lui, expliqua Diego. Sa vie est un livre ouvert. Intéressant, non ?

— Regarder un type devant sa télé n'est pas ma conception du suspense, mais gardons l'esprit ouvert.

— Et si Jules le cameraman était de la famille du boulanger ? proposa Ingrid.

— La question attendra demain car je vais me coucher, annonça Lola. Tu ferais bien d'en faire autant, Ingrid. Demain, nous commençons tôt, comme les braves que nous sommes. Tu habites le quartier, Diego ?

— Oui, pourquoi ?

— Fais-moi donc un bout de chemin. J'aimerais entendre ta version des faits. J'ai pris le train en marche, vois-tu.

Lola recommanda à Ingrid de bien verrouiller puis s'en alla en compagnie de Diego. Ingrid remit en sourdine la chanson qu'il fredonnait tout à l'heure dans son cou. Elle débrancha son téléphone, s'allongea sur son canapé rose et se replongea dans la contemplation de sa lava-lampe. Elle venait de vivre l'une des journées les plus bancales de son existence. En résumé, *a fucking nonsense.*

10

Lola avait glissé son bras sous celui de l'infirmier. Il était sans doute dépité de quitter Ingrid mais elle ne le sentait pas mécontent de lui tenir compagnie. Ce garçon était du genre décontracté. On pouvait y aller franco.

— C'était une scène de « J'irai danser sur vos tombes » que tu nous jouais tantôt, Diego ?

— Si je vous dis la vérité, vous ne me croirez pas.

— Essaye toujours. Ce soir, j'ai l'esprit grand ouvert.

— Je ne sais pas exactement pourquoi j'ai invité Ingrid à danser.

— C'est ça ton explication ? Ouh, regarde ! Elle est si légère qu'elle s'est envolée.

— Laissez-moi donc le temps de réfléchir.

— Je croyais que tu travaillais aux urgences.

— Lola, soyez bonne.

— Entendu, je fais une exception pour toi. Raconte.

— On a de plus en plus de travail et de moins en moins de moyens à l'hôpital. Et puis, Madrid me manque quelquefois. Je sortais presque toutes les nuits là-bas. Il faut que je danse pour évacuer. Et puis…

— Et puis ?

— Ça m'a semblé la façon la plus simple d'expliquer à Ingrid que je m'étais comporté comme un salaud avec

Alice. Ça vous va comme explication ? J'espère que oui, parce que je n'en ai pas d'autre. Ou alors il faudra que je vous mente.

— Je me moque de ces histoires de piste de danse, à vrai dire. Celle qui m'intéresse c'est l'autre. Et je parie que tu l'as trouvée.

— Quelle piste, Lola ?

— Celle qui nous mènera au cameraman.

— Ingrid a été trop sobre. Vous débordez du cadre.

— Tu veux bien être poli, mon garçon !

— Pas d'offense, je vous trouve très bien comme vous êtes.

— Dans ce cas, tu m'accompagnes. Où habite-t-il ?

— Qui ça ?

— Arrête, tu veux ! Tu sais dénicher des sites intéressants, tu peux faire de même pour une adresse. Surtout celle d'un type qui vit sa vie devant une légion d'internautes.

— Si Jules le cameraman est bien de la famille du boulanger, il habite avenue Stéphane-Mallarmé.

— À la bonne heure ! Dis-moi comment tu l'as su.

— Vous avez reconnu Sainte-Odile, moi aussi. Il n'y a pas trente-six églises néobyzantines en briques roses à Paris.

— Mais une seule boulangerie dans le périmètre, c'est ça ?

— Le boulanger est dans les Pages jaunes. Il se nomme Richard Parisy.

— Pas mal, pour un infirmier. Bon, on va prendre un taxi.

— Ma Vespa est garée devant les *Belles*.

— Tu me vois monter sur pareil engin ?

— Ça fera Audrey Hepburn et Gregory Peck dans *Vacances romaines*.

— Tu essaies de me rouler dans la farine comme les moustaches de Richard Parisy, sacré galopin. Et pour le casque ?

— J'en ai toujours deux.

— À cause des filles ?

— Pas spécialement.

— Je t'ai à l'œil, avec ma coéquipière. Ne va pas me l'abîmer. Sous ses airs de dure à cuire, c'est une pâquerette.

— Je n'arrête pas d'expliquer que je ne suis pas là pour abîmer les gens, que c'est plutôt le contraire, mais personne ne me croit ! dit-il en lui offrant un grand sourire blanc et un casque rouge.

Il enfila le même en orange vif. Quant à sa Vespa, elle était rose. L'Espagnol et l'Américaine partageaient un goût immodéré pour les couleurs incongrues.

— Tutt ! Tu crois que je ne t'ai pas vu venir avec tes glaïeuls ? En route.

En le serrant à la taille, Lola put constater que ce garçon n'avait pas un poil de gras. Et en plus il sentait bon. Ingrid, qui n'avait jamais su y faire avec les hommes, risquait de déraper et de se faire mal. Pour l'instant, l'urgentiste avait ralenti et lorgnait la rue, à la recherche de la boulangerie. On repérait Sainte-Odile de loin grâce à son élégant campanile. Le périphérique était proche mais cette église saugrenue donnait l'impression de fouler les rives du Bosphore. Quant à l'avenue Mallarmé, elle n'avait rien de spécial.

— C'est là, dit-il en se garant.

Lola descendit le plus dignement possible de cette Vespa de mauvais goût. Elle se débarrassa de son casque et l'observa en train d'enlever le sien. Même avec une citrouille sur la tête, il était beau. Très embêtant.

La devanture de la boulangerie était causante. Elle racontait la saga des Parisy. Artisans boulangers de père en fils, ils se targuaient de confectionner les baguettes les plus *croustipatantes* de Paris. Un Richard jovial posait avec une présentatrice télé qui souriait de toute sa régulière denture peroxydée évoquant un bébé requin. Il y avait aussi une blonde d'une vingtaine d'années, vêtue des mêmes toque et tablier immaculés que le gai Richard.

C'est le boulanger qui vint leur ouvrir. Il avait l'air aussi aimable en 3D qu'en deux et baignait dans une odeur attractive. Lola paria pour une tourte. Une tourte à la viande marinée. Elle expliqua son statut de commissaire à la retraite, sa quête pour le compte de l'ami Maurice Bonin. Elle montra son ancienne carte professionnelle et Parisy y jeta un coup d'œil sans cesser de sourire.

— J'aimerais m'entretenir avec le jeune Jules.

— Mon fils est là, il vous expliquera lui-même. Nous finissons de dîner. Entrez, je vous en prie.

Lola et Diego pénétrèrent dans le salon aperçu sur le web. Trois personnes étaient attablées autour d'une tourte entamée. Lola se félicita pour son odorat, reconnut la blonde des photos et repéra la webcam posée sur la cheminée. La boulangère tenait compagnie à un jeune barbu et à une quadragénaire qui, selon les lois de la génétique, avait de fortes chances d'être sa mère.

— Un peu de chinon ? proposa Richard Parisy.

— Ce n'est pas de refus, répliqua Lola.

— Je ne refuse pas non plus, dit Diego Carli.

Lola pensa qu'une part de tourte serait la bienvenue après cette soirée qui n'avait vu défiler que des bières mexicaines et d'effroyables chips essayant d'évoquer Acapulco sans y parvenir. Les jeunes gens et la mère étaient moins joviaux que le boulanger. Lola leur expliqua que ses intentions étaient pacifiques, qu'elle aidait un ami. Diego Carli s'était attablé avec la famille et paraissait à l'aise. La blonde le regardait avec intérêt. La mère aussi. En revanche, le barbu n'avait pas l'air dans son assiette.

Lola avait envisagé une saga. Elle ne fut pas déçue. Elle apprit que Jules était le frère de Juliette et, en conséquence, le fils de Richard et de sa femme, Martine. Les Parisy et les Bonin étaient liés. Martine Parisy était la sœur d'Alexandrine, l'épouse défunte de Maurice Bonin. Contrairement à ses dires, c'est Parisy senior qui donna ces explications à la place de son fils. Jules avait eu un réflexe de professionnel en filmant la chute de sa cousine Alice. Comme un bon pro, il était allé vendre son reportage à une chaîne.

Jules Parisy écoutait sans réagir. Lola s'était donné une allure de grand-mère compatissante. Elle avait l'air assoupie, les doigts resserrés sur son verre de chinon. La mère restait silencieuse, approuvant d'un hochement de tête, ici et là. Elle découpa le reste de tourte et resservit sa famille. Elle compléta le service avec une salade panachée à l'aspect très intéressant. Lola était tout ouïe mais ses papilles gustatives demeuraient en émoi. En même temps, elle sentait sur elle le petit œil vicieux de la webcam et s'imaginait visionnée par des centaines d'internautes. Lola Jost vedette de *La Ferme* de l'avenue Mallarmé. Qui l'eût cru ?

— Elle m'avait demandé de l'accompagner, commença Jules d'une voix penaude. Ce n'était pas la première fois.

— Pour quoi faire ?

— Filmer l'anniversaire d'un gamin.

Lola se fit raconter l'histoire. Alice utilisait souvent les services de son cousin Jules pour apporter un plus à sa clientèle. Elle exécutait son numéro de sosie pendant qu'il réalisait un court reportage sur l'événement. Interviews rigolotes des invités, extraits du show, soufflage des bougies, etc. Alice se faisait payer en direct ou l'animation était facturée par *Paris est une fête*. Cela dépendait de son humeur et des opportunités. En d'autres termes, il arrivait parfois à Alice Bonin de traiter en direct, ce qui permettait à ses clients de faire des économies et aux deux cousins de partager l'intégralité du cachet.

— L'employeur d'Alice n'était pas au courant ?

— Je ne sais pas.

— C'est elle qui t'appelait ?

— La plupart du temps, elle me faisait signe au dernier moment et on se donnait rendez-vous sur place.

— Et cette fois-là ?

— Idem. On avait déjà travaillé à l'*Astor Maillot*.

Sans grand espoir, Lola demanda le nom du client. Elle fut surprise d'entendre Jules nommer un certain Pierre Maréchal, financier et père d'un Gildas âgé de douze ans. Sous la houlette de *Paris est une fête*, Alice avait déjà fait sa Britney pour le gamin.

— Les flics l'ont appelé devant moi. Maréchal a déménagé avec sa famille et travaille en Allemagne.

— Alice t'avait donc raconté des histoires ?

— Aucune idée. Elle était comme d'habitude.

— Tu étais censé filmer une fête familiale. Pourquoi avoir immortalisé sa chute à la place ?

— Je suis reporter indépendant.

— Et c'est un métier très difficile, enchaîna Richard Parisy, toujours souriant. Beaucoup d'appelés, peu d'élus. Mais j'ai laissé Jules faire ses propres choix.

— Ces réceptions avec Alice m'ont donné une idée de reportage sur la vie des portiers des grands hôtels parisiens, reprit Jules l'air agacé par la remarque paternelle. J'avais interviewé celui de l'*Astor Maillot* en attendant Alice. Il me restait un peu de temps. J'en ai profité pour prendre des vues extérieures. C'est là que c'est arrivé.

J'ai repéré une blonde, penchée à une fenêtre. J'ai filmé. Ce n'est qu'à la fin que j'ai reconnu ma cousine.

Tous les visages étaient tournés vers Parisy junior. Le sourire de Richard s'était atténué mais persistait. Lola se demanda s'il s'agissait d'un tic.

— J'ai vendu le film pour me protéger, continua Jules.

— Comment ça ?

— J'ai pensé qu'elle avait été poussée et que j'avais peut-être filmé son meurtrier. En exposant tout au grand jour, je n'étais plus un témoin gênant. Je connais un producteur chez TV Europa. Il m'a acheté la vidéo sans hésiter.

— Combien ? tenta Lola.

Un nouveau silence que finit par briser la voix égale de Richard Parisy.

— Vingt mille euros. Vous voyez, nous n'avons rien à cacher, dit-il en se tournant vers la webcam.

— C'est mon père qui a décidé de le mettre en ligne.

— On est d'ailleurs en ligne en ce moment même, ajouta fièrement le boulanger. Tout est vu, tout est dit. Rien à se reprocher. Jules est intouchable, il ne peut rien lui arriver. Le net est une double assurance avec la diffusion télévisée.

— Astucieux, commenta Lola. Ce qui est dommage, c'est qu'on n'aperçoive personne derrière Alice.

— Les techniciens de la chaîne ont essayé d'étirer la vidéo mais ça n'a rien donné, confirma Jules. En fait, elle s'est peut-être bien suicidée. Ma cousine avait souvent des idées bizarres et réfléchissait rarement avant de passer à l'action.

— Mais pourquoi s'inventer un client ? intervint Diego Carli.

Jules haussa les épaules, l'air désorienté. Juliette et sa mère finissaient leur tourte sans se presser, Richard

Parisy semblait content de lui et de la vie en général. Lola reposa son verre puis se tourna vers le fils du boulanger.

— J'ai plusieurs théories. Dont une farfelue. Et si Alice avait envisagé cette mort filmée. Qu'en penses-tu ?

— Je ne sais pas quoi penser, madame.

— Monsieur Parisy, vous voulez bien débrancher votre webcam ?

— Ce n'est pas trop dans les habitudes de la maison.

— Changeons-les un peu, pour voir.

Lola se leva pour éteindre la caméra. Le boulanger se contenta de l'observer de son regard tellement bienveillant qu'il en devenait suspect.

— Dis-moi, Jules, ta cousine et toi, vous n'auriez pas partagé un secret dont tu oublierais de me parler, par hasard ?

— Je vous jure que non. Cet anniversaire devait être comme les autres.

— Ce qui diffère, c'est les vingt mille euros. Pardonne-moi de jouer les moralistes, mais ça ne te perturbe pas d'avoir vendu sa mort à la télé ? Tu as pensé à ton oncle Maurice ?

— Sur le moment, non. Maintenant, oui.

— Conclusion ?

— Une partie de moi voudrait donner cet argent. À des copains dans le besoin, ça ne manque pas. Une autre voudrait l'utiliser. Je ne roule pas sur l'or. La preuve, je vis chez mes parents.

— Où tu es le bienvenu aussi longtemps que nécessaire, mon fils. Et puis, pour l'argent, tu feras comme bon te semble, tu es majeur, déclara Parisy senior.

— J'ai une meilleure idée. Aujourd'hui, Maurice Bonin a eu un geste symbolique lourd de conséquences. En gros, il a massacré quelques téléviseurs. La note est salée. Jules va la payer. Ça réduira de beaucoup les ennuis judiciaires de mon vieux camarade. Et les tiens, Jules. Qui te dit que ton oncle n'a pas envie de te faire un procès ? Ou, plus sobrement, de te casser la figure ?

— J'espère que vous plaisantez, madame ? demanda Richard Parisy avec un grand sourire.

— En fait, non.

Lola échangea un regard avec Diego. Il semblait déguster la scène.

— Si mon beau-frère avait élevé sa fille normalement, tout ça ne serait pas arrivé, éructa la mère, qui prononçait là sa première phrase de la soirée.

— Je suis sûre que vous allez préciser votre pensée, madame Parisy.

— À la mort de ma sœur, Alice a été livrée à elle-même et à son dingue de père. Un caractériel qui n'a rien fait pour corriger le même penchant chez sa fille. Pour lui, il y a les Bonin d'un côté, des saltimbanques libres et fiers. Et de l'autre, les Parisy. Des fourmis laborieuses qui ne s'intéressent qu'à l'argent. Il nous l'a assez répété.

— Eh bien, prouvez le contraire en payant la note. Je me charge de convaincre Maurice de ne massacrer ni Jules, ni la vitrine de votre boulangerie. Depuis aujourd'hui, je sais qu'il en est capable.

— J'espère que ce n'est pas une tentative de chantage, madame Jost.

— J'espère que vous n'essayez pas de me manquer de respect, monsieur Parisy.

Le clan Parisy resta tranquille un moment puis Jules reprit la parole.

— Je paierai. Mon oncle m'a toujours flanqué la trouille. Et puis, dans le fond, ça allégera ma conscience.

— Voilà qui est parler, jeune homme, déclara Lola d'un ton solennel en se levant.

Elle rebrancha la webcam et en profita pour étudier la mère et la fille. La première avait une liasse de vingt mille euros en travers de la gorge, la seconde félicitait son frère pour sa décision.

Lola remercia le boulanger pour son hospitalité, le laissa la raccompagner jusqu'à la porte. Il s'intéressait à ses théories. Elle éluda ses questions et prit congé sur un sourire. Elle exécutait à merveille le sourire du chat d'*Alice au pays des merveilles*. C'était de circonstance. Alice Bonin s'était aventurée dans une contrée dont les règles échappaient à l'analyse cartésienne. Le problème, c'est qu'elle n'en était pas revenue. Lola commençait à se sentir titillée. Un lapin myxomatosé, et qui se croyait malin, avait entraîné Alice dans son sillage, et même si la jeune fille était un peu pénible, ce n'était pas une raison pour la précipiter dans le vide.

Lola et Diego se retrouvèrent de part et d'autre de la Vespa. Elle lui trouva soudain l'air méditatif.

— Vous croyez qu'Alice a pu s'inventer un suicide hollywoodien en sachant que Jules le filmerait ?

— Pour le moment, j'évite les conclusions hâtives.

— Vous lui coupez sa webcam avant de passer la facture à son fils. J'ai bien aimé.

— Le plus dur sera de convaincre Maurice de ne pas casser la gueule à ce petit salaud moderne.

— Ce qui m'étonne, c'est que son père ait balancé son identité sur le net.

— Tu veux dire au su et au vu du premier venu ?

— Oui, et surtout de Maurice Bonin.

— Moi pas. Maurice vit dans son monde. Il déteste les ordinateurs autant que les téléphones portables. Il n'aime que son cours de théâtre à la MJC.

— On trouve toujours quelqu'un de bien intentionné pour faire des révélations, même aux ermites. Je vous ramène chez vous ?

Elle n'avait pas la moindre envie d'enfourcher une nouvelle fois cette Vespa bien moins confortable que la banquette d'un taxi mais elle voulait être sûre que cette nuit, ce petit malin oublierait Ingrid.

— Dépose-moi plutôt passage du Désir. De là, je rentrerai à pied. J'aurai besoin de me dégourdir les jambes en descendant de ton engin.

Carli tendit son casque à Lola et lui décocha un nouveau sourire entendu. Une menace extrêmement sérieuse, cet infirmier venu d'ailleurs. Alors qu'elle finissait de boucler l'affreux couvre-chef métallique, il demanda :

— Qu'est-ce qu'il a voulu dire par : « *Tu as beau te foutre à poil pour le Paris de la nuit, ton cœur porte un tchador* » ?

— Qui ça ? demanda Lola pour avoir le temps de bricoler une réponse.

— Benjamin le boxeur.

— Ah oui ! Ben. Oh rien, il cause sans arrêt. C'est un étudiant dans une école de cinéma, un cérébral. Et puis il était saoul. En fait, il a dit *ton cœur est voilé.* C'est de la poésie brute. Ne cherchons pas plus loin.

— Moi, en général, quand je suis saoul, je dis toujours ce que je pense.

— Quand tu es à jeun aussi, j'ai l'impression. J'ai sommeil, mon garçon. Rentrons, si tu le veux bien.

Elle fut réveillée par une soif extraordinaire. Il lui semblait qu'elle avait bu de l'eau de mer et que, faute d'une intervention rapide, ses organes s'assécheraient. La lumière de la lava-lampe oubliée dessinait les contours de la salle d'attente, le bouquet de glaïeuls faisait jeune arbre à côté du réfrigérateur. Elle vérifia que sa porte était fermée. La clé était fichée dans la serrure, équipée du porte-clés « Serrurerie Mangin, la serrurerie qui vous veut du bien ».

Le lecteur de CD fit retentir la voix de Lola. *Et Ingrid, la bourlingueuse, l'Américaine en mal d'amour, c'est une en-qui-qui-neuuuuse, qui ne sait pas préparer les topinambouuuuurs...* Ingrid haussa les épaules et, en pensant à l'eau glacée qui étancherait bientôt les soifs extrêmes du monde, ouvrit le réfrigérateur.

Alice Bonin y était recroquevillée, vêtue de sa robe scintillante et couverte de givre. Mince, c'est horrible et c'est très joli, pensa Ingrid en reculant vers la baie vitrée qui venait de se matérialiser dans le paysage de la cuisine. Elle devait fuir et, par la même occasion, confondre l'enfant de salaud qui avait mis Alice au frais. Elle pensa que la baie allait voler en éclats, mais son corps la traversa sans dégâts. Ses membres tricotèrent un instant dans l'air. Elle se mit à hurler et à tomber, tomber, tomber...

Ingrid se réveilla en sueur. Elle avait fait un cauchemar dont les détails lui échappaient. Seule subsistait cette sensation de chute dans le vide. Elle se leva avec une soif de naufragée ; après les recommandations de ses amis, elle s'était bien gardée d'ouvrir sa fenêtre, et sa chambre évoquait une étuve.

L'éclairage urbain filtrait à travers les stores. Elle repéra les glaïeuls dans leur vase posé sur le lino, hésita avant d'ouvrir le réfrigérateur puis se raisonna : il avait été désinfecté à l'eau de Javel et ne contenait rien de plus dangereux que de l'eau. Elle se désaltéra.

Un bruit de moteur. Des voix provenant de la rue du Faubourg-Saint-Denis. Elle repéra Lola, volumineuse dans sa désespérante robe mauve et qui discutait avec un homme motorisé. L'infirmier Carli. Il fit démarrer son engin et s'en alla. Ingrid eut envie d'en savoir plus mais l'idée de sortir en caleçon et débardeur délavés était dangereuse. Et s'il prenait à Diego Carli l'envie subite de rebrousser chemin ?

On verrait bien si l'ex-commissaire jugerait bon de raconter son escapade nocturne. Elle se recoucha en fredonnant ; malgré les bribes cauchemardeuses elle se sentait d'humeur allègre. *Ingrid la facétieuse, l'Américaine en mal d'amour, c'est une en-qui-qui-neuse...* Mais d'où lui venaient donc ces paroles étranges sur la musique des Rita Mitsouko ? Voilà ce qui arrivait quand on écoutait cinq fois de suite la même chanson avant de dormir.

11

Elle était vêtue d'un poncho soyeux qui évoquait un ciel diurne et d'un large pantalon qui suggérait un ciel nocturne. Ces touches poétiques contrastaient avec une carrure forçant le respect. Ingrid trouvait à Karine Lebouteux une ressemblance avec Killer Daisy, une catcheuse rousse dont son oncle Dave qui n'aimait que les femmes hors normes était tombé amoureux dans les années quatre-vingt. D'ailleurs la patronne de *Paris est une fête* arborait une opulente chevelure miel en feu sur laquelle une barrette en forme de papillon était la métaphore de la poignante fragilité du monde visible. Et comme Killer Daisy, elle n'avait pas l'air commode. Elle conversait au téléphone avec un interlocuteur à qui elle ne comptait pas faire de cadeau. Ingrid imaginait Killer Karine en sorcière capable de se transformer en dragon. Le papillon aurait l'air d'un microbe garé sur la tête d'un monstre.

Les bureaux, dès le seuil, avaient été peints dans une laque noire censée envoûter. Le décorateur avait ajouté des étoiles et des planètes scintillantes et des boules en verre semblables à celles qui tournicotent au plafond des night-clubs. Des affiches vantaient les distractions offertes par la maison. Sur l'une, une brune au rouge à lèvres écarlate avait l'air de vivre le plus beau jour de sa vie dans une ambiance de casino. Sur une autre,

Dalida posait avec la reine d'Angleterre ; à l'arrière-plan, Travolta, époque fiévreuse du samedi soir, costume blanc et micro à la main, les couvait des yeux. Ingrid et Lola s'approchèrent pour constater qu'il s'agissait de trois sosies très réussis.

Elles patientèrent pendant que Mme Lebouteux, au téléphone, bataillait pied à pied contre un impudent lui réclamant son cachet. Compte tenu de son retard à un mariage à Auteuil, « il était de bonne guerre de couper son dû en deux ». L'artiste ne l'entendait pas de cette oreille.

— Tu crois au père Noël à ton âge, Bernard ? Tu crois que j'ai des difficultés à trouver un sosie de Florent Pagny ? Par les temps qui courent ? Je crie « au suivant ! » et un garçon avec au moins autant de talent que toi vient me manger dans la main. Et n'en laisse pas une miette. Tu me suis ? Comment ça « non » ?

Ingrid se tourna vers la rue. Au-delà de cet antre plein de faux astres, personne. Exactement comme à leur arrivée. Elle jeta un coup d'œil à Lola, qui semblait bouillir sous un couvercle trop étroit. D'ailleurs elle se leva et lui ordonna de rester campée sur ses positions : elle revenait.

Lola s'apprêtait à pousser une porte derrière laquelle pulsait une musique fatigante.

— Vous cherchez Georges ?

La voix posée, voire lasse, provenait d'un canapé sombre. Elle appartenait à un sexagénaire à crâne de bonze. Son costume et sa chemise noirs fondaient son corps dans le cuir, ne laissaient apercevoir que son visage et ses mains. Et ses pieds, car il ne portait pas de chaussures. Lola s'approcha. Des yeux couleur de mer, des paupières tombantes de vieux sage sauvaient son visage empâté.

— Je cherche effectivement Georges Lebouteux. À qui ai-je l'honneur ?

— Roland Montaubert. Beau-frère et associé. Laissez-moi deviner. Vous êtes de la police. Et vous venez pour Alice.

Elle lui rendit son sourire. Roland Montaubert bâilla puis s'étira.

— Parlez-moi un peu d'elle.

— Elle avait du tempérament. Il en faut pour réussir dans le show-biz.

Le mot « biz » fut mâché dans un nouveau bâillement.

— Ce travail de sosie n'était qu'un gagne-pain ? demanda Lola pour maintenir en vie la conversation.

— On fait ça par plaisir, vous croyez ?

Roland Montaubert alluma une cigarette d'un geste élégant et en proposa une à Lola, qu'elle accepta.

— Elle aurait pu faire carrière ?

— Elle ne savait pas chanter, et les bonnes danseuses, ce n'est pas ce qui manque. Je connais foule à Paris mais le problème, c'est qu'Alice se disputait avec tout le monde. Vous avez idée de qui a pu la balancer dans le vide ?

— Et vous ?

— À peu près tous ceux qui l'ont approchée. Sauf Georges, qui est un saint. Et un enthousiaste. Ma sœur, qui ne s'intéresse qu'à ses comptes, et moi, qui ne m'intéresse plus qu'à moi. Vous faites fausse route à *Paris est une fête*.

— Et parmi vos artistes ?

— Tous des rigolos. Pas les tripes. Ce qui n'était pas le cas d'Alice. Je suis presque tenté de croire qu'elle s'est suicidée. Elle était raide dingue d'un rien du tout, un infirmier. Quel gâchis.

— Vous dites ça pour vous ?

Son visage se figea. Quand il reprit la parole, sa voix n'était pas moins nonchalante.

— Si vous voulez Georges, continuez sur votre lancée. Je vous ai interrompue. Vous m'en voyez désolé, a posteriori.

Pas si dégagé que ça, le mondain, se dit Lola. Elle s'accroupit pour écraser sa cigarette dans un cendrier posé à côté du canapé.

— *Opium*, lâcha-t-il.

— C'est une proposition ? À cette heure si matinale ? Pour vous du moins.

Elle se releva avec difficulté, mécontente d'exhiber les petites misères de ses articulations à cet antipathique.

— Vous portez la même eau de toilette que celle de ma mère. Elle lui allait bien. Jasmin, rose, coriandre et poivre. Et une touche de santal.

Et une louche de goujaterie. On aurait pu se lancer au visage des tartes à l'amertume jusqu'à la nuit mais le chagrin de Maurice Bonin donnait envie d'aller à l'essentiel, et de laisser les cyniques s'amuser d'un rien, dans la profondeur de leurs boîtes de nuit ou de leurs canapés. Elle poussa vigoureusement la porte qui la tentait.

Vêtue d'un paréo et d'un minuscule soutien-gorge, Vanessa Paradis chantait *Joe le taxi* sur un podium étoilé. Debout et impassible, un petit homme aux bras croisés étudiait sa prestation. Derrière eux, des candidats se fabriquaient un air décontracté. À vue de nez, un Johnny Hallyday, une brochette d'Elvis Presley, deux Claude François et quelques personnes d'un genre indéterminé. Lola sortit sa carte de commissaire et partit droit sur le petit bonhomme qui ne ressemblait à personne et avait toutes les chances d'être l'heureux beau-frère et associé de l'impayable Roland Montaubert.

— Georges Lebouteux ?

— Vous ne voyez pas que je suis en plein casting ! Comment êtes-vous entrée ?

— Par la porte. C'est généralement ce que font les flics. Commissaire Jost. Et votre casting va attendre cinq minutes. Et peut-être plus.

— Pourquoi donc ?

— Parce que j'ai une enquête sur les bras. Eh oui.

— Ce n'est pas encore au sujet d'Alice, tout de même !

— Eh si.

Lebouteux regarda la carte barrée des couleurs de la République et soupira. On entendait toujours la vraie Vanessa chanter *Joe le taxi*, mais la fille en paréo ne simulait même plus le play-back. À y regarder de près, elle avait certes le visage de chat et les dents du bonheur de la chanteuse mais était plus enveloppée et moins blonde.

— Mais j'ai déjà tout raconté à vos collègues ! Alice nous a doublés. Je ne l'ai jamais envoyée animer un anniversaire à l'*Astor Maillot*.

— Je vous crois. Calmez-vous. Ça se passait comment avec elle ?

— Je n'avais pas à me plaindre. C'était un de mes sosies les plus ressemblants. Et une bonne danseuse. Elle le savait, la vache. Elle faisait sa capricieuse. C'étaient des discussions incessantes avec ma femme au sujet de ses cachets. Vous voulez savoir ce que je pense de ce métier ?

— Pourquoi pas.

— On fait tout ce qu'on peut pour réussir les fêtes des autres mais nous on ne rigole pas des masses.

— Et moi, qu'est-ce que je fais ? demanda la fausse Vanessa.

— Tu t'entraînes à danser le mambo. Je reviens dans cinq minutes.

— Pourquoi le mambo ?

Lebouteux leva les yeux au ciel et fit signe à Lola de le suivre. Avant de franchir le seuil, elle se retourna et vit la blondinette esquisser quelques pas en faisant tourbillonner ses bras. Johnny et sa bande, affalés, affectaient un air de périr d'ennui très travaillé alors qu'ils mouraient de trac.

Ils traversèrent la salle et Lola constata que Roland Montaubert avait déserté son canapé et récupéré ses chaussures. Ils le retrouvèrent en compagnie de Karine, aux prises avec une nouvelle victime. Assis sur le bureau, il écoutait sa sœur d'un air amusé. Le mari de la dragonne se mit à étudier Ingrid. Elle avait abandonné son vieux blouson d'aviateur, et son tatouage débordait de l'affreux marcel de camionneur qu'au grand dam de Lola elle traînait comme un doudou.

— Georges Lebouteux. Enchanté ! Génial, votre tatouage ! Laissez-moi deviner. Vous faites Brigitte Nielsen ? Ou alors Uma Thurman, ou Cameron Diaz ?

— Non, je fais Ingrid Diesel.

— Connais pas. Vous avez un physique exceptionnel. Je vous engage sur-le-champ. Vous allez faire un tabac ! Karine, sors-nous un contrat.

— Tutt ! Karine ne va rien sortir du tout si ce n'est des révélations sur l'affaire Bonin, lança Lola.

— Madame, je flaire un talent comme vous un suspect ! Karine, sors-nous un contrat.

— Ingrid Diesel est une stagiaire du LAPD venue étudier nos méthodes européennes de plus près. Je vous recommande de vous tenir correctement.

— Karine, tu aurais dû me dire que cette policewoman était avec la commissaire Just !

— Jost.

— Si vous voulez. Bon, faites vite, dans ce cas. J'ai des auditions jusque par-dessus les oreilles. Et si les candidats sont tous comme la nouille en paréo, ça promet d'être long.

Mme Lebouteux raccrocha enfin et se leva, l'air menaçant. Une fois sa femme debout, Georges semblait encore plus rétréci. Lola pensa à un gnome, compagnon d'une Walkyrie. Bientôt, les Lebouteux oublièrent leurs visiteuses et se lancèrent dans une pyrotechnie verbale. Karine exigeait de son mari qu'il lui avoue s'il avait fait travailler Alice à son insu. Dans des soirées pas claires.

— Ça devient lassant, je vais aller renifler les candidats, lança Roland Montaubert. Ravi de vous avoir rencontrée, miss Diesel. Ce n'est pas tous les jours que le LAPD nous fait l'honneur d'entrer en scène.

Montaubert sortit du bureau et Ingrid répondit à la question muette de Lola en haussant les épaules d'un air innocent. Elles attendirent que l'orage passe mais les Lebouteux jouaient les prolongations.

— Alice Bonin n'a pas dû être heureuse avec ces deux-là, souffla Ingrid, j'en donnerais ma main à couper.

— Chouette, la métaphore.

— *Fuck !* Ça m'a échappé !

La dispute devenait intéressante. Georges jurait ses grands dieux que tout était dans les livres de comptes et qu'il n'avait jamais utilisé les talents d'Alice incognito. Lola les laissa s'échauffer encore un moment puis mit le holà. Qui aurait pu en vouloir à Alice ?

— Ne me dites pas que vous n'avez pas pensé prostitution ?

— Précisez votre pensée, madame.

— Alice a pu retrouver un client à l'hôtel. Et ça s'est mal passé.

— Vous avez des preuves ?

— Ces filles qui courent après le succès sont prêtes à ça. Elles n'ont aucun amour-propre !

— Et alors ? *Les prostituées sont des femmes du monde à l'état brut*, disait Jeanson.

La patronne de *Paris est une fête* balaya la citation d'un jeu de main énervé en jetant un regard haineux à son mari.

— Alice était une casse-pieds et elle avait tendance à boire, mais ce n'était pas une pute. Tu vois le mal partout, Karine.

— C'était une gamine surexcitée et arrogante. Je ne l'aimais pas. Et je n'ai pas peur de le dire.

— Bah, tu n'aimes personne.

— Elle avait des ennemis ? demanda Lola.

— Non, mais elle n'avait pas d'amis non plus. Un temps, elle a fait équipe avec Mireille. Tu te souviens, Karine ? C'était le duo Madonna-Britney. Une formule du tonnerre. Les clients en redemandaient.

— Jusqu'à ce qu'elles s'engueulent, susurra Karine d'une voix fielleuse.

— Pour quelle raison ?

— Mireille Coste était meilleure danseuse, Alice était jalouse.

— Mais non, c'était l'inverse ! protesta Georges. Alice était la meilleure. Y a pas photo.

— Donnez-moi les coordonnées de Mireille Coste.

Les yeux de Karine Lebouteux s'ancrèrent dans ceux de l'ex-commissaire pour un court match de titans. Puis elle capitula d'un haussement d'épaules et consulta son agenda électronique. Elle nota le numéro sur un papier qu'elle tendit de mauvaise grâce à Lola qui la remercia avec une politesse exagérée avant de se lever et de quitter le bureau, Ingrid sur ses talons.

— Je vous raccompagne, dit Georges Lebouteux en filant dans leur sillage.

Une fois dehors, après l'ambiance caverneuse de *Paris est une fête*, tout le monde cligna des yeux. Le soleil tapait sur la façade immaculée de Sainte-Marie-des-Batignolles.

— Il faut excuser ma femme. C'est une formidable gestionnaire mais les comptes, les contrats, les délais imposés par les clients, c'est stressant. Moi, au moins, je suis au contact des artistes.

— Il faut aussi excuser votre beau-frère. C'est un formidable lunatique ?

— Du tout, c'est un night-clubber. Roland vit la nuit. Dans la journée, il est déphasé. Il joue les grands seigneurs trash. Mais c'est un bosseur.

— J'ai plutôt eu l'impression de le réveiller tout à l'heure.

— Il revenait d'une soirée. Ne vous fiez pas à son allure décontractée. Tout à l'heure, il va faire ses vingt longueurs quotidiennes à la piscine de la Jonquière.

— Et à part la piscine, dans quoi patauge-t-il au juste ?

— Roland est notre VRP de luxe. Dîners, clubs, bars, il nous fait de la pub partout. Par les temps qui courent, les clients qui ont de l'argent à investir dans des fêtes se font rares. Il faut aller les dénicher. Et Roland sait solliciter sans avoir l'air de demander.

— Tout le contraire des flics.

— Il connaît tout le monde. Il ne se sépare jamais de ce que vous pouvez appeler sans vous tromper un *carnet mondain*. Ce petit calepin noir n'a l'air de rien – Roland est de la vieille école, il déteste les agendas électroniques ! –, et pourtant il vaut une fortune. Mais mon beau-frère n'est pas chien, il y fait voisiner les *people* et des copains complètement inconnus. Il est resté très simple. En fait, il pourrait rabattre le caquet à n'importe quel académicien. Avant les déboires financiers de son père, il a eu droit à une éducation aux petits oignons. Il est allé à l'école avec la ministre de l'Intérieur.

Imaginez les retombées pour nous si la belle Hélène devient présidente aux prochaines présidentielles ! Maman ! Rien que d'y penser, j'en ai le tournis !

— Votre beau-frère s'entendait bien avec Alice Bonin ?

— Ils étaient comme larrons en foire. Bizarre, hein ? Le même caractère intransigeant. C'est sûrement ça, l'explication. Excusez-moi d'insister, mademoiselle Diesel, mais vous pourriez profiter de votre séjour ici pour arrondir vos fins de mois et élargir votre horizon avec nous. Le LAPD n'en saura rien.

— Le LAPD finit toujours par tout savoir, intervint Lola.

— Vous avez vraiment un physique. Même sans maquillage. Si on vous arrange un peu, et avec une bonne perruque, ça va être du tonnerre !

— Vous le regretteriez, reprit Lola. C'est une danseuse archinulle. Aucun sens du rythme. Et pudique comme une violette. *Let's go, lieutenant Diesel !*

— *Sir ! Yes, Sir !*

12

Square des Batignolles, Ingrid et Lola trouvèrent un banc hospitalier. Elles regardèrent un moment une bande de gamins s'amuser sur un soleil décidément assez joyeux, et Lola lâcha la question qu'elle couvait depuis de longues minutes.

— « Ce n'est pas tous les jours que le LAPD nous fait l'honneur d'entrer en scène. » Qu'est-ce qu'insinuait Roland Montaubert, Ingrid ?

— Si tu veux mon avis, tous ces gens-là gagneraient à se faire masser plus souvent.

— Oui, entre autres. Mais avoue, ma fille. Allez. Assez ri.

— Montaubert est un régulier du *Calypso*.

— Allons bon !

— Un de ces clients qui ne payent jamais parce qu'ils sont des trains.

— Des locomotives, tu veux dire ?

— Si tu veux. Je n'avais jamais mis un nom sur son visage. C'est chose faite.

— Et lui a mis un nom sur ton tatouage ?

— Peut-être.

— Et si Timothy apprend que tu joues les fausses policewomen du LAPD et les harceleuses de locomotives…

— Je peux dire au revoir à mon job. Comme ça ! répondit Ingrid en claquant des doigts.

— Flûte et mince.

— *Yeah ! Fuck and fuck !*

— Je peux essayer de tout expliquer à Timothy Harlen.

— Ne rêve pas ! Non, la seule chose qu'il faut espérer, c'est que Roland Montaubert se comporte en gentleman et m'oublie. Où va-t-on maintenant ?

— Vérifier que le môme Parisy tient sa promesse. On va lui faire payer la facture télé comme convenu. Ça va me détendre. La suite est plus floue.

— C'est-à-dire ?

— Une fois Papy Dynamite sorti des griffes policières, on lui demande si on continue ou pas à éplucher le passé d'Alice. Autre option : on laisse le Nain saloper le travail en espérant que ça fera du brouillard. Et que Maurice n'y verra plus rien.

— Tu as peur qu'il découvre une autre Alice que celle qu'il aimait ?

— Peut-être bien. Cependant quelques petites lueurs nous permettent d'espérer. C'est ténu, bien sûr, mais quelquefois il suffit d'un rien.

— Par exemple ?

— Barthélemy se balade avec un lexique de pidgin dans la poche. Et plus précisément de *tok pisin*, la langue des Papous. Ce petit livre l'intrigue. Il en lit des passages régulièrement, pour essayer de comprendre.

— Comprendre quoi, Lola ?

— Pourquoi Alice se promenait avec ce dico dans son sac, pardi ! Pourquoi elle s'intéressait à la Papouasie-Nouvelle-Guinée.

— Elle avait envie d'y faire un tour.

— Le hic c'est que l'envie de mers australes cohabite mal avec celle de la défenestration. Et puis la Papouasie c'est loin, et c'est dépourvu de téléphones mobiles, de routes macadamisées et de yachts. En revanche, il y a encore quelques cannibales par-ci, par-là.

— Tu veux dire que c'est un pays qui n'attire pas « les femmes du monde à l'état brut » ?

— Contrairement à la Floride ou à Monaco, ça manque de milliardaires. L'individu cossu, là-bas, c'est celui qui a le plus beau chapeau à plumes et le meilleur canoë. Ce petit dico n'intéresse absolument pas le Nain de jardin, mais moi si.

Ingrid s'apprêtait à déclarer : « Tu m'as convaincue, Lola, restons optimistes ! » lorsque sa phrase se figea dans sa gorge. Flanqué d'un sbire en pardessus beige, le commissaire Jean-Pascal Grousset venait de se matérialiser et arborait l'air amical d'un maton à qui on a volé son képi.

— Je ne sais pas ce qui me retient de vous embarquer au poste, madame Jost.

— Oui, je me porte fort bien, commissaire Grousset. Et vous ? C'est toujours un plaisir ces bavardages badins avec vous. Vous me présentez votre ami ?

Le pardessus beige se contenta d'un grognement auquel Lola répondit par un sourire éclatant.

— Diego Carli, ça vous dit quelque chose ? reprit Grousset.

— C'est un ami.

— Pour Maurice Bonin, c'est limpide. Il nous l'a assez braillé. Mais le couple Lebouteux et le beau-frère Montaubert, ce sont aussi des amis à vous ?

— On ne se refait pas. J'aime l'humanité. Même les ex-flics ont l'option empathie, vous ne croyez pas ? Non, bien sûr, vous ne croyez pas.

— J'ai reçu un coup de fil du directeur de la PJ qui avait été contacté *personnellement* par Mme Plessis-Ponteau. L'Intérieur veut du résultat dans l'affaire Bonin.

— J'ignorais que vous aviez fait l'emplette d'un ticket pour les hautes sphères, commissaire. Le point de vue doit être beau dans ces hauteurs. Mais ça manque peut-être d'oxygène, non ?

— Mon administration, qui n'est plus la vôtre, je vous le rappelle, exige aussi de la discrétion. Vous avez intérêt à ne pas fourrer votre nez dans nos affaires. En haut lieu, on pourrait ne pas apprécier de vous voir fricoter avec des terroristes fichés.

— De qui parlez-vous ? Georges Lebouteux est organisateur d'anniversaires et d'attentats ? Roland Montaubert est gentleman terroriste ? Serait-on confronté au mythe de Janus sans le savoir ? Je comprends pourquoi l'Intérieur compte sur vous. L'affaire est trop complexe pour l'abandonner à un mauvais.

— C'est moi qui pose les questions. Pourquoi vous intéressez-vous à l'affaire Bonin ?

— Parce qu'elle est intéressante.

— Je vous aurais prévenue, et cette fois j'ai des munitions lourdes. Un coup de fil à l'Intérieur suffira à vous créer les pires pépins ainsi qu'à Ingrid Diesel qui, ne l'oublions pas, exerce ses talents de masseuse au noir.

— Et ses talents de strip-teaseuse en pleine lumière. Et pour ceux-là, elle a un permis de travail. Vous l'ignoriez ?

— Votre morgue finira par vous coûter bonbon, Lola.

— *Madame Jost*, si vous voulez bien, commissaire. Et puis je fais ce que je veux de mes économies.

— Quoi ?

— Si je veux me payer cinq cents grammes de morgue bien fraîche ou une bonne tête bien vide de serviteur de l'Intérieur, c'est mon affaire, à mon âge. Je vous souhaite une excellente journée.

Lola se leva avec une superbe qu'on ne lui avait pas vue depuis les grands froids de l'hiver précédent, et Ingrid lui emboîta le pas. Une fois hors de portée des oreilles policières, Lola déclara qu'elle comprenait enfin pourquoi le Nain de jardin s'agitait d'une manière inhabituelle.

— Je l'ai connu menant ses enquêtes à la vitesse d'un gastéropode sous neuroleptiques. C'est fou ce qu'un coup de fil de la hiérarchie peut provoquer. On nous en a fait un springbok.

En revanche, elle ne comprenait rien à ses allusions. Elles s'employèrent un temps à essayer de les déchiffrer, puis Lola déclara forfait et sortit son portable. Elle appela Barthélemy et eut tôt fait de glaner les dernières nouvelles.

— Ingrid, sache que le latin lover n'est pas le grand garçon tout simple dont il a l'air. Il est équipé d'un double fond.

— Diego ?

— Il est en France parce qu'on a une pénurie d'infirmiers. Mais aussi parce qu'en Espagne, on n'apprécie pas l'ETA.

— Non !

— Comme je te le dis. Allons faire mijoter tous ces ingrédients aux *Belles*. Et en parlant de ça, tu vas l'inviter à dîner.

— Ah bon, quand ça ?

— Ce soir. L'occasion rêvée de le faire se mettre à table.

13

Réunis aux *Belles* autour de tartares poêlés et leurs garnitures de frites, les deux amies et l'infirmier échangeaient des propos sans conséquences. L'assaisonnement était parfait, les frites irréprochables, le vin de la maison gouleyant. La télévision éteinte, on était tranquilles. Diego faisait du rentre-dedans plus ou moins subtil à Ingrid tandis que Lola observait ses efforts d'un œil de matou placide sur le point de se métamorphoser en une créature moins domestique.

— À la bonne heure, je revis, soupira-t-elle en resservant du vin. Ces sales ambiances finiraient par nous attaquer le moral si on n'y prenait garde. On a eu du mal à sortir Maurice des griffes du Nain puis de celles de Luxania mais on y est arrivés. Bon, évidemment, il reste le problème de dope.

— Tu es inquiète ?

— Si les analyses prouvent qu'Alice était défoncée, on s'enfonce d'un doigt supplémentaire dans la panade.

— Ah oui, Lola ? Pourquoi ?

— Réfléchis. Qui dit hôpital…

— Dit facilité à se fournir en drogue, c'est ça ? répondit Ingrid d'une voix faussement candide. Et Diego va se retrouver en garde à vue. D'autant que la police a des cartes dans son jeu. Des cartes espagnoles.

— Bien, Ingrid ! Tu auras droit à un dessert pour ta peine, c'est le jour de la crème brûlée. Maxime la carbonise au fer à souder avec une grande délicatesse. Je te la conseille, Diego.

— Mais de quoi parlez-vous, à la fin, les filles ?

— De ton passé, mon chéri.

— Je dois être devenu amnésique, Lola, parce que je ne lui trouve rien de spécial.

— Eh bien, laisse-toi aller et réponds à mes questions. Ça n'engage à rien. Je ne fais que supputer.

— Ça veut dire quoi « supputer » ?

— Je lance en l'air quelques dés et j'étudie ce qu'ils me racontent une fois retombés.

— Que voulez-vous savoir, au juste ?

— Le lieutenant Barthélemy maîtrise mal la langue de Cervantès mais il a tout de même récupéré un lot d'informations auprès de la Guardia civil. Le sigle ETA revient souvent. Narre-nous tout. Ingrid et moi, on vendrait nos vieilles mères pour une bonne histoire.

Silence de l'hidalgo mais il avait marqué le coup.

— Nos vieilles mères, c'est tout de même quelque chose. Allez, un effort. Tu te sentiras plus léger.

— Je suis fiché, c'est vrai.

— J'espérais une histoire. Pas une phrase.

— Je n'ai *jamais* eu d'activité terroriste.

— Bizarre, Barthélemy est pourtant du genre méticuleux.

— C'est mon père.

— Mikel Landa surnommé Txori, l'« oiseau » en basque. Membre de la nébuleuse terroriste. Emprisonné à Bilbao. C'est bien ça ?

— Bien sûr que c'est ça.

— Carli, c'est un faux nom ?

— Non, c'est celui de mon beau-père. Un commerçant castillan sans histoire. Ma mère a beau ne pas avoir été mariée avec Txori, notre famille a toujours été surveillée par la police. Depuis le 11 septembre, c'était devenu infernal. J'ai décidé de tout lâcher et de venir travailler en France. Si Alice se droguait, je n'ai rien à voir avec ça ! Sans compter que c'est difficile à croire. Parce que quand on était ensemble, elle n'était jamais défoncée.

Le ton était monté. La colère de Diego Carli affleurait. Il savait que Lola ne le lâcherait pas. Il ignorait l'étendue des révélations de Barthélemy. Et, en effet, l'ex-commissaire n'était pas satisfaite de sa moisson.

— Le 11 Septembre a bon dos, Diego. J'ai du mal à croire que la Guardia civil s'obstine à chercher des noises à tout va. Ils sont un peu trop occupés pour ça.

Diego contenait sa rage. Lola appréciait sa capacité de résistance. Elle donnait du piment à leur jeu du chat et de la souris.

— Baisse ta garde ou va-t'en.

— Quoi ?

— Tu m'as bien entendue. Barthélemy dit qu'à seize ans, tu étais déjà fiché comme pirate informatique. Alors vas-y.

— À quoi bon ? Vous semblez tout savoir.

— Tu nous parles surtout de ton père.

Sa fierté était cabossée mais Lola sentait qu'il n'avait pas envie de quitter la chaleur des *Belles*. Ni celle d'Ingrid. Il se tourna vers elle. L'amie américaine réprimait sans doute une envie brûlante de pieds dans le plat, ou de paroles consolantes. Même si Ingrid adorait Paris, elle était loin de ses racines, et ces histoires d'exil lui allaient forcément droit au cœur. Le fils de l'ennemi public avait oublié d'être sot. Le señor Carli avait usé de son charme pour se gagner les deux seules alliées possibles dans sa situation bancale.

— Tu parles ou tu pars ?

— Mon père a toujours gardé le contact, lâcha-t-il comme si chaque mot lui écorchait la langue.

— Continue.

— Quand j'étais gamin, il se débrouillait pour venir me voir.

— C'est toi qui m'intéresses, Diego. Alors, arrête de tergiverser. Pourquoi es-tu fiché ?

— Mon père était un des hackers du groupe, chargé des liaisons entre les agents. Il m'a appris à me servir d'un ordinateur. Il ne m'a jamais enrôlé. C'était plus subtil. Sa fièvre était blanche et froide. Je l'admirais. Et puis je croyais tout savoir alors que je ne comprenais rien. À treize ans, j'ai franchi le portail électronique de quelques banques. À seize, je suis allé faire le con du côté du *ministerio del Interior*. Rien de grave, mais quand ils ont compris que j'étais le fils de Txori, ça a pris une autre tournure. La majorité pénale était à seize ans à cette époque-là. Ça m'a coûté plusieurs mois de prison.

Lola sentit soudain une lampe rouge clignoter dans son cerveau. Elle vit Diego, très jeune, seul au milieu d'une bande de taulards. Elle se souvint brusquement d'un mineur, arrêté pour vol à l'étalage. Il s'était ouvert les veines dans son bureau. Le gamin ne voulait pour rien au monde retourner en prison. Parce qu'à Fleury, un salopard l'avait coincé. Elle revoyait l'interrogatoire comme s'il datait d'hier, et le visage de l'Espagnol se superposa sur celui du jeune paumé. Ingrid, raide sur sa banquette, ne pipait mot mais Lola ne pouvait plus reculer.

— On t'a violé, c'est ça ?

— Les dés sont retombés, et c'est double six. Vous avez gagné. Si les flics me renvoient à Madrid, tant pis. Même si mes amis s'y comptent sur les doigts d'une main, ça fait plus qu'ici.

— Réponds à ma question, dit-elle simplement.

Elle n'était pas fière d'elle. Il faisait trop chaud aux *Belles* tout à coup. Mais la main d'Ingrid se posa sur celle de Diego et plus personne ne bougea pendant un moment. Il releva la tête et attendit qu'elles veuillent bien le regarder dans les yeux.

— Il était à moitié impuissant, j'ai eu de la chance. Si on peut dire.

Il commença à déboutonner sa chemise. Ingrid porta sa main à sa bouche et Lola lâcha un juron. Lola reconnut des traces de brûlures. Et les mots *hijo de puta*[1]. Une longue formule pour encaisser ses pleins et ses déliés dans sa chair.

— Un cadeau de ses copains. Dans leur monde de machos, on doit marquer le coup. J'étais un enjeu. Ceux qui détestaient mon père savaient qu'il avait des alliés prêts à venger l'honneur de son fils. Ceux-là ont veillé sur moi mais n'ont pas pu empêcher qu'on me marque. Je pense même qu'ils ont dû laisser faire, après négociation. J'ai fait six mois, ça m'a paru plus long.

Il reboutonnait déjà sa chemise et Ingrid lui murmurait des paroles apaisantes.

Mince, je suis un pachyderme de l'interrogatoire. Un de ceux qui n'ont pas d'autre choix que de broyer les jeunes pousses sur leur piste. On n'a plus les moyens d'utiliser les méthodes civilisées pour reconnaître nos ennemis... Les réflexions de Lola furent interrompues par l'arrivée de Maurice Bonin. Tant mieux. Au point où en est Diego, ça ne lui fera pas plus mal.

— Misère de misère, ce bas monde est encore plus bas que je ne l'imaginais. Il m'en a fait baver, ce rase-moquette de commissaire ! Mais je l'ai eu à l'usure.

1. Fils de pute.

— On n'en doute pas une seconde, Maurice, répliqua Lola.

— Merci d'être intervenues pour moi, les filles.

— Il n'y a pas de quoi, dit Ingrid.

— On s'est servies de l'argent sale de Jules Parisy, lâcha Lola tandis qu'Ingrid manquait de s'étrangler avec une gorgée de vin.

Lola lui jeta un regard de défi : en cas d'abcès venimeux, on travaille au scalpel, et sans hésitation. Tu es rodée à présent.

— Je sais, dit calmement Maurice tandis que les deux amies le considéraient, éberluées.

Quant à Diego Carli, il était désormais aussi tranquille et immobile et discret et apparemment solide qu'une vue de nuit des Pyrénées. Une bonne stratégie pour le moment, songeait Lola. Et si ce n'était pas du calcul, c'était tout bonnement de la classe.

— Comment ça ? demanda-t-elle.

— Barthélemy m'a raconté. Un petit gars efficace, ton ex-adjoint. Il a réfléchi : si on se débarrasse du vieux Maurice, c'est pas pour le voir rappliquer immédiatement, après avoir cassé les deux jambes de ce fumier de Jules et arraché les moustaches de l'abruti qui lui sert de beau-frère. Je lui ai promis de ne toucher ni aux unes ni aux autres.

— C'est bien vrai ça, Maurice ?

— Les Parisy n'en valent pas la peine. Tu as remarqué ? C'est un boulanger fou. Il sourit tout le temps. La tribu vit à poil, métaphoriquement, sous l'œil de sa webcam. Si on était dans les années soixante-dix, ils vivraient le cul à l'air au Larzac. La différence, c'est qu'à part les moutons, ça ne gênerait personne. Si ce n'était pas si grotesque, ce serait terrifiant.

À la bonne heure, Papy Dynamite nous est revenu intact, pensa Lola. Mais dans ce cas, était-ce le moment de lui présenter Diego Carli ? L'Espagnol l'étonna en devançant l'appel. L'hidalgo ne manquait décidément pas de courage, et commençait à lui plaire.

— J'ai rencontré les Parisy et je suis bien d'accord avec vous, monsieur Bonin.

— Et vous êtes ?

— Diego Carli. Je suis désolé pour Alice. Ça faisait un moment que je voulais vous le dire.

Les yeux de Maurice rétrécirent pour devenir deux aiguilles noires ; Diego ne cilla pas. Lola eut mal pour les deux hommes. Khadidja Duchamp n'était pas décidée à venir trottiner dans les parages avec une corbeille remplie de pain ou d'une bonne dose de diversion, Maxime était aux fourneaux, dans sa cuisine rassurante. D'ailleurs, Lola luttait contre une furieuse envie de s'y réfugier. Au lieu de ça, elle appela Chloé.

— Calva 1946, réserve spéciale du patron pour tout le monde ! Et vite, ma fille !

— Tu ne sais pas ce que j'ai imaginé te faire, petit con, articula enfin Maurice. Tu ne peux pas.

Diego se contenta de rester droit sur sa banquette. Ingrid posa une main sur l'épaule de Maurice. Chloé arriva en vitesse avec quatre verres et le calva.

— On avale en chœur cette térébenthine, ordonna Lola à la cantonade. Et on dédie notre levée de coude à Alice. Ce n'est pas seulement un rituel d'épuration des comptes, c'est une communion qui va nous donner du courage pour ce soir. Diego est certes un petit con, mais aussi un pirate informatique très pénible. Cette nuit, sa cible s'appelle Richard Parisy. Tels que vous nous voyez, on part hacker le boulanger. Et ce n'est qu'un début.

— À Alice ! dit courageusement Diego en levant son verre le premier.

Lola l'imita. Ingrid fit de même en embrassant Papy Dynamite. Le vieil homme s'empara de son calva, le maintint en l'air, le but d'un trait au lieu de le jeter aux yeux de l'Espagnol, et dit d'une voix étonnamment douce :

— À toi, mon Alice. Tu es en de bonnes mains.

Puis il se leva, tapota les épaules respectives d'Ingrid et de Lola et s'apprêta à sortir.

— Maurice, un détail me chipote, l'interrompit Lola. Alice avait un lexique de pidgin dans son sac. Tu sais pourquoi ?

Il sourit tendrement. Il avait semé, incognito, livres et prospectus dans l'espoir qu'ils fonctionneraient comme des messages subliminaux.

— Et inciteraient Alice à prendre le large, pour oublier ses tracas, le quotidien, et surtout les petits cons.

Diego avala l'insulte sans piper.

— Un de mes messages est arrivé à bon port, reprit Maurice. Qui sait, Alice aurait peut-être fini par le prendre, cet avion. J'aurai au moins essayé.

Il s'en alla sans se retourner sur le visage érodé de Diego Carli. Le gamin s'est pris un train de mauvais souvenirs en pleine figure, pensa Lola.

— Finis-moi ce calva, ordonna-t-elle. Et toi aussi, Ingrid. On part se balader sur le net.

— C'est sérieux, cette histoire de *hacking* ? demanda son amie d'un ton incrédule.

— C'est le premier lapin dégoté dans mon chapeau pour calmer Maurice, admit Lola.

— Un hacker qui redresse la situation d'un coup de clavier magique, ça n'existe que dans les romans, renchérit Diego la voix lugubre.

Lola réfléchit un moment. Le temps de trouver une réponse chaleureuse qui retaperait le jeune homme.

— On n'a rien à perdre. Et puis dans l'immédiat et pour une fois, je n'ai pas envie de me retrouver seule chez moi.

— Une fois l'immédiat dépassé, ça risque de vous sembler long, reprit Diego avec une esquisse de sourire.

Ça faisait en effet une éternité que Diego pianotait sur le clavier d'Ingrid sans que rien de tangible n'émergeât. Richard Parisy était un internaute prolixe. Faire le distinguo entre ses virées cybernétiques était peut-être plus facile que de forcer la grande muraille d'une banque, mais il y avait du détritus. Parisy s'épanchait dans une kyrielle de forums, avait un point de vue sur tout, essayait d'exister partout à la fois dans un inquiétant rêve d'ubiquité hédoniste.

Ingrid venait de sélectionner un CD d'un de ces grattouilleurs de guitare américains inconnus au bataillon et regardait Diego travailler. Lola lui trouvait l'air égaré du temps où elle s'était amourachée de Maxime Duchamp. Le temps d'avant Ben Noblet, celui des vaches maigres et sentimentales. Depuis qu'elle avait découvert des failles vertigineuses au latin lover, était-elle en train de tomber dans son panneau ? Lola aurait préféré une attitude plus énergique. On avait autre chose à faire que de se ramollir dans la romance.

I'm tired of being alone/So hurry up and get here…[1]

— Tiens, c'est John Mayer. J'aime bien sa musique, crut bon de déclarer Diego au lieu de faire chanter son clavier.

— Ah, tu connais ! Fantastique !

Et allez donc ! Voilà qu'ils partageaient des goûts musicaux.

— Ingrid, tu as deux secondes ?

---

1. J'en ai assez d'être seul / Alors dépêche-toi et viens ici…

— Oui, Lola ?

Elle l'entraîna à la cuisine pour un pow-pow devant le réfrigérateur rose.

— Ne me dis pas que tu es en train de baisser la garde pour ce garçon. Il est émouvant, d'accord, mais on en a vu d'autres.

— Pourquoi dis-tu ça ?

— Avant Ben, c'était Maxime qui te mettait en transe. Tu as un cœur d'artichaut.

— Tu parles sans arrêt de légumes. C'est bizarre à la fin !

— Ça veut dire que tu changes plus souvent d'idées que de jean. En principe, ça ne regarde que toi. À cela près que roucoulade et enquête ne font pas bon ménage. En général.

— Oui, et alors ?

— J'abandonne ! Autant parler à une lobotomisée. Ou à un Nain de jardin, tiens.

— Lola, tu me prends pour plus bête que je ne suis. Le meilleur moyen de percer le mystère de Diego, c'est justement de le laisser approcher encore un peu plus. En douceur.

— Quel mystère ?

— Je le trouve sympathique, mais je n'écarte pas la possibilité qu'il nous mène en canot.

— En *bateau*, si tu veux bien.

— Il était peut-être avec Alice dans la 3 406. Il s'est coulé dans la masse des sportifs, ou alors il a emprunté un uniforme d'employé de l'hôtel. Ou il a sonné sans idée préconçue et Alice lui a ouvert, complètement défoncée ou à moitié saoule, et ça a mal tourné. Tout est possible.

— Je croyais qu'on l'avait percé, son mystère. Pas plus tard qu'il y a une heure, aux *Belles*.

— Oui, justement.

— Justement quoi ?

— Qui te dit que la prison ne l'a pas abîmé plus que prévu ? Et puis il y a son père.

— Tu veux dire qu'il a été influencé par un homme pour qui la violence est un outil naturel ?

— Bien sûr. Sans compter son métier. Le sang, la douleur, la mort. Peut-être que ça devient banal, à force.

— Je pense au contraire qu'il est devenu infirmier pour oublier ses souffrances avec celles des autres. Une démarche plutôt saine. Pour une fille apitoyée, tu as drôlement gambergé, dis-moi. Eh bien, j'aime mieux ça. Mais avoue qu'il te plaît. Et que c'est pour cette raison que tu veux savoir à quoi t'en tenir.

— Je n'avoue rien si ce n'est que j'aime son style. Pourquoi voir le sexe partout, Lola ?

— Tu n'as pas remarqué que ça motivait un peu les foules ?

— Et l'amitié, alors ? S'il n'a tué personne, Diego deviendra peut-être l'un de mes meilleurs copains.

— LOLA ! INGRID !

Elles se précipitèrent. Sur l'écran, une hôtesse de l'air se débarrassait de son uniforme en souriant.

— Richard Parisy dépense une petite fortune sur les sites pornos, expliqua Diego.

— Et il les aime plutôt girondes, constata Lola. Tu vois, Ingrid, quand je te disais que ça motivait les foules.

— Qu'est-ce que ça prouve, Lola ? Que Parisy senior aime la vie. La belle affaire !

— Ça ne prouve rien, mais on aura au moins évité que Papy Dynamite envoie Diego valser dans le mur, conclut Lola d'une voix de vieux philosophe.

— En parlant de ça, il faut que j'évacue la pression ! Je vais dans un club de salsa. Tu m'accompagnes, Ingrid.

Ce n'était même pas une question. Lola trouvait l'hidalgo tantôt émouvant, tantôt très gonflé.

— Pas question. Ingrid et moi sommes invitées à une soirée privée. *¡ Hasta luego, hombre !*

— *¿ Habla usted español, Lola ?*

— Absolument pas, mon garçon. Mais ton invitation tient pour une autre nuit. J'adore danser la salsa moi aussi.

14

Ingrid, Lola et la carte de police périmée avaient réussi à convaincre un majordome stylé de leur ouvrir la porte d'un vaste appartement de l'avenue Wilson. Mireille Coste animait une boum de collégiens avec son numéro de Madonna, période anglaise. Si Lola n'avait pas été au courant des talents de transformiste de la jeune femme, elle n'y aurait vu que du feu. Équipée d'un kilt et de bas résille artistiquement lacérés, elle se tortillait avec courage. Une bande de gamins tassée au premier rang lui lançait des encouragements. L'un d'eux voulait qu'elle lui donne sa chaussure pour y boire du champagne.

— Quel manque d'imagination, commenta Lola.

Les gamins reprirent le refrain en criant. Un grand dadais hurla :

— AUX CHIOTTES LE MICRO, CHANTE POUR DE VRAI, MADONNA ! ! ! !

Ingrid et Lola se réfugièrent sur le balcon donnant sur la place du Trocadéro et la tour Eiffel illuminée. Le faisceau laser les effleura. Elles se sourirent.

— Contente que tu te lances enfin dans la bagarre, Lola.

— Bah, dans l'immédiat, on patauge.

Everybody comes to Hollywood/They wanna make it in the neighborhood...[1]

— Tiens, je t'ai récupéré une coupe de champagne.
— Comme c'est gentil, mais tu n'en prends pas !
— Pas la tête à ça.

They like the smell of it in Hollywood/How could it hurt when it looks so good...[2]

— J'y suis allée un peu fort au sujet de Diego, tout à l'heure. Je sais bien que tu n'es pas inconstante. Et dans le fond, c'est dommage.
— Dommage pour qui ? Pour moi ?
— Bien sûr.
La tour en profita pour les chatouiller encore une fois avec son rayon d'or.
— J'aime tellement cette ville, Lola.
— Moi aussi. De temps en temps. Tu vas au *Calypso*, ce soir ?
— Oui, j'ai encore une heure devant moi.
— Sois prudente en rentrant. Promis ?
— Juré !

There's something in the air in Hollywood/I've lost my reputation bad and good...[3]

— Bon, elle a bientôt fini de s'agiter, cette sauterelle ! Je veux qu'on l'interroge à deux. En solo, je suis beaucoup moins bonne.

---

1. Tout le monde vient à Hollywood / Ils veulent réussir dans le coin...
2. Ils aiment l'odeur de tout ça à Hollywood / Pourquoi est-ce que ça ferait mal alors que ça a l'air si bon...
3. Il y a quelque chose dans l'air à Hollywood / J'y ai perdu ma réputation, la mauvaise et la bonne...

— Tu sais, Lola, Alice me fait penser à ces papillons qui volettent contre les vitres avant de s'assommer. Il aurait suffi d'un battement d'ailes dans le bon sens, vers les mers du Sud ou ailleurs, pour retrouver une nouvelle vie. Ou d'une amie qui lui donne le bon conseil.

Un nouveau coup de tour Eiffel et Lola se tourna vers Ingrid. Elle la trouva jolie avec ses grands yeux naïfs. Elle ne ressemblait pas à Uma, Brigitte ou Cameron. Elle ne ressemblait à personne.

— Oui, c'était peut-être une emmerdeuse mais elle ne méritait pas de finir comme ça. Et puis, je me sens solidaire. Je suis une emmerdeuse moi aussi.

— Nous sommes toutes des emmerdeuses, Lola. Le monde ne nous mérite pas.

Elles attendirent en silence la fin de la chanson.

— Je viens de décider que c'était l'entracte, Ingrid. Tu viens ?

Débarrassée de sa perruque blonde, elle dévoilait de courtes boucles brunes. Elle buvait de l'eau minérale au goulot et des perles de sueur roulaient sur son corps athlétique. Comme un jeune boxeur, elle se frictionna avec une serviette-éponge.

— Pas facile comme public ! lança Lola, histoire de vérifier si Mireille pouvait être enrôlée dans le club des emmerdeuses sympathiques.

— Karine Lebouteux m'a prévenue. Vous êtes Lola Jost et vous êtes flic et vous voulez des renseignements sur Alice.

Aïe, le ton ne disait rien de bon.

— Eh bien, on va gagner du temps. Qu'est-ce que tu peux nous dire d'elle ?

— Que c'était une paumée. Et voilà.

— Les gens ne se résument pas à si petit. Quand tu ne fais pas ta Madone, tu es bien quelqu'un, toi. Alors, il n'y a pas de quoi pavoiser. Une jeune fille est morte et ça aurait pu être toi.

— Non.

— Comment ça, non ?

— J'ai un petit ami sérieux et je fais honnêtement mon travail, j'évite les embrouilles et c'est tout ce que j'ai à dire.

Elle continua de s'éponger en silence. Lola haussa le ton.

— Ou tu réponds à mes questions, ou on t'embarque. De quelles embrouilles parles-tu ?

Lola fut étonnée de lire une certaine commisération dans ses yeux. Mais c'était noyé dans la colère, difficile d'y retrouver ses petits.

— Elle était amoureuse de son infirmier, il l'avait plaquée, elle en faisait des tonnes. Elle buvait, sortait avec n'importe qui. Je lui ai dit qu'il fallait qu'elle se secoue, qu'avec son talent, elle pourrait décrocher un rôle. Mais Alice ne savait que s'apitoyer sur elle-même. Je l'ai écoutée pendant des heures. Et puis, j'en ai eu marre. Je lui ai sorti ses quatre vérités. Elle m'a traitée de salope sans cœur. J'ai décidé de travailler seule.

— Tu n'as pas explicité les embrouilles.

— Je ne préfère pas.

— Je ne plaisantais pas tout à l'heure, tu sais.

Mireille baissa la tête et parla sans regarder Lola.

— *Paris est une fête*, c'est du coup par coup. Moi je suis comédienne mais Alice n'était que danseuse. Il fallait bien vivre.

— C'est-à-dire ?

— Il lui était arrivé de coucher avec des mecs pour du fric. Voilà.

Ses yeux se plantèrent dans ceux de Lola d'un air de défi. Elle semblait lui dire : ça me dégoûte de faire la moucharde.

— Donne-nous des noms. Fais-le pour elle. Et fais-le pour toi, Mireille.

— Si j'en connaissais, je vous les donnerais. Mais Alice n'était pas fière. Elle ne m'a jamais donné de détails.

— Karine Lebouteux était au courant.

— Ah bon ?

— À ton avis ?

— Sûrement pas. Mme Lebouteux est très stricte. Pas question de lui casser la réputation de sa boîte.

— Et Roland Montaubert ?

— Pas du tout son style.

— Il connaît tout Paris, c'est un VRP de luxe. Dixit son beau-frère.

— Roland est trop classe pour ça.

L'interrogatoire les amenait dans une impasse. Qui dégageait une odeur nauséabonde. Lola avait vu Alice en bonne place dans le club des enquiquineuses de charme, des filles qui portaient leur fierté en sautoir. Elle l'avait imaginée en pays papou atterrissant en riant sur des pistes d'herbe et cherchant des réponses dans le ciel étoilé. S'était-elle trompée ?

— Avant sa passion pour Diego Carli, avant ses… clients pour arrondir les fins de mois, elle avait bien eu un petit ami tout de même ?

Lola avait réfléchi à haute voix. Elle fut surprise de gagner une réponse.

— Il y avait Martial Garnier. Un drôle de gars. Un bon à rien.

— Précise un peu.

— Le genre dealer de bas étage.

— Il lui en vendait ?

— Peut-être bien.

— Oui ou non ?

— Je ne sais pas. Alice était d'attaque pour ses numéros mais elle se pointait quelquefois l'air pompé.

— Où le trouve-t-on, ce Garnier ?

— Aux dernières nouvelles, il habitait dans le coin du Musée de la vie romantique. Pour un type pareil, ça ne s'invente pas. Il s'était trouvé un boulot de régisseur. Mais je ne sais pas où.

— On y va ! lança Ingrid d'un ton décidé, le musée est près de mon travail. Et justement, je vais être en retard.

— Karine m'a pourtant dit que vous étiez du LAPD.

— On a une antenne dans le quartier.

— À d'autres ! Et si vous me disiez qui vous êtes exactement, l'une et l'autre ?

Lola leva les yeux et mâchouilla un juron. Ingrid prit l'air penaud.

— Des amies du père d'Alice, soupira Lola. Il trouve la police avare d'informations.

— Eh bien je préfère ça. Vous faisiez un duo étrange pour des flics.

— À vrai dire, on est doucement en train de prendre la défense d'Alice, reprit Ingrid. Enfin, de sa réputation, plutôt. Comme dans la chanson de Madonna. C'est une notion fripée mais nous trouvons que ça vaut le coup de se remuer pour les belles choses. Bien que tu aies abîmé le portrait. N'est-ce pas, Lola ?

L'ancienne commissaire se contenta d'un grognement et dit qu'on levait le camp. On avait un bon à rien à dénicher et une bande de voyeurs à satisfaire.

— Qu'est-ce que c'est que cette histoire de voyeurisme ? demanda Mireille.

— On te racontera le jour où on aura éclairci l'affaire Bonin, répliqua Lola. Lieutenant Diesel, en route pour la vie romantique !

15

— Tu as failli tout faire rater ! Quelle bavarde tu fais !

Ingrid ne répliqua pas. Elle était trop contente de baguenauder à nouveau dans la nuit de Paris avec Lola. Et de pouvoir arriver à l'heure au *Calypso*. Timothy Harlen ne plaisantait pas plus avec l'exactitude qu'avec le reste. Un taxi les déposa rue Chaptal. Lola avait utilisé son portable pour appeler les Renseignements et savoir si l'arrondissement abritait un certain Martial Garnier, le préposé lui avait répondu par la négative. Les portes du Musée de la vie romantique étaient bien sûr closes et les immeubles bordant le bâtiment n'abritaient aucun Garnier, du moins si l'on se fiait aux noms agrémentant les sonnettes.

— Il va falloir que j'y aille, Lola !

— Régisseur, régisseur. Qu'est-ce que ça régit un régisseur ? Ça travaille dans une salle de spectacle en principe. On va rappeler les Renseignements. Ils doivent s'ennuyer, l'heure est molle.

Lola composa le numéro. C'était le même préposé, à l'accent de Marseille ou de Gardanne. Moi aussi j'ai eu cet accent-là deux mois par an, quand j'allais passer mes vacances chez ma grand-mère, pensa-t-elle.

— Cité Chaptal, vous avez le théâtre 347, madame. Voulez-vous être mise en relation ?

— C'est mon vœu le plus cher.

Un homme répondit dès la première sonnerie. Lola se fit passer pour une costumière. Elle avait livré une tenue d'ingénue XVIIIe siècle au régisseur Garnier et n'avait plus de nouvelles.

— Garnier ne travaille plus ici. Le nouveau régisseur, c'est moi. Jamais entendu parler de ce costume.

— Je le lui ai livré en personne mais il a oublié de me payer. Ça représente une petite fortune.

— Vous n'êtes pas la seule qu'il a roulée, ma pauvre dame. Votre robe est sûrement revendue à l'heure qu'il est.

— Vous savez où je peux le trouver ?

— Je doute que ça vous soit utile.

— Dites toujours.

— Il loge à la Santé, depuis janvier. C'est généralement ce qui arrive aux dealers qui se font coincer. Vous avez un costume sur les bras, mais Garnier avait une double casquette. Désolé pour vous.

— Eh bien merci. Je vais admettre que je me suis pris une veste et faire une croix sur mon costume.

Lola expliqua la situation à Ingrid. Martial Garnier n'avait pas pu précipiter Alice Bonin du haut du 34e étage de l'*Astor Maillot* pour la bonne raison qu'il était hors jeu depuis deux mois.

— On continue de patauger.

— On y arrivera, Lola. Bon, il faut vraiment que j'y aille.

— Tu leur en mets plein les mirettes pour nous, Ingrid. D'accord ?

— Nous les emmerdeuses, c'est ça ?

— *Il y a trois sortes de femmes. Les emmerdeuses, les emmerdantes et les emmerderesses.* Tu fais plutôt partie de la troisième catégorie.

— C'est un compliment ?

— Oui.

— Et c'est de toi ?

— Hélas, non. De Paul Valéry.

— Connais pas.

— Lui aurait aimé te connaître.

Le téléphone de Lola les fit sursauter. C'était Jérôme Barthélemy. Elle écouta son ex-adjoint avec attention puis raccrocha, l'air préoccupé.

— C'est Diego… ou Maurice ?

— L'intervention du ministère continue de produire ses effets miraculeux. Les résultats d'analyse sont arrivés en un temps record. Alice avait ingurgité des boudoirs, du champagne et une saloperie. À forte dose.

— Quelle saloperie ?

— De la kétamine. Dans la vie normale : un anesthésiant pour animaux. Dans la vie qu'on vit, une drogue dissociative pour les humains. Elle peut te faire croire que ton double te regarde. Elle peut aussi te faire pousser des ailes et te donner envie de les utiliser.

— Il y avait du champagne dans la chambre mais pas de dope. Alice aurait pris la kétamine avant d'arriver à l'hôtel ?

— Tout est possible, à présent. Même qu'elle ait pris la dope de son plein gré. Et que le portrait dressé par ses chères collègues de travail soit ressemblant.

Comme tous les vendredis, le *Calypso* faisait le plein, avec un public plus bigarré qu'en semaine. En plus des noctambules professionnels et des touristes, on croisait des gens aux horaires de travail normaux qui feraient la grasse matinée le samedi matin. Cette fois, elle évita de renifler son public et alla directement à sa loge. Elle vérifia que personne ne se cachait dans la penderie et ferma la porte à clé. Puis se reprocha de s'affoler. Enrique était borné mais il avait l'œil et ne laisserait personne pénétrer dans la zone des loges.

Elle revêtit sa tenue de scène. Assise devant le miroir, occupée à mettre ses faux cils, elle réalisa que ces gestes inquiets étaient ceux d'Alice Bonin à son arrivée à l'*Astor Maillot*. Sa crise de paranoïa était-elle consécutive à l'ingestion de kétamine ? Certaines drogues laissaient la porte de la conscience entrouverte, on était dans les nuages mais en le sachant. Qu'en était-il d'une drogue « dissociative » ? Pouvait-on être défoncé au point de se croire cloné, et de se prendre pour un oiseau ? Difficile de croire qu'Alice avait ingurgité cette cochonnerie de son plein gré.

Une fois transformée en rousse incendiaire, elle chercha un thème. Marie la costumière lui avait déniché un nouveau fourreau, une merveille verte qui allait à la perfection avec la perruque. Ce soir, je vais leur faire le commandant Cousteau et sa bande de plongeurs au milieu des coraux et des poissons bariolés du Pacifique, décida-t-elle. *Nemo* lui vint à l'esprit (elle avait vu ce dessin animé en emmenant la fillette d'Antoine Léger au cinéma). Et le calendrier Botticelli, accroché dans la cuisine de Lola. Chevelure en cascade sur peau d'albâtre, Vénus sauvée des eaux pour le bien de tous. Une louche d'aventure scientifique, une dose de Walt Disney, une pincée de mythe. Une histoire moderne et éternelle en même temps, voilà ce qu'on allait offrir au public impatient. Elle quitta sa loge et marcha vers les coulisses.

Timothy la laissait choisir la musique. Elle avait envisagé les ZZ Tops et leur blues corsé, parfum tequila, Perfecto et grosses bécanes. Elle avait finalement opté pour R. Kelly. Du sexy classique. Une musique qui vous fondait dans les oreilles et dans la bouche et vous retroussait la peau et vous léchait partout. Un beat irrésistible. Ingrid commença à se trémousser. Elle se tenait derrière le grand rideau qui allait s'écarter et révéler l'origine du monde à des gens qui croyaient la découvrir pour la première fois. Elle entra en scène. Il n'y avait plus que R. Kelly pour chahuter le silence, le public se taisait comme un seul homme. Elle avait le sentiment de pouvoir danser sur l'eau. Ses mains caressèrent la matière douce du fourreau couleur d'algues, ses hanches ondulèrent sur les promesses du chanteur.

Elle voulait leur révéler un grand secret. Je suis votre sirène, et mon corps vous l'affirme, le désir est la plus belle chose au monde. Elle commença par les gants. Marie les avait choisis jaunes. Elle les fit rouler lentement, puis les jeta un à un vers le public. Elle cambra les reins, agrippa sa fermeture Éclair, tira doucement. Elle se mit à penser à Alice. À Alice enjambant la fenêtre de la 3 406. *La vie nous est donnée pour si peu de temps, ma jolie, et nous oublions d'en profiter.*

Ingrid se démaquillait avec le sentiment du devoir accompli. Le public avait apprécié un show unique, qu'aucune caméra ne capturerait jamais. Bien sûr, il y avait cette speakerine de Hong Kong qui se déshabillait en présentant les nouvelles mais c'était du cirque pour gagner de l'audience. Et puis cette émission de téléréalité avec des strip-teaseuses amateurs. Une absurdité, le strip-tease était un art se nourrissant du secret et de l'instant.

Qu'avaient-ils tous à nous filmer dans tous les sens ? Jules à l'*Astor Maillot*, Parisy dans son salon, Ben dans ses rêves ? Ceux qui jouaient le jeu n'étaient pas plus rationnels. Pourquoi avouer ses traumatismes à la télé, ses secrets de famille dans les magazines, ses désirs les plus intimes sur le net ? Le monde entier se croyait au confessionnal.

Des coups frappés à la porte la tirèrent de ses réflexions. Elle déverrouilla et découvrit les visages sérieux de son patron et de Roland Montaubert. Ils entrèrent, et Timothy Harlen referma la porte avec douceur. Puis il alluma une cigarette d'un geste tout aussi délicat. Quand ses manières devenaient à ce point feutrées, l'éruption n'était qu'une question de minutes.

— *We need a little explanation, dear.*

Timothy ne retrouvait sa langue maternelle que dans les grands moments d'émotion. Ingrid tenta de contrôler sa respiration, de faire le vide.

— Compliments, lieutenant Diesel, lâcha enfin Montaubert. J'ai adoré votre numéro.

Ingrid n'essaya pas de nier. Elle savait reconnaître une fille cernée quand elle en croisait une.

— Lequel ?

— Les deux en fait. Vous êtes convaincante en flic mais ma préférence va à la Flamboyante. Une suggestion. Pourquoi ne pas déguiser Gabriella Tiger en police-woman ? Le public deviendra dingue quand vous n'aurez plus que votre flingue et votre képi.

— Qu'est-ce que vous voulez au juste ?

— Comprendre. Ça a toujours été ma passion.

Timothy gardait le silence, l'air déterminé et douloureux à la fois. En tout cas, il ne semblait pas amusé par le cynisme de Montaubert. Ingrid tenait peut-être là le moyen de toucher le cœur de son patron.

— Lola est ex-commissaire de police. Les gens du quartier viennent la consulter en cas de pépins. Je lui donne un coup de main, de temps en temps. Par amitié.

Timothy hocha la tête. Il écrasa sa cigarette presque intacte dans le cendrier. Il vient de réaliser que Montaubert lui a dit la vérité, et mes justifications lui semblent bien pauvres et…

— Mentir par amitié, c'est généreux, lâcha Montaubert. C'est esthétique aussi.

— Vous n'avez pas d'amis ? Juste des relations ?

— L'amitié, vaste question, Ingrid. Le monde de la nuit est très chaleureux. Tout le monde y est votre ami. Mais le soleil finit toujours par se lever.

Timothy Harlen demanda à Montaubert de bien vouloir les laisser seuls. Le night-clubber sortit sur un sourire chic qu'Ingrid aurait aimé pulvériser d'un coup de latte.

— Tu étais la meilleure, dit Timothy d'un air navré. Ça me fait un mal de chien de te le dire mais tu es licenciée.

— *Don't do that to me ! Please !*

— Si je faisais une exception, les autres ne comprendraient pas. Ce serait le début de l'anarchie. Le seul luxe que je ne peux pas m'offrir.

Tu es licenciée… un mal de chien… les autres ne comprendraient pas… licenciée… licenciée… Elle luttait pour garder ses larmes à bord. Des images se mirent à danser la sarabande. Alice atterrissant sur une voiture, Diego montrant sa poitrine martyrisée, Maurice massacrant un téléviseur, Ben levant le poing sur Diego.

Timothy demanda à Enrique d'apporter un scotch en vitesse. Il força Ingrid à boire une gorgée. Elle envisagea quelques phrases de survie, derniers essais avant l'irréparable. *J'ai besoin de la Flamboyante. Si j'avais su que Roland Montaubert était une locomotive, je ne me serais pas mêlée de ses affaires.* Elle se contenta de tourner vers lui un visage de noyée. Celui de son patron était d'une douceur implacable.

Elle quitta le *Calypso* par la sortie des artistes. Elle observa les voitures à l'arrêt, les piétons qui déambulaient. Elle se retourna pour contempler une dernière fois la façade clignotante, l'affiche qui la montrait tirant sur sa fermeture Éclair sous le titre en lettres d'or « EN EXCLUSIVITÉ MONDIALE, GABRIELLA TIGER LA FLAMBOYANTE », puis tourna le dos à son passé.

Lola s'était relevée pour boire un porto, et mettre deux ou trois pièces de puzzle en place, mais les pentes fleuries du mont Fuji n'avaient pas réussi à l'apaiser. Cette main coupée ne lui disait décidément rien qui vaille, et les émotions de la journée n'avaient fait qu'aiguiser son inquiétude. Elle se reprochait de ne pas avoir accompagné Ingrid à Pigalle, de ne pas l'avoir attendue pour l'escorter passage du Désir.

Ingrid devait être de retour chez elle. Pourquoi ne pas lui téléphoner ? Évidemment, il y avait le risque de la réveiller. Ses effeuillages avaient le don de la vider. Après ces séances, elle prétendait s'endormir comme un bébé.

Lola se resservit un doigt de porto et tournicota dans son salon. Elle jeta un œil à la rue de l'Échiquier. La nuit semblait tendue entre deux piquets. Elle ouvrit la fenêtre : pas le moindre vent. Cette nature en suspension finissait par vous égratigner les nerfs. N'y tenant plus, elle se rhabilla. Elle irait rôder autour de l'atelier, histoire de repérer une lumière. Mais si Ingrid dormait déjà du sommeil du juste, tous feux éteints ? Ah, le problème était cornélien. Lola réalisa tout à coup que, grâce à l'intervention de Nadine la serrurière, elle possédait le double des clés.

Elle entrerait en douceur, vérifierait qu'Ingrid dormait saine et sauve, et repartirait incognito.

Simple et de bon goût.

16

Il se sentait au bord de l'épuisement. Il y avait eu tant de souffrances aujourd'hui. Un homme battu au sang dans une bagarre, un jeune drogué percuté par une moto, un clochard ayant oublié jusqu'à son nom. À l'hôpital, le personnel se battait à chaque instant contre le mauvais sort. Parce que les mal-aimés sont toujours les plus fragiles. Ils traversent les rues sans penser à rester sur leurs gardes, s'aventurent dans des quartiers dangereux en oubliant de regarder par-dessus leur épaule, la confiance rognée par l'indifférence et le doute.

Mais ils étaient sauvés à présent. Aux urgences, on avait eu pour eux les bons gestes, au bon moment. Bien sûr, ce n'était que partie remise. Avec le jour reviendraient les visages vidés, les corps tordus. Ces gens étaient comme lui, ils n'avaient plus de pays. En franchissant la barrière qui séparait les artères de la ville de l'espace de l'hôpital, ils mesuraient enfin leur exil et ça amplifiait leur douleur.

Il ouvrit doucement la porte de Paul et s'avança vers son lit. On entendait sa respiration régulière malgré les ronflements de son voisin. Le système de climatisation était défaillant et il avait trop chaud avec ses plâtres et sa minerve. Paul l'innocent, l'homme cassé en morceaux, qui croyait que ses exploiteurs étaient bons. Il avait failli mourir en tombant de son échelle. Pour faire briller les vitres d'un café.

Il resta un moment à le regarder dormir puis quitta la chambre. Le couloir était désert mais, plus loin, les urgences bourdonnaient. Il marcha dans la direction opposée, attendit devant le distributeur de boissons, le temps d'être sûr que personne n'arrivait. Il poussa la porte de toutes ses forces. Les gonds grinçaient moins, il les avait huilés tant bien que mal. Dans l'escalier, l'odeur d'humidité et de salpêtre lui parvint en même temps que le ronronnement des systèmes électriques, de la machinerie des ascenseurs et les gargouillis des tuyauteries. C'était comme le murmure d'une voix aimée. Il récupéra la lampe de poche et s'enfonça dans son domaine. Il en connaissait tous les recoins, le moindre pilier, le moindre mur lépreux.

Des tuyaux rouillés du plafond tombaient des gouttes de condensation, elles grossissaient des flaques dans un bruit régulier. Désormais, il aurait eu du mal à s'endormir sans ce métronome liquide. Il aimait cette sensation d'évoluer dans un ventre, celui d'une baleine veillant sur le quartier et secourant les naufragés que Paris abandonnait trop souvent.

Il anticipait le plaisir de flotter pendant des heures dans la paix de cette humidité murmurante. Au creux de la nuit, plus personne ne s'aventurait ici. Il lui était arrivé de voir des hommes de salle transportant le matériel contaminé ou les chariots de linge sale. Et même un employé poussant un mort. Les jours de presse, ce chemin chaotique offrait un raccourci tentant. Il avait su se faire invisible.

Un jour, il avait craint l'invasion. Un metteur en scène avait voulu utiliser son royaume comme décor de film et menaçait de l'envahir avec ses caméras et son armée de techniciens. Ils auraient sondé son monde, révélé au grand jour la puissance de son silence. Ils auraient abîmé la baleine. Heureusement, on leur avait refusé l'autorisation de tourner.

Il dégagea la bâche masquant la margelle, se pencha pour humer les effluves de pluie. Le puits était asséché mais l'odeur persistait, pénétrante, rassurante. Il récupéra l'anorak, l'enfila, enjamba la margelle. Il saisit la corde et commença sa descente. En progressant vers le fond, il éprouvait, comme à chaque fois, le sentiment de retrouver un autre temps. Celui de la fondation de l'hôpital. Celui où le vaste bâtiment ouvrait ses halls et ses voûtes aux infortunés pour leur offrir un refuge. L'époque de l'*hospital*. On n'avait pas la technologie de ce début de XXIe siècle, mais on possédait des tonnes de commisération. La vie était plus dure mais les cœurs plus ouverts.

Ses pieds touchèrent la terre humide. Il s'allongea, retrouva cette sensation d'être à l'abri contre la terre nourricière, hors d'atteinte sous les racines des arbres, sous les racines des fleurs. Il se recroquevilla dans la chaleur de son anorak. Il aimait imaginer la vie du dessus qui continuait sans lui. Tous ces hommes, ces femmes de Saint-Félicien allant et venant, travaillant, soulageant jour après jour, nuit après nuit. Les amis de la baleine. Les héros discrets de notre monde si clinquant. Il se mit à prier pour eux, et pour Paul, et pour tous les blessés qui, aujourd'hui encore, lui avaient raconté leur douleur.

17

L'entrée du passage du Désir n'était dotée que d'un lampadaire fatigué, mais à travers les lattes d'un store, Lola apercevait la salle d'attente vide, et normalement psychédélique. Tout y était en ordre, magazines en piles nettes sur la table, coussins sur les canapés, aucun meuble renversé. Hésitant à entrer, elle s'approcha de l'immeuble voisin, repéra une main de bois dans la vitrine de la brocante. Un présentoir à bagues. Décidément, le monde entier était décidé à monter son inquiétude en mayonnaise bien serrée.

Lola revint sur ses pas et glissa la clé dans la serrure neuve qui coulissa sans bruit. Elle referma doucement derrière elle, actionna l'interrupteur du couloir, entrouvrit la porte de la chambre. Le lit était vide. Elle alla au cabinet de massage, espérant une excentricité d'Ingrid endormie sur sa table de travail, mais cette pièce était aussi inoccupée que le reste.

Elle retourna à la cuisine, ouvrit le réfrigérateur. Elle constata avec soulagement qu'il ne contenait qu'une botte de radis, du jambon sous cellophane, des yaourts, du pain de mie tranché, des boissons énergétiques, de l'eau minérale et de la bière mexicaine. Sans réfléchir, elle ouvrit le compartiment congélation. N'y résidaient que quelques tristes plats cuisinés.

Elle appela Ingrid sur son portable. Une sonnerie retentit dans l'appartement, un rif de guitare électrique trop connu. C'est bien la peine qu'on se sonne les uns les autres dans tous les sens si on oublie son téléphone chez soi, et au plus mauvais moment. Lola bougonna intérieurement puis s'assit sur le canapé orange pour réfléchir. Une idée lui vint. Diego Carli avait fait des siennes : au lieu d'aller danser la salsa, il avait suivi Ingrid au *Calypso*. Malgré ses grandes déclarations sur l'amitié et l'innocence, Ingrid était tombée sous le charme du redoutable hidalgo et dormait dans ses bras dangereux, et contre son torse incendié mais ô combien touchant, en se croyant à l'abri du vilain marchand de mains. Et pendant ce temps-là, je me ronge les sangs ; ah, mais ça ne va pas se passer comme ça. On va réveiller tout le monde.

Elle alluma l'ordinateur. Le récent visionnage de la vidéo de Jules Parisy lui avait permis d'enregistrer le mot de passe : *Sigmund*. Ingrid avait un faible pour le chien du psychanalyste. Lola la soupçonnait de regretter qu'il ne soit pas d'une forme plus anthropomorphe et adaptée pour le masser lui aussi. Il faut dire que ce dalmatien avait des tendances neurasthéniques à ses moments perdus, mais c'était une autre histoire.

Lola se connecta sur le site des Pages jaunes et trouva un Diego Carli, quai de Jemmapes. Elle composa son numéro. Et laissa sonner. Dansait-il à une heure pareille ? Et comment serait-il en forme pour sa prochaine garde à l'hôpital ? Il était peut-être de service justement. Elle appela Saint-Félicien et demanda à parler à l'infirmier Carli, aux urgences. La standardiste lui demanda de rappeler quelques instants plus tard, c'était le branle-bas de combat, Diego Carli et ses collègues étaient submergés. Lola raccrocha, inquiète. Elle aurait préféré savoir Ingrid égarée dans le lit de l'infirmier plutôt que perdue dans la nature. L'ordinateur indiquait 2 h 43. Elle appela Jérôme Barthélemy.

Elle ressentit une bouffée de reconnaissance quand la voix familière mâcha un allô fripé.

— Pardon de te réveiller, mais Ingrid est dans les ennuis.

— Encore, patronne !

— Enfin, plutôt dans la nature.

— Eh bien, j'arrive. Où êtes-vous ?

— Pour l'instant, contente-toi d'ameuter tes collègues. Je veux juste savoir si…

— S'il y a un rapport de police dans un commissariat ou un hôpital concernant Ingrid. C'est ça ?

— Tout juste, et fais vite.

— Bien sûr. Mais dites-moi ce qui s'est passé. Ça m'aidera.

— Il ne s'est rien passé hormis le fait qu'elle n'est pas dans son lit.

— Elle est peut-être dans le lit de quelqu'un d'autre. Dans celui du jeune homme énervé qui se bagarrait avec l'Espagnol. Ou alors dans celui de l'Espagnol, justement.

— Elle n'est pas dans celui de Diego Carli, j'ai vérifié.

— Ah, très bien. Et l'autre ?

— Ingrid est fâchée avec Benjamin Noblet. Cesse de tergiverser et au travail.

Lola alluma une cigarette. Ingrid interdisait qu'on fume chez elle mais l'heure n'était plus aux broutilles. Elle fit les cent pas, alla se dénicher une bière – mexicaine, faute de mieux. Elle se concentra sur la lava-lampe pour tuer le temps sans se tuer les nerfs – la méthode semblait réussir à Ingrid. Ça ne marche pas avec moi, constata-t-elle. Elle consulta le répondeur. Quelqu'un avait tenté de joindre plusieurs fois Ingrid dans la soirée et raccroché à chaque fois. Enfin, une voix retentit. Celle de Benjamin Noblet :

— « Ingrid, ta mésaventure me rappelle un film. L'histoire d'une fille qui trouve une main dans son réfrigérateur. Bon, évidemment, il n'y a pas de clou et elle récupère les morceaux un à un jusqu'à la tête, qui est celle de son fiancé, dans une boîte à chapeau. Ton dingue est peut-être un amateur de gore. Je suis prêt à enquêter avec toi ! C'est ma spécialité, après tout. Qu'en penses-tu ? En attendant, en cas de pépin ou de blues, je suis là, baby. À n'importe quelle heure… »

Lola leva les yeux au ciel, poussa un gros soupir et écouta la suite. Elle reconnut la voix de Georges Lebouteux. Le patron de *Paris est une fête* se prétendait étonné et heureux de trouver une Ingrid Diesel dans l'annuaire. Avait-il bien affaire à la recrue du Los Angeles Police Department ? Si c'était le cas, il se permettait d'insister. Il était prêt à lui offrir un cachet intéressant pour qu'elle vienne faire le sosie de qui lui plairait dans quelques soirées chic. C'était l'occasion rêvée de rentrer en Californie avec des souvenirs originaux dans sa valise. En voilà un qui a de la suite dans les idées, songeait Lola en écoutant la fin de la bande. De deux choses l'une : la communication était faible entre night-clubber et beau-frère, ou le sieur Montaubert était bel et bien un gentleman. Avec un peu de chance, il avait rayé l'épisode d'un geste élégant et préservé le secret de la Flamboyante.

Le message suivant était de Diego Carli. L'invitation à danser tenait toujours. Toutes les nuits, en fait. Il n'attendait qu'un signe d'elle. Lola se surprit à sourire – ce sacré gamin avait la santé ! –, jusqu'à ce que la sonnerie de son portable la fasse sursauter. C'était Barthélemy.

— J'ai fait le tour des services d'urgence. Aucune blessée avec le signalement d'Ingrid.

— C'est toujours ça de pris.

— Qu'est-ce qu'on fait maintenant, patronne ?

— Moi, je ne sais pas encore, mais toi tu te recouches.

— Puisque je vous ai, j'en profite. On a eu les résultats pour le clou et la main. Je voulais vous appeler demain mais comme...

— Raconte !

— Le clou est du type banal. *Made in Taïwan*, le genre qu'on trouve partout. Rien à en tirer. En revanche, la main a appartenu à un certain Arthur Rufin. Un SDF de soixante-huit ans, né à Compiègne, mort à Paris.

— Fiché ?

— Un peu.

— On ne peut pas être *un peu* fiché. On l'est ou on ne l'est pas.

— Rufin s'était fait encadrer pour des babioles. Vols à l'étalage, tapage nocturne. Avec les années, ça s'était ralenti. Il vivait dans la rue. Dans le quartier Jemmapes.

— Peut-être bien, Jérôme, mais la question c'est : qu'est-ce que sa main plantée d'un clou taïwanais foutait dans le frigo d'Ingrid ? Essaie de synthétiser, tu veux.

— Ce que j'essaie de vous dire, c'est que ce pauvre gars est mort de malnutrition et de manque de soins, on peut appeler ça une mort naturelle malgré tout, et que son corps a atterri à l'hôpital. Après une autopsie, il s'est retrouvé à la morgue.

— Et le clou, avant ou après la mort ? Après, puisque tu parles de mort naturelle.

— Eh oui, après. On évite les histoires sanguinolentes de crucifixion, c'est mieux.

— Lola alluma une nouvelle cigarette et reprit les cent pas.

— Allô ! Patronne ?

— Je suis toujours là, Jérôme. Je suppute. On va jouer aux devinettes. L'hôpital en question, c'est Saint-Félicien, je parie.

— Affirmatif. Ça a une signification spéciale ? L'infirmier dans le lit duquel ne se trouve pas Ingrid travaille à Saint-Félicien, c'est ça ?

— Gagné. Aux urgences.

— Vous voulez qu'on aille y faire un tour ?

— Non, je vais me débrouiller. Je t'appelle quand j'ai du nouveau.

— Entendu, patronne, répliqua le lieutenant d'une voix déçue. Alors, bonne nuit.

C'est ça, mon garçon, pensa Lola. Comme si à mon âge, on avait moyen de se rendormir après une telle moisson d'émotions. Elle quitta l'atelier et prit la direction de l'avenue Claude-Vellefaux. En chemin, elle réfléchit à la meilleure technique. Elle opta pour celle du bulldozer. Faire parler un chaud Latin ne perdant jamais son sang-froid n'était pas affaire si compliquée. On y était déjà arrivé.

18

En se rendant à l'hôpital, Lola put constater que la lune était pleine. Du temps où elle était commissaire, les collègues redoutaient ses effets toxiques. L'astre ne se contentait pas de régir les marées de la planète bleue. Il créait des vagues dans le cœur des gens, du flux et reflux dans leur sang, des perturbations dans leurs systèmes. Et les nuits de printemps étaient les plus coriaces.

À Saint-Félicien, le pouls de l'hôpital était bel et bien réglé sur les marées intimes des Parisiens. Diego et un collègue soignaient un homme attaqué à la sortie d'une boîte de nuit. Son œil droit était à moitié clos, sa bouche perdait du sang et des dents, et il semblait avoir quelques côtes en mauvais état. Pour autant, il continuait d'injurier des assaillants imaginaires, alors que sa petite amie, encore chavirée, essayait de le calmer.

Diego n'avait même pas eu l'air inquiet ou questionneur. Comment l'être à Saint-Félicien ? Il finit par trouver un moment pour elle. Elle attaqua bille en tête.

— La main du frigo d'Ingrid provient de Saint-Félicien. Ça en devient obsédant.

— Vous avez ma parole que je n'y suis pour rien.

— Ce qui me gêne, c'est ton don pour les histoires. Tu prétends partir danser la salsa, on te retrouve de garde.

— C'est pourtant simple, j'ai fait les deux.

— Ton surnom c'est *Superman dansant*, tu ne dors jamais ?

— Je dors peu depuis la mort d'Alice. En fait, j'ai un lit de repos ici.

— Une drôle d'idée.

— Alice a retapissé mon studio avec des anges et des cœurs.

— Et alors ?

— Je n'ai pas eu le temps de changer le papier peint. Voir ça jour après jour me mine le moral. Ça me rappelle qu'elle était marrante et que je lui ai fait un coup pas drôle. Alors, je me réfugie souvent ici.

— Tu as le génie des explications loufoques, mon grand.

— Et vous des questions à toute heure du jour et de la nuit, Lola. Et puis vous avez l'air hors de vous alors que vous devriez être au fond de votre lit. Qu'est-ce qui se passe à la fin ? Et où est Ingrid ?

— Justement, je ne sais pas.

— Je viens avec vous ! On va la retrouver.

— Encore faudrait-il savoir où chercher.

Elle l'étudia deux secondes. Ému, fatigué, sincère. Mais chaque fois qu'on observait ce garçon attentivement, il avait l'air innocent. Étant donné les circonstances, ça devenait extrêmement louche. Elle appela le domicile d'Ingrid, tomba sur le satané répondeur et la voix joyeuse de son amie. Diego s'assit à ses côtés.

— Il est quatre heures du matin, Lola.

— Tu ne m'apprends pas grand-chose.

— J'ai une proposition à te faire.

Elle se surprit à apprécier le tutoiement. Il réchauffait cette sale nuit trop éclairée. Elle se tourna vers lui et put constater qu'il était aussi inquiet qu'elle. Ou qu'il était un comédien-né et n'aurait jamais besoin des cours de Papy Dynamite.

— Je vais réveiller Victor Massot, le préposé de la morgue. Mais attention, c'est un fantasque. Il a ses têtes.

— Je vais lui faire aimer la mienne.

— En attendant qu'il arrive, tu peux te reposer dans une des chambres.

— À peine la tête sur l'oreiller, je verrai Ingrid me danser sous le nez et me raconter n'importe quoi. Merci bien. Je reste à la verticale.

— J'espère que vous n'êtes pas artiste, madame Jost.

— Aucun risque, monsieur Massot.

— Parce qu'ici, les artistes, on n'en veut pas. Mon administration est catégorique. Vous n'imaginez pas le nombre de créatifs que la mort excite. Photographes, cinéastes, auteurs de polar, peintres, dessinateurs de BD et j'en passe. Ils viennent nous voir, les yeux brillants, pour qu'on leur ouvre les portes de notre royaume et qu'on nourrisse leur grosse inspiration goulue à peu de frais. N'est-ce pas que j'ai raison, Framboise ?

Assise à côté de son supérieur, dans leur petit bureau triste et gonflé de paperasse, la dénommée Framboise se contenta de hocher la tête. La seule couche de couleur provenait d'un gros aquarium dans lequel nageaient des poissons koï. La jeune femme ne semblait pas plus gênée que les poissons chinois par les odeurs d'antiseptiques ne couvrant pas tout à fait celle, reconnaissable entre toutes, des corps en décomposition. Elle avait une trentaine d'années, un visage placide aux bonnes joues rondes, et un gobelet de café à la main. Mais on la sentait prête à s'endormir sur place. À son arrivée à Saint-Félicien, Victor Massot l'avait présentée à Lola en ces termes : « Françoise Richet, mon assistante. Aucune raison qu'elle dorme pendant que je vous fais profiter de mes connaissances. On apprend à tout âge et à toute heure, hein Framboise ? »

— Je n'ai aucune inspiration à nourrir, reprit Lola. En revanche, j'ai une amie dans la nature. Elle a trouvé la main d'un de vos locataires dans son réfrigérateur. Un certain Arthur Rufin.

— Dans la « nature » ? Qu'est-ce que vous entendez par là ?

— Que je n'ai plus de nouvelles, qu'elle est introuvable. Mais qu'il faut que je la retrouve quand même.

— Ça mérite qu'on se fatigue un peu.

Massot alluma son ordinateur et prit le temps de consulter plusieurs fichiers. Il posa un doigt maigre sur l'écran et déclara que Rufin était effectivement inscrit aux effectifs. Il n'apprit rien à Lola en expliquant les circonstances de son arrivée et le fait que son corps avait été autopsié. Elle l'écouta sans l'interrompre mais en jetant quelques coups d'œil réguliers à l'assistante. La mort du pauvre Rufin n'agissait en rien sur le mouvement papillonnant de ses paupières. On se demandait quand cette jeune femme se déciderait à boire son café. Lola en avait ingurgité plusieurs en attendant le préposé et ils lui faisaient battre le cœur trop vite. Pour autant, une partie d'elle dormait et, comme dans un rêve idiot, visualisait Ingrid déclarant : « Secouons les belles endormies comme des pruniers, Lola, tu as raison. Mais pourquoi me parles-tu toujours de fruits et légumes, à la fin, je te demande un peu ? »

Massot poursuivait son commentaire du texte noir qui défilait sur son écran blanc. Lola se forçait à écouter avec une attention universitaire ces informations dont Barthélemy l'avait déjà fait profiter. Quelquefois, au détour d'une intonation plus molle que les autres, son esprit prenait la tangente. Le préposé était un grand type mou et il fallait sans doute cela pour prendre de la hauteur au-dessus des remugles, ne jamais s'affoler en réalisant qu'on passait les trois quarts de son existence avec une bande de morts n'intéressant que des artistes à l'imaginaire anthropophage. Ouh, qu'est-ce que je me raconte ? Et elle chercha Diego des yeux, mais il était une fois de plus reparti à ses affaires sans qu'elle s'en aperçoive. Elle regrettait de ne pas s'être octroyé la sieste qu'il lui avait conseillée.

— Et nous n'avons remarqué aucun vol, n'est-ce pas, Framboise ?

— Aucun, dit la jeune femme sans faire le moindre mal à son café.

Elle posa la tête sur son poing et ses paupières se fermèrent. Bois donc, ça va refroidir, lui lança mentalement Lola. Et explique-moi ce que tu fabriques ici. N'as-tu rien de mieux à faire que de décorer le bureau ou mettre ton chef en valeur ?

— Il faut qu'on vous montre quelque chose, déclara le chef en question.

Lola le suivit, ainsi que son endormie toujours accrochée à son gobelet, dans quelque couloir vert un rien tortueux qu'on n'avait pas pris la peine de repeindre depuis la naissance de Bruegel l'Ancien.

— Vous êtes prête ? demanda le préposé devant une porte métallique.

— Prête à quoi ?

— Eh bien, c'est pas joli joli. Mais puisque Diego affirme que vous êtes une ancienne commissaire…

— Pourquoi m'avoir demandé si j'étais une artiste ?

— Certains flics font l'artiste après la retraite. Si, si, j'en connais. Eh bien, macache, on ne leur donne pas plus l'autorisation d'entrer qu'aux autres ! Un petit rigolo de l'administration avait d'ailleurs proposé qu'on colle un panneau sur cette porte avec la tête de Picasso barrée d'un trait rouge. *Interdit aux artistes*. On s'amuse d'un rien ici. Il faut bien.

Mais tu vas l'ouvrir ton musée aux horreurs, oui ou zut, héron de malheur ? s'énervait Lola en arborant un sourire factice qui n'allait pas faire illusion longtemps. Il ouvrit enfin. Entra dans la pièce le premier, suivi par Framboise et son café froid. Lola fut presque déçue de déboucher dans une grande pièce carrée, carrelée, blanche et propre. Il y avait trois bancs en métal gris. Et un vaste bassin plein d'eau glauque. Ou plutôt jaune, rectifia Lola. En fait, jaune glauque. L'odeur aussi était glauque. Mais familière.

Victor le héron avait un fin sourire aux lèvres et les mains derrière le dos. Il se balançait un peu sur ses pieds. Framboise fixait le bassin d'un œil enfin ouvert mais placide et, miracle ou influence de la lune, elle buvait son café. Fallait-il y voir un réflexe pavlovien ? Une épouvantable odeur connue mais oubliée vous saute aux narines, et vlan, vous buvez enfin votre café ? Lola se donna une tape imaginaire au front. L'odeur était bien connue, mais à une dose si concentrée qu'elle faisait disjoncter son dictionnaire olfactif. La révélation fonctionna comme une huile ; les déductions s'enchaînèrent dans son cerveau un rien électrisé. Qu'est-ce que ça aurait pu être d'autre que du formol ? Ingrid, tu n'imagines pas ce que je fais pour toi.

— Solution aqueuse d'aldéhyde formique, dit plutôt fièrement le préposé.

Ce devait être frustrant, à la longue, de ne pas pouvoir faire son petit effet sur des artistes qui n'auraient demandé que ça ; le héron au bord de son étang carré tenait une spectatrice providentielle. Pour couper court à ces calembredaines, Lola s'avança d'un pas décidé.

— Hep, attendez ! bredouilla Victor Massot. Laissez-moi d'abord vous expliquer.

Elle pencha le buste vers le bassin. Une vingtaine de corps y flottaient. Une vision au-delà du laid et du répulsif, qui aurait intéressé Picasso un jour où Thanatos l'aurait travaillé plus qu'Éros. Oh, et puis non. À bien réfléchir, ça évoquait Francis Bacon, puissance 50.

Lola revint sur ses pas. Elle se planta devant ses interlocuteurs et les regarda l'un après l'autre, droit dans les yeux.

— Il est là-dedans, c'est ça ? Et avec une main en moins, bien sûr.

— Bon, effectivement, le corps de Rufin y est, expliqua le préposé, le débit subitement accéléré. C'est ce que me dit mon ordinateur. Très peu de gens connaissent l'existence de ce bassin. Les corps servent aux étudiants en médecine, bien que la pratique se perde depuis les simulations sur ordinateur. En fait, on n'a pas eu de demande venue de carabin depuis, oh, depuis des lustres, hein, Framboise ?

— Exactement, chef.

— Alors ça nous laisse les dessinateurs. Mais ça, c'est le rayon de Framboise.

— Je croyais que les artistes étaient refoulés sans pitié, articula Lola en sollicitant sa réserve de patience pour qu'elle se mobilise vite en un bloc solide.

La pendule ronde et noire qui équipait cette salle carrée munie d'une piscine à macchabées jaunes était aussi incongrue que réelle et indiquait 5 h 13. Lola regarda Framboise lever son gobelet et tendre haut le cou pour y récupérer la traînée de sucre. Encore une larme de patience et cette fille serait bientôt pleinement opératoire.

— Éric Buffa est le seul pour qui l'administration de Saint-Félicien fait une exception, déclara la jeune femme d'une voix claire, quelques particules de sucre s'éternisant sur sa bouche.

— Oui, dit Lola en passant machinalement sa langue sur ses lèvres. Le seul, oui, oui.

— Mais c'est normal parce qu'Éric Buffa dessine des planches anatomiques pour les éditeurs de livres de médecine. Il vient se fournir ici.

À la bonne heure. La logique cartésienne reprenait le dessus, les bassins gavés de cadavres étaient prêts à s'évaporer dans la nuit, les préposés avaient le regard à peu près vif, ils allaient enfin droit au but. Bientôt, ils se souviendraient des adresses utiles et vous en feraient profiter.

— Où habite cet Éric ? demanda Lola sans pouvoir réprimer son soupir de soulagement.

— Rue Edgar-Varèse. Mais vous ne le trouverez pas chez lui.

— Comment ça ?

— Il est à Francfort, pour l'exposition Gunther von Hagens. Vous savez, ce médecin allemand qui a mis au point une méthode de conservation des cadavres à base de caoutchouc siliconé.

— Quand Buffa est-il parti ?

— La semaine dernière.

Ce n'est donc pas lui qui a glissé une main dans le réfrigérateur d'Ingrid. Et pourquoi l'aurait-il fait ? Et puis la main ne sentait pas seulement le formol, il y avait ce vieux fond d'essence florale. Que tentent de nous dire ces remugles ? Et que fais-je ici ?

— Votre ordinateur ne vous dirait pas, par hasard, si Éric Buffa a emprunté une main au cadavre ?

— L'ordinateur ne recense pas ce type d'informations, intervint Victor Massot. Mais Éric a pu abuser de son avantage.

— Il a une clé ?

— Non, mais il sait où elles se trouvent, répondit Framboise. Je ne crois pas que ce soit son genre de prélever sans prévenir, mais je vais vous donner son numéro de portable. Nous, on fera notre enquête plus tranquillement ensuite. N'est-ce pas, chef ?

— Oh oui, il n'y coupera pas, dit le héron.

— Vous savez si ce jeune homme est amateur de strip-tease ?

— Féminin ou masculin ?

— Pardon ?

— Le strip-tease. Des corps d'hommes ou des corps de femmes ?

La jeune femme prononçait le mot « corps » sans distinguo. Il aurait pu tout aussi bien s'agir de corps morts. Sacrée Framboise. Et pendant ce temps, le héron suivait la conversation d'un air dégagé. Pour un type extirpé du sommeil en pleine nuit, il avait vite percuté. Il savait que seule son assistante pouvait être au courant d'une fuite d'organes. Mais il était venu tout de même. Pour quelle raison ? Oh, et puis ça n'avait plus d'importance. Les gens avaient le droit d'être ce qu'ils étaient après tout. Grand Horloger auquel je ne crois pas, si tu me rends Ingrid indemne, je te promets de devenir plus tolérante avec mes frères humains.

— De femme, Framboise. De femme, et comment ! répondit Lola d'une voix enrouée par les vapeurs du bassin.

Et d'ailleurs, on pouvait peut-être quitter les lieux. Elle se dirigea vers la sortie mais les deux préposés ne lui emboîtèrent pas le pas. Framboise réfléchissait dur.

— Dans ce cas, ça m'étonnerait. Éric est gay. Il vit avec un garçon qui s'appelle Fabrice. Et qui est cuisinier.

— Vous en savez des choses, dit Lola sincèrement étonnée.

— Je m'intéresse aux gens dès que j'en ai l'occasion. Ce n'est pas ici qu'on fait trop de rencontres intéressantes.

Elle s'était exprimée sans ironie et Lola la crut. La framboise et le héron ne rataient pas une occasion de contact avec le monde des vivants. Le préposé aurait été capable de gérer sa boutique seul. Mais il préférait travailler en compagnie. Et quand on lui demandait de sortir de son lit à l'aube pour parler travail, il pensait naturellement à appeler son assistante. Lola s'en voulut de voir trop souvent la réalité sous des couleurs encrassées. C'était d'autant plus net quand Ingrid manquait à l'appel. Vu par l'Américaine, le monde prenait les couleurs vives de ses canapés. Et c'était très bien comme ça.

L'interrogatoire n'est pas la partie où je fais des étincelles, se racontait l'ex-commissaire, mais que dire de l'interrogatoire au téléphone ! Assise sur l'une des chaises décaties des urgences, Lola fixait le petit papier portant le numéro d'Éric Buffa, jeune dessinateur gay égaré outre-Rhin, et probablement endormi à l'heure qu'il était. Elle constata que Diego et ses collègues étaient toujours occupés et repéra un petit homme équipé d'un balai et d'un visage triste. Il semblait lire son cerveau à la manière d'un radiologue et n'y voyait aucune pensée réconfortante. L'air apeuré, il fila soudain se réfugier dans une chambre. Lola se releva péniblement, prit le chemin de la sortie avec la sensation de transporter un sac de ciment sur chaque épaule, et partit en direction du canal Saint-Martin.

L'éclairage urbain dessinait quelques halos miroitants sur l'encre grise du canal. Arthur Rufin avait sans doute fait partie des SDF des quais qui dormaient au bord de l'eau, à l'abri des voitures. Il était peut-être mort là, à côté de ses compagnons d'infortune. Ensuite, son corps s'était retrouvé à Saint-Félicien, sur une table d'autopsie puis dans un bassin de cauchemar. Qui lui avait volé sa main ?

La fatigue aidant, elle crut voir flotter un corps. Mais c'était une branche emberlificotée dans une bâche en plastique. Mon cerveau part en lambeaux, se dit-elle en reprenant sa route. Elle venait de décider de se reposer passage du Désir, jusqu'au retour d'Ingrid. En chemin, elle se répéta quelques phrases apaisantes. Ingrid est athlétique et sur ses gardes. Pas de raison qu'il lui soit arrivé malheur. Il faut s'armer de patience.

Demain, à la première heure, on téléphonerait à l'artiste dans sa lointaine Allemagne et on tenterait de lui extirper des informations avant qu'il ne nous raccroche au nez. Mais pourquoi être polie, pourquoi attendre ? Elle composa le numéro. Une sonnerie puis le déclenchement d'un répondeur. Éric Buffa saluait son monde. Il n'était pas disponible et suggérait de laisser un message. Sa voix était aussi joyeuse que celle d'Ingrid. On avait beau dessiner des planches anatomiques, on aimait la vie. Lola hésita à laisser un message puis raccrocha. Se sentant plus lourde que jamais, elle s'engagea dans la rue des Vinaigriers.

19

Le dedans paraît mal en ces miroirs flatteurs ;/Les visages souvent sont de doux imposteurs./Que de défauts d'esprit se couvrent de leurs grâces !/Et que de beaux semblants cachent des âmes basses !

Lola trouvait dans les vers de Corneille un écho à ses pensées. La fille de Maurice ressemblait à une autre à s'y méprendre mais qui donc était la vraie Alice ? Une gamine blessée par la vie, une romantique ? Une exaltée, une caractérielle ? Ou une névrosée intégrale ? Et la disparition d'Ingrid n'avait-elle pas plutôt un rapport avec ses frasques de détective amateur qu'avec cette affaire de main ? Et si les deux histoires étaient liées ? Elle reposa l'anthologie théâtrale offerte à Ingrid pour son anniversaire.

La sonnerie de son portable la tira de ses réflexions. La voix de Barthélemy lui fit tomber le cœur dans les chaussures. On venait de repêcher une voiture tombée du quai Henri-IV, et à l'intérieur on avait trouvé une noyée, sans papiers. La description correspondait à celle d'Ingrid Diesel. Le lieutenant bafouilla, s'excusa...

Lola raccrocha sans un mot. Sa main se posa sur son cœur pour l'empêcher d'éclater. Une partie d'elle raisonnait. Ingrid au fond de l'eau, dans une voiture ? Absurde ! Elle avait découché, voilà tout. Elle était endormie chez l'infirmier, qui lui avait proposé le gîte avant de partir assurer son service à Saint-Félicien. Carli avait menti : Ingrid bivouaquait dans son lit. Et à l'heure qu'il était, il lui faisait un café du tonnerre, quelque chose de corsé et d'hispanique et il lui déclarait que la vie était belle comme son sourire de môme attardée.

— Ingrid, articula-t-elle en se relevant.

Ses jambes étaient deux colonnes de flanelle. C'était tout mou, c'était trop chaud. Son cœur voulait s'enfuir, déchirer sa cage thoracique à grandes giclées sanglantes. Elle quitta l'appartement, se planta devant la boutique du brocanteur, face à l'horrible main aux doigts bagués. Elle imagina qu'elle se jetait contre la vitrine, se tailladait le visage sur ses débris.

La rue, les gens. Elle marcha vers les *Belles*. Vers Maxime. Le seul qu'on avait envie de voir sur ses deux pieds. Les autres Parisiens pouvaient mourir sur-le-champ.

Le restaurant, bientôt. Et là, les bras de Maxime. Sa voix. Sa chaleur. Et un coup de vin du patron. Tout de suite. Lola se reprocha de penser à boire dans un moment aussi laid, s'arrêta devant le marchand de journaux pour reprendre son souffle. Il y avait un client, un gamin de sa connaissance, le fils de son coiffeur. Le marchand et l'enfant la dévisagèrent. Ils allaient venir avec leur grosse sollicitude. Elle eut envie de leur hurler de lui foutre la paix.

— LOLA ! EH, LOLAAAAA !

Elle arrivait en courant. Elle demanda ce qui n'allait pas. Lola s'adossa à la devanture et vola quelques grandes bouffées à l'air matinal qui ne lui avait jamais semblé aussi vif.

— Qu'est-ce qui t'arrive ? Tu es livide comme la lune !

— Ne me parle pas de la lune ! SURTOUT PAS !

— Pourquoi es-tu en colère ?

Lola téléphona à Barthélemy : il n'y avait plus de raison d'ameuter tout Paris et de se ronger les sangs, la noyée du quai Henri-IV n'était pas l'ingrate, l'inconsciente Ingrid Diesel.

— C'est quoi cette histoire de noyée ?

— Une fille que j'ai prise pour toi, crénom de nom ! La peur que tu m'as faite ! J'étais à deux doigts de prier le Grand Horloger. Mon cartésianisme était au bord de l'extinction.

— Je suis vraiment désolée.

— Où étais-tu fourrée ?

— Chez toi.

— Chez moi ?

— Timothy m'a licenciée.

— Mince !

— Ce salaud de Montaubert a tout foutu par terre. J'étais dans tous mes états. Alors, je suis allée chez Ben. En cours de route, j'ai réalisé que c'était une ânerie. Je suis repartie quai de Jemmapes. Heureusement, Diego n'était pas chez lui.

— Oui, heureusement. Et ensuite ?

— Je suis entrée chez toi, avec les clés que tu m'as confiées pour que j'arrose les plantes en ton absence. Une drôle d'idée, étant donné que tu n'as que des cactus et que tu ne pars jamais nulle...

— Au fait, Ingrid, au fait.

— En t'attendant, je me suis assoupie. Mystérieusement, j'ai bien dormi...

— Tu as le droit de ne pas savoir ce que tu veux mais par pitié n'entraîne pas les autres dans ton marasme.

— Il fallait que quelqu'un me prenne d'urgence dans ses bras. Puis une culbute de dignité m'a fait penser à toi. Je me suis dit que tu allais me retaper le moral. Où étais-tu, au fait ?

— Dans des endroits que tu ne veux pas connaître. Et à la fin, chez toi, pardi ! Ne recommence jamais ça, Ingrid. Et puis remplace-moi *culbute* par *sursaut*, s'il te plaît.

Une heure avant l'ouverture officielle des *Belles*, Lola et Ingrid étaient attablées dans leur restaurant favori et l'Américaine regardait l'ex-commissaire engloutir avec entrain une deuxième part de savarin. Maxime Duchamp le confectionnait à l'ancienne, en forme de gros berlingot, accompagné d'une crème Chantilly piquetée de grains de vanille. C'était excellent, mais Ingrid n'avait guère faim. Elle avait chipoté sur la blanquette de veau, bien que Lola ait parlé de crime ; cette blanquette-là fleurait si bon le girofle qu'elle aurait mérité une prosternation.

— C'est ma méthode de stimulation de la créativité, Ingrid. Quand je trouve une bonne idée, je me récompense avec un gâteau. C'est le système du dompteur et du phoque. Sauf que je joue les deux rôles à la fois.

— Quelle bonne idée ?

— En aidant Maxime à touiller amoureusement son idyllique blanquette, je me suis souvenue que c'était le plat favori de notre psy préféré.

— Antoine Léger ?

— Évidemment, qui d'autre ?

— Et alors ?

— Je l'ai convoqué. Le pauvre a un patient sous le coude et n'a pas pu venir déjeuner avec nous mais il ne saurait tarder.

— On aurait pu l'attendre avant de commencer.

— Tut-tut. Je suis si soulagée de te retrouver que ça m'a donné une faim pharaonique. Une faim qui n'attend pas.

— Pourquoi l'as-tu convoqué, au fait ?

Lola avait les doigts croisés sur son ventre et regardait affectueusement Antoine Léger porter l'estocade à la blanquette avec son élégance coutumière. Il faisait glisser ses bouchées de bonheur avec de l'eau et Lola trouvait ça dommage, mais le psy avait un autre patient à quatorze heures, un cas difficile qui exigeait sa concentration. Elle sirotait le vin du patron à sa place et savait qu'elle abusait, mais, certains jours, succédant à certaines nuits, exigeaient des mesures d'exception.

— En parlant de cas difficiles, le nôtre est exemplaire. Tu es au courant de la mort filmée d'Alice Bonin ?

— Bien sûr.

— Tu n'ignores pas qu'Ingrid est harcelée ?

— Elle m'a narré l'affaire avec soin.

Ingrid confirmait d'un hochement de tête ramolli et essayait de cacher sa tristesse. Lola savait ce que son éviction du *Calypso* lui coûtait. L'eau de son bocal à un poisson rouge. L'air de ses montagnes à un Suisse. Son feu à l'homme de Cro-Magnon. Oh, oui, au moins ça. Mais il fallait attaquer les problèmes un à un. Et même si Ingrid n'avait plus l'autorisation de montrer son petit tra-la-la tatoué au Tout-Paris, crime de lèse-locomotive oblige, elle était en un seul et beau morceau et c'était l'essentiel.

— Les deux affaires sont peut-être liées. Tu pourrais nous donner ton point de vue professionnel et nous dessiner le profil du tueur.

— Rien que ça, Lola ! Je ne suis pas psycho-criminologue et, même si je l'étais, il me faudrait plus de temps.

— Allez, Antoine ! Improvise comme un jazzman. Une main plantée d'un clou, une fille droguée jusqu'aux yeux qui se jette du haut d'une tour. Et plus précisément d'une des plus hautes tours de la ville. Il y a de quoi voir des images, des connexions, des symboles. Moi, j'en sais à la fois trop et pas assez. Mon pare-brise est encrassé, pas le tien. Fais-nous un solo à la Coltrane. Un truc lyrique.

Antoine Léger se servit un fond de verre et trinqua avec ses amies.

— On croule sous les symboles. Toutes les civilisations ont fait de la main un emblème. De pouvoir, de sagesse. Ou au contraire de soumission, de dissimulation. Une main, c'est trop causant pour dire quelque chose de signifiant.

— Et la main coupée ?

— Isolée, elle me parle moins. Mais si on l'associe comme les Mexicains avec des têtes de mort, des cœurs ou des scorpions, on dessine un symbole de mort.

— L'affaire qui nous occupe manque de sombreros et de scorpions. Il n'y a que ce fichu clou. Un symbole chrétien a priori. Alice animait des événements à caractère religieux. Mariages, communions...

— Le lien est peut-être moins direct, Lola.

— C'est-à-dire ?

— Et si on mettait la main coupée en parallèle avec la vidéo de sa mort, plutôt qu'avec Alice elle-même ?

Ingrid était tout ouïe et semblait en oublier ses tracas. Avec le Dr Léger, on n'était jamais déçu. Il suffisait de le laisser s'échauffer.

— Vas-y, Antoine, on t'écoute.

— Les psys aiment comparer la main à l'œil.

— Continue, ça se présente bien.

— La main humaine est liée à la vision, en d'autres termes à la connaissance. N'oublie pas qu'en traçant des lettres, elle te permet d'exprimer tes idées.

— Je n'avais pas pensé à ça ! Et c'est avec leurs mains que les artistes confectionnent leurs œuvres. Surtout les graphistes. Ah, tout concordait, quel manque de chance !

— De qui parles-tu ?

— D'un dessinateur de planches anatomiques. Il faisait un bon client. Hélas, il était en Allemagne au moment crucial.

— Fâcheux.

— Et la haute tour, qu'en penses-tu ?

— Passons sur le symbole phallique et enchaînons sur Babel, symbole d'orgueil. L'homme bâtit la tour pour se hausser à la hauteur de la divinité.

— On pourrait donc avoir affaire à un exalté mystique. Mon idée de départ.

— On pourrait, mais rien ne le prouve.

— Et si l'*Astor Maillot* avait été choisi parce qu'Alice connaissait déjà les lieux ? intervint Ingrid. On se méfie moins en terrain connu.

Le psy et l'ex-commissaire prirent le temps de digérer l'intervention de leur amie.

— Ça rejoint le témoignage de Jules Parisy, reprit Lola. Alice avait déjà fait des animations dans cet hôtel. Pas mal, Ingrid.

— Et pour revenir à Éric Buffa, s'il n'a pas agi directement, il a pu prêter la main à quelqu'un d'autre. Ou la vendre.

Lola émit un sifflement admiratif. Antoine maintint un instant sa cuiller en l'air. Ingrid sourit brièvement avant de commander à Khadidja Duchamp un double expresso bien serré.

Le dessinateur séjournait-il toujours en Allemagne ? Avait-il décidé d'arrêter le téléphone portable comme d'autres la cigarette ? Ayant déniché un Éric Buffa dans l'annuaire, rue Edgar-Varèse comme promis par Framboise, Lola appela son domicile en se prétendant conservatrice du Musée de la grande et de la petite mort à Aubenas. Fabrice le cuisinier lui apprit que Buffa rentrerait dans trois jours, et avait oublié son portable à Paris.

Les deux amies choisirent le quai de Valmy pour s'essayer à un récapitulatif. Arthur Rufin avait vécu près du canal. Et à deux pas de Saint-Félicien où officiait Diego Carli. Dans ce même hôpital, Alice et Maurice Bonin s'étaient produits pour dérider les malades. L'édifice abritait une morgue, un laboratoire d'analyses travaillant entre autres pour l'Intérieur et une piscine remplie de cadavres. Dans laquelle baignait le corps de l'infortuné Arthur Rufin. Parallèlement, dans un arrondissement plus aéré et plus chic, se dressait un quatre étoiles offrant une vue magnifique sur la capitale. La dernière vision d'Alice avant sa mort.

— Quel rapport entre la haute tour moderne et le gros hôpital déglingué, Ingrid ? J'aimerais le savoir.

— Et moi, donc.

— Évidemment, on peut relier quelques points disparates, à gros traits. Au Mexique, la main est symbole de mort. Or Diego est de culture hispanique.

— Et puis il y a la tour de l'homme défiant Dieu, et le clou dans la main du crucifié.

— Mais on se fouette peut-être le ciboulot pour rien, comme tu l'as si bien fait remarquer, Ingrid. Et si c'était plus simple ?

— Oui, mais les belles idées simples sont les plus difficiles à trouver.

Au lieu d'une belle idée, elles trouvèrent un banc au soleil. Elles s'y installèrent sans se concerter. Elles fermèrent les yeux de la même façon et firent le tournesol, offrant leurs visages aux rayons réconfortants.

— J'ai écouté les messages de ton répondeur, Ingrid. Tu excuseras cette intrusion.

— Tu es tout excusée.

— Georges Lebouteux insistait pour t'engager.

— Une idée pas si bête, maintenant que Timothy Harlen m'a virée.

— Je te promets qu'on trouvera un moyen, ma belle. Ton Timothy, je te le ramènerai dans de bonnes dispositions.

— J'ai toujours aimé ton optimisme, Lola. Et puis quoi d'autre ?

— Diego voulait t'emmener danser.

— C'est aussi à étudier de près.

— Pas trop tout de même. Et enfin, Benjamin. Il s'est souvenu d'un de ces films d'horreur qu'il affectionne. Une fille trouve une main dans un réfrigérateur. C'est un puzzle. De son fiancé.

— Le fiancé dépose la main dans le fridge ?

— Mais non. C'est le tueur qui découpe le fiancé en morceaux. Benjamin pense que ton dingue peut être un amateur de gore et il est prêt à enquêter avec toi.

— Encore une excuse loufoque pour me téléphoner. C'est curieux, mais dans la journée, il ne me manque pas tant que…

Pression sur la bouche, le nez. Lola Jost ouvrit les yeux sur un horizon de rayures. Bouton de manchette. Bracelet-montre. Soubresauts du banc public devenu vivant. Une odeur de fleur, d'hôpital, de désarroi lui envahit la tête. Le scorpion mexicain nous attaque ! fut sa dernière pensée avant de sombrer.

20

Les calottes glaciaires avaient fondu, recouvrant le monde de ouate. De la bouche des survivants s'échappait une vapeur épaisse, et leurs extrémités se gangrenaient. Mais il y avait un couac dans cet univers qui n'aurait dû être que blancheur figée. Il bougeait, il coulait.

Une vague lui fouetta visage et poitrine. Elle ferma les écoutilles, lutta, réussit à reprendre une goulée d'air. Finir congelée et noyée en même temps, quelle idiotie ! Elle tenta de redresser la tête, de chercher le jour au-delà de son puits-prison ouvert aux cataractes. En vain, sa nuque était prise dans les glaces. Elle voulait s'accrocher à cette muraille, l'escalader, mais ses bras lui faisaient défaut. Elle captait des voix étouffées par la neige. Des hommes, des robots plutôt, une femme. Une femme en colère. Elle était prête à jurer que cette voix était celle de Lola, alors elle voulut ouvrir les yeux. Son corps revint à la conscience par les membres. Comprimés, agacés par des bataillons de fourmis rouges. Une vague polaire finit de la réveiller.

Ingrid Diesel mit du temps à focaliser. Trempée, vêtue de ses seuls sous-vêtements, nuque bloquée dans un carcan, saucissonnée par de la bande adhésive aux épaules, poignets, cuisses, elle était assise sur un siège étrange. Ses pieds reposaient sur des plaques métalliques.

Elle percevait une odeur de gaz d'échappement. Droit devant, des traits jaunes délimitant des rectangles sur le bitume, un seau en plastique rouge renversé. On venait de la réveiller à coups d'eau glacée. Elle se trouvait dans un parking. Vide.

— TU CROIS IMPRESSIONNER QUI AVEC TON NUMÉRO DE CIRQUE ?

Lola en fureur. Ingrid essayait de se tourner vers elle. Impossible. Un projecteur la nimba de blanc. Au-delà, des silhouettes s'animèrent.

— Alice Bonin. Pour qui travaillait-elle ? articula une voix métallique.

— Pour la centième fois, aucune idée, mon p'tit bonhomme.

— Pour qui, Jost !

Ingrid réalisa que leur ravisseur utilisait un appareillage de camouflage vocal. Il suffisait d'un ordinateur, d'un micro...

— Je n'ai aucune imagination pour les scénarios ! Remballe ton sketch de cyborg à la noix !

— Toi, Diesel, tu sais pour qui.

— *I don't speak French.*

— À d'autres.

— *I don't understand.*

— Orléans, envoie-lui sa dose ! ordonna la voix de métal.

Un coup de trique sur son coude et la décharge lui cisailla les nerfs. Son hurlement vira au gémissement, elle haleta puis serra les dents, reprit son souffle. Elle entendait Lola plaider, crier qu'eau et électricité faisaient mauvais ménage, qu'ils regretteraient leur folie. Ingrid écoutait de toutes ses forces, pour se raccrocher, pour oublier que la douleur irradiait, se retirait trop lentement, marée désastreuse. Les larmes lui étaient venues. Elle jura pour faire payer l'humiliation.

— *Motherfucker ! Giant turd ! Fucking jerk !*

— C'est une méthode de français accélérée, Diesel. Vas-y, donne-nous tout, dit la voix métallique.

— *Fuck you, deep shit !*

— Je lui en remets un petit coup, Avignon ? demanda une autre voix, normale celle-là.

Ingrid se rendait compte que son tortionnaire ne prenait pas plaisir à sa besogne. Il avait la voix niaise, hésitante, du type qui obéit à plus gros que lui. Elle réfléchissait dur, c'était la meilleure méthode pour ne pas céder à la panique, fleur vénéneuse qui gonflait dans sa gorge, mais sa chair avait enregistré la douleur, et ses nerfs, ses poumons, son cœur s'affolaient.

— Pour qui travaillait Alice Bonin ? redemanda le nommé Avignon sur un ton qui avait perdu un degré de patience.

— Pour *Paris est une fête*, une boîte des Batignolles, articula Lola. Elle faisait le sosie pour Georges et Karine Lebouteux et pour Roland Montaubert, un mondain qui connaît un paquet de personnalités. Mais tu sais déjà tout ça, je me trompe ? Tu me fais parler comme un moulin à prières rien que pour te distraire.

— Je me fous de ces histoires de sosie, Jost. Tu t'en doutes, tout de même.

— C'était pourtant le travail d'Alice !

— Tu es presque amusante. Hélas, mon temps vaut une fortune.

— Alice fréquentait beaucoup de gens. Trop, même. Le Paris de la nuit, ça en représente du monde, et du bigarré, tu l'imagines bien. Alors, comment s'y retrouver ?

Ingrid comprenait ce que Lola essayait de faire. Allonger des tranches de vide, les étirer. Mais pour en faire quoi ? Me laisser le temps de trouver un plan, pardi !

— Je crois qu'on va s'autoriser encore un petit coup de foudre, Orléans.

— La même intensité, patron ?

— Pour le moment, *Orléans*.

— Euh... d'accord, Avignon.

— ELLE NE VOUS MENT PAS ! hurla Lola. Elle ne comprend pas notre langue. Et je l'envie, nom d'une brouette ! Ton refrain donne la nausée, *Avignon*.

— Dévier la punition sur toi, c'est pauvre comme tactique.

— La punition ! Tu es un pion contrarié ou quoi ?

— Très pauvre.

— Et comment faire autrement ! Les seuls noms que je connais, je viens de te les donner. On ne sait rien de plus.

— Tu as pénétré dans un monde où l'espoir n'existe pas. Il faut vraiment que je te l'explique ?

— Range tes grands mots, p'tit bonhomme. Dans l'autre monde, c'est pareil. Alors on s'en moque.

— Dernier appel. Qui est le patron d'Alice Bonin ?

— *Fuck you, stinking turd !*

— Ta coéquipière est très mal éduquée, Jost. Ce qui m'amène à penser qu'elle ne contrôle pas ses émotions. C'est tout bénéfice. À toi, Orléans !

Le tube à horreurs mordit Ingrid entre les clavicules. Elle crut que son corps décollait pour s'encastrer dans le plafond. Elle pleura, cracha, comme si ses fluides pouvaient emporter la décharge avec eux. Mais sa fierté s'accrochait. Elle se força. Elle avait lu des merveilles sur le pouvoir de l'adrénaline.

Sa salive, ses larmes lui donnèrent une idée. On pouvait faire tournoyer ses émotions comme sur un grand huit. L'arme électrique lui en donna une autre. On pouvait s'inventer des soubresauts incontrôlables. Il fallait ruer dru dans ce fauteuil de gestapiste, c'était un boulot de titan mais on devait pouvoir y arriver. Ingrid repensa à la méthode Actors Studio du strip-tease. Je suis habitée de l'intérieur. On est une bande sous la frontière de ma peau. Ils ont répondu présent, ils sont prêts à m'aider. Elle fit appel à un troupeau de mustangs dans la prairie du rêve américain. Une cinquantaine de bêtes de race. Entraînées vers le Rio Grande par Charles Bronson, Steve McQueen, Yul Brunner et le grand, le merveilleux James Coburn. Tous des gars chaleureux, des hommes de cœur. Pas des cyborgs d'opérette, des faux dentistes à roulettes sans anesthésie. Eh, James ! Eh, les boys ! Aidez-moi à devenir complètement *loca* !

Ingrid prit une inspiration et ordonna à sa voix de perforer le plafond du parking puis les étages du building, un à un.

— AHHHHHHH ! ! ! ! AHHHHHHHHH ! ! ! ! ! AAARGHHHHHH ! ! ! Et encore et encore. Et ça faisait trembler les murs, ça les fissurait, ça ambitionnait de tout péter jusqu'aux étoiles.

— AHHHHHHH ! ! ! ! AHHHHHHHHH ! ! ! ! ! AHHHHHHHHH ! ! ! ! ! AAARGHHHHHH ! ! !

— Qu'est-ce que je fais, pa… euh ! *Avignon* ?

— Si tu ne veux pas que le cœur lâche, Orléans, tu la détaches et tu l'allonges, dit Lola. Ratée, la causerie entre amis, Avignon. D'autant que j'ai décidé de me taire. Quand il n'y a plus d'espoir, il n'y a plus d'espoir. C'est toi qui le dis.

— AHHHHHHH ! ! ! ! AHHHHHHHHH ! ! ! ! ! AAARGHHHHHH ! ! !

— Orléans, tranche ses liens, sauf aux poignets ! Et mets le siège en position allongée !

Le sbire débloqua le carcan métallique qui maintenait la tête d'Ingrid, découpa les bandes adhésives au cutter. Elle avait cessé de hurler mais elle bavait, roulait ses yeux, leur servant un regard de démente au bord de l'apoplexie. Malgré cela, elle ne perdit pas une miette du visage de son tortionnaire. Dans les trente ans, pas très costaud, début de calvitie.

Elle lui balança ses poings liés dans le groin. Elle se contorsionna, réussit à se lever. Main gauche sur son nez en sang, yeux affolés et cutter menaçant, il mâchonna un « bouge pas ! » moins résolu qu'il ne l'aurait fallu. Ingrid planta ses poignets entravés sur la lame. L'adhésif fit isolant avant de céder mais le cutter lui taillada la main gauche. Elle avala sa douleur, tordit le poignet d'Orléans pour dévier l'angle d'attaque du cutter. Son genou partit tout seul dans son estomac. Une fois et puis une autre. Il tomba, elle lui donna un coup de talon dans le crâne. La main se ramollit, abandonna le cutter.

— INGRID !

L'avertissement la fit glisser sur le côté. Avignon venait de renverser le projecteur vers elle. Il grésilla avant de s'éteindre, la salle perdit ses contours, Ingrid les récupéra quand sa vision s'acclimata au halo provenant d'un maigre néon au fond du parking.

— MATRAQUE ! hurla encore Lola.

Ingrid choisit la tempe d'Avignon, et propulsa sa jambe droite qui heurta du mou et du dur. Il chancela, elle fonça sur lui pour un direct dans le plexus. Il se plia dans un grognement, s'affaissa. Ingrid récupéra le cutter, libéra Lola. Une lampe verte au sigle *Sortie*. Elles coururent dans sa direction, emberlificotées dans leurs bandes adhésives. Un escalier, elles débouchèrent devant une porte métallique verrouillée.

— *Fucking shit !*

— Ils ont la clé. On aurait dû…

Ingrid dégringolait déjà les marches.

— Ingrid, attends ! lança Lola à l'escalier vide.

Elle s'agrippa à la rampe, redescendit vers le parking, arrachant les bandes, les sparadraps géants et vicieux qui la firent grimacer.

Des pas. On montait l'escalier quatre à quatre. Un bruit léger, de pieds nus. Lola se pencha, repéra la chevelure blonde.

— Vite ! Il y en a un qui revient à lui.

— Les clés ?

— Je les ai. Lola, j'ai dû en frapper un au gourdin électrique. J'espère qu'il n'est pas mort !

— Ça ne me préoccupe pas tant que ça. On dégage !

Elles verrouillèrent derrière elles, se retrouvèrent dans un hall d'immeuble de bureaux, dans une rue déserte. On a dû passer la barre de minuit, pensa Lola. Comment savoir ? Ces frappadingues leur avaient confisqué montres, vêtements, chaussures, papiers d'identité, argent. Lola n'avait plus qu'une combinaison déchirée. Si elle en avait eu la force, elle aurait cogné ces furieux elle aussi, pour cette combinaison en dentelle ruinée, un cadeau de son fils. Elle se concentra sur le paysage urbain. On pouvait espérer être en banlieue parisienne.

— Comment filer d'ici ? demanda-t-elle, plus à cette folle de nuit qu'à Ingrid.

— Pas par le métro, crut bon de plaisanter l'Américaine d'une voix au bord de l'extinction après ces hurlements dont on ne l'aurait jamais crue capable.

Elle avait l'air défoncée. Combien de fois leur avaient-ils appliqué ce foutu anesthésique sur la bouche ? Combien de temps avaient-ils roulé ? Ils avaient peut-être atteint la Loire ou l'avaient dépassée... et pourtant il faisait trop froid pour qu'on soit dans le Sud. Lola pensa soudain aux plaques minéralogiques.

— Bouclés ou pas, ils risquent d'ameuter la cavalerie d'un coup de portable, reprit-elle en auscultant quelques voitures.

Du 92 partout, on était en banlieue sud.

— Je n'en ai pas trouvé sur eux. Pas de papiers d'identité non plus.

Ingrid n'avait pas l'air de partager ses inquiétudes. Penchée vers le caniveau, elle semblait y chercher une solution. Elle se redressa, avisa un mur de l'autre côté de la rue et, en dépit de ses pieds nus, fila au pas de course. Elle s'y prit à plusieurs reprises mais finit par l'escalader et se jeta de l'autre côté. Lola avait senti les écorchures comme si son propre corps s'égratignait sur la muraille. Elle traversa la chaussée à son tour, se cacha derrière un tronc ayant l'air d'appartenir à un platane et étudia le mur qui avait séduit Ingrid, la femelle gibbon. Trop tard, trop haut.

L'Américaine réapparut par le même chemin et ne vit pas sa compagne. Elles entrèrent en collision.

— *What the fuck are you doing ?*

— Et toi, pourquoi t'agites-tu dans les fourrés comme un singe malade ? Tu crois que c'est le moment ?

— *We have to get the fuck out of here !*

— Je le sais bien. On va rejoindre l'avenue, arrêter une voiture. Il faut te faire soigner.

— Regarde ce que j'ai trouvé, dit Ingrid en soulevant un vase lourd et laid et plein de chrysanthèmes en plastique. Suis-moi !

Lola déclara forfait et la rejoignit à côté d'une voiture. Un bel engin gris métallisé. Sans se préoccuper de sa blessure ensanglantée, Ingrid avait posé les chrysanthèmes sur le capot et attaquait la vitre, côté conducteur, à coups de vase en marbre. Elle ne céda qu'en partie. Mais l'alarme hulula haut et clair. Pendant que Lola repensait à ses braillements dans le parking de l'enfer, Ingrid passa un bras par l'orifice et s'acharna sur le mécanisme de la porte.

— Tu es assez charcutée comme ça, Ingrid ! Arrêtons une voiture !

— *Fuck !* Pas moyen d'ouvrir. Il nous faudrait un modèle moins électronique.

— Si tu m'avais parlé de ton projet avant de tout fracasser, j'aurais pu te le dire !

— Comme si on avait le temps !

— Il faut quelquefois savoir le perdre pour le gagner ensuite.

— Freine un peu sur la citation, tu veux !

Elle avait déjà récupéré les fleurs et remontait la rue en auscultant les voitures. Dans quel état ils me l'ont mise ! pensait Lola sur ses talons.

— Ce n'est pas une citation, ma grande, c'est du bon sens. Tiens, voilà une 204 toute pourrie.

Ingrid et son vase s'attaquèrent sans hésiter à la vitre. La sirène de la belle voiture continuait de gâcher la nuit. La portière gauche s'ouvrit, la tête blonde d'Ingrid derrière la vitre comme une bénédiction soudaine. En montant dans la 204, Lola crut entrer dans une boîte à savon après avoir été libérée d'une moulinette. Une solide odeur de chat chaud et de tabac froid flottait dans l'habitacle mais elle trouva à ce véhicule une atmosphère de carrosse princier. Ingrid bricolait sous le volant. Malgré sa blessure, elle réussit à dénuder les bons fils électriques et à mettre en contact, et la guimbarde s'ébranla.

Elle passa la première et le miracle se poursuivit car la 204 glissa dans la rue. Elles dépassèrent la belle voiture à la sirène affolée, arrivèrent à un carrefour ; Lola demanda à Ingrid de ralentir et se tordit le cou pour lire la plaque sur un immeuble.

— On est à Montrouge, avenue Marx-Dormoy. Continue tout droit et on tombera sur la Seine. J'aurai l'impression de retrouver une vieille amie !

Ingrid conduisait d'une main, l'air absent. Les malfaisants l'ont maintenue dans le coaltar bien plus longtemps que moi, pensa Lola. Une technique classique : on essaie de faire causer la plus potentiellement intéressante, c'est-à-dire l'ex-commissaire ; échec, on torture alors la plus jeune sous son nez.

— J'ai laissé le vase sur le trottoir et remis les fleurs dedans, Lola. J'espère que ce n'est pas trop grave.

— De quoi tu parles ?

— C'était le mur d'un cimetière que j'ai escaladé, dit Ingrid d'un ton un rien étrange. Les fleurs, le vase provenaient d'une tombe. Piller les morts, ce n'est pas dans mes habitudes.

— Et faire démarrer les bagnoles sans clé ?

— J'ai fréquenté des gars pas fréquentables, un temps, à L.A. Tu ne m'as toujours pas dit où on allait.

— Pas chez nous. Ils auraient tôt fait de nous remettre le grappin dessus.

— Saint-Félicien. On en profitera pour se faire soigner.

— On va s'y faire remarquer. Surtout toi. Tu ressembles plus à la Flamboyante qu'à la Diesel dans cette tenue. Allons chez Diego.

— Mais je suis sale, je pue la trouille ! dit Ingrid en arrachant les dernières bandes adhésives qui s'attardaient sur son buste. En fait, je me sens drôle. Je n'ai pas peur et en même temps j'angoisse. C'est comme si ma trouille était coincée derrière un mur de cimetière et qu'elle pousse de tous ses tentacules pour le faire s'écrouler et m'envahir la tête. En fait, entre la panique et moi, il y a un mur de brique chancelant.

— Relax, Ingrid. On ne peut pas rentrer chez nous pour le moment. C'est comme ça.

— Oui, mais chez Diego…

— Tu as une meilleure idée ?

— Non.

— Alors roule, ma grande. Et puis c'est normal de puer la trouille. Ils m'ont collé la peur de ma vie, ces deux siphonnés.

— Vrai ?

— Vrai de vrai.

— Je pensais que tu avais connu pire dans ta carrière de commissaire.

— C'est toujours le pire quand on veut te faire causer à la gégène, au cutter ou au flingue. On ne s'y habitue pas. En tout cas, on sait maintenant qu'Alice était embarquée dans une méga embrouille. On a payé le prix fort, mais l'info vaut de l'or.

— Il va peut-être nous falloir une autre stratégie.

— Lancer les dés en l'air et voir comment ils retombent, tu trouves ça limité ?

— Assez, oui.

— On peut tout arrêter aussi.

— On peut.

— Je suis en train d'y réfléchir. Entre autres.

— Oui, moi aussi. Mais... ce serait lâche.

— Il n'y a que nous que ça regarde, Ingrid.

21

Et si elle s'était tranché une artère sur le cutter ? Si son cœur avait lâché sous la matraque à court-jus ? Et si elle s'était fêlé le crâne avec ses galipettes ? Ce genre de cabrioles était chorégraphique à la télé ou au ciné ; beaucoup moins dans la vraie vie. Dans la vraie vie, les sauts de gazelle vengeresse vous faisaient souvent atterrir dents en avant.

Allongée sur le lit de Diego au côté d'Ingrid, une bouillotte sur la tête et les yeux au plafond, Lola cogitait. Cette position présentait un avantage : elle permettait d'oublier le papier peint. Un déploiement de chérubins fessus, armés de flèches et de cœurs. Un gros pot de peinture entrouvert, des pinceaux trempant dans la térébenthine et un pan de mur blanc prouvaient que l'infirmier s'essayait à refaire sa décoration, entre deux urgences et trois coups durs. Elle suivait la conversation d'une oreille. Ça tenait plus du monologue que de la discussion. Pour se remettre le moral en place, Ingrid avait toujours eu besoin de s'épancher. On lui accordait ce droit sans réticences. Elle était bien amochée. Diego la soignait avec concentration. Il avait réussi quelques beaux bandages et appliquait de la Biafine là où le bâton de foudre du dénommé Orléans avait laissé de déplaisants poinçons violacés. Tantôt, l'infirmier avait fait une incursion discrète à Saint-Félicien, en quête de matériel pour faire des points de suture. Ingrid l'avait laissé œuvrer stoïquement.

Après le premier choc de la découverte sur son palier du duo Ingrid et Lola, transi, endommagé et à moitié nu, Diego avait bien évidemment découvert le tatouage. Il avait fallu raconter. Le séjour au Japon, le maître de *bonji* de Kamakura, la peau racontant une légende du monde flottant. Une façon pour les Japonais d'évoquer ces bateaux de plaisir où officiaient les professionnelles. En écoutant Ingrid, Lola n'avait pu s'empêcher d'y voir un parallèle avec le monde d'Alice. La jeune fille avait-elle connu le monde flottant parisien ? Qui avait-elle pu irriter pour qu'on mandate deux sagouins adeptes du knout à étincelles ? Et ces furieux avaient-ils joué un rôle dans sa mort ? Maurice Bonin méconnaissait-il sa fille au point de ne pas la savoir embringuée dans des histoires de barbouzes ?

— On ne les a pas vus venir, hein, Lola ?

— Ils nous ont embarquées fissa avec leurs méthodes pharmaceutiques. Ce qui me rappelle qu'Alice a été droguée, elle aussi. Je vais envoyer Barthélemy renifler du côté de l'avenue Marx-Dormoy mais je suis presque sûre qu'il ne retrouvera rien.

— On se demande pourquoi Avignon se planquait. Je n'avais jamais vu ce type de ma vie.

— Ce soin jaloux de l'anonymat me chipote aussi. Ils étaient censés utiliser des noms de code, Orléans, Avignon. Mais le sbire a commis une erreur. Il a appelé son chef *patron* avant de se faire houspiller. Il y a une cour bien connue où la valetaille use avec déférence de ce vocable. On peut même sans se gêner remplacer valetaille par volaille.

— Des flics ?

— Ou des ex-flics. Je sais flairer la bête et ses méthodes. Et je ne voudrais pas t'attrister ou amenuiser tes talents pugilistiques, mais je crois que s'ils n'avaient pas un lien avec la maison Poulaga, on ne serait plus là pour en causer.

Lola se redressa sur un coude pour lire l'expression d'Ingrid. Elle était certes plus détendue qu'à son arrivée quai de Jemmapes, vers les deux heures du matin, mais un fond d'angoisse surnageait. Lola se rallongea et repositionna sa bouillotte. Bizarrement, elle avait l'impression que cet ustensile d'une autre époque, et qu'on n'aurait pas imaginé trouver chez un infirmier moderne, l'aidait à réfléchir.

— Et puis, ils connaissaient ma biographie par cœur. Pendant que tu étais dans les vapes, Avignon m'a raconté des passages de ma vie que j'avais oubliés.

— Et des passages de la mienne ? demandait Ingrid d'un ton inquiet.

— Ils n'ignoraient ni ton identité ni ton occupation mais je crois que c'est mon passé de commissaire qui focalisait leur attention.

Pendant qu'Ingrid se réfugiait enfin dans le silence, Lola cherchait ce qui avait bien pu justifier l'enlèvement en plein jour de deux femmes qui n'étaient même pas investies d'une mission officielle.

— Une coïncidence me travaille, dit-elle au bout d'un moment. C'est depuis notre rencontre avec Roland Montaubert que notre enquête prend une tournure déplaisante.

— On trouve des mercenaires dans un carnet mondain ? demanda Ingrid d'une voix affaiblie.

— D'un autre côté, pourquoi Montaubert paierait-il des types pour nous extorquer le nom de l'*employeur* d'Alice ?

— C'était peut-être… juste histoire de nous flanquer la trouille. Montaubert n'a pas supporté… qu'on lui manque de respect.

— Oui, mais l'étang, la geisha et les carpes folâtres ?

— Mon *bonji* ? bâilla Ingrid. Quel rapport ?

— Si Montaubert avait mandaté les deux sournois, il les aurait mis au parfum. Or, pendant qu'Orléans te déshabillait, il y est allé de son commentaire sur ton dos décoré. Ce genre de tatouage se voit plus sur le dos des gangsters japonais que sur celui des grandes blondes. Ça les a inquiétés. Ça explique peut-être pourquoi ils n'y sont pas allés avec le dos de la cuiller.

— Pardonnez-moi si j'ai du mal à suivre, intervint Diego. Comment Montaubert connaissait-il le tatouage d'Ingrid ?

Lola avait prévu la parade. Elle n'hésita pas :

— Elle et lui sont des clients réguliers de la piscine de la Jonquière.

— Possible, reprit Diego d'un ton peu convaincu. Mais si tu le permets, Lola, je vais continuer de me mêler de ce qui me regarde tout de même un peu. Vous ne croyez pas qu'il serait temps d'arrêter ?

— On y a songé, articula Ingrid d'une voix pâteuse.

— On se croit souvent plus costaud qu'on ne l'est, insista Diego. Pourquoi ne pas laisser le commissaire Grousset faire son travail ? Ça lui prendra du temps mais au moins personne n'essaiera de le passer à la chaise électrique.

— Moi... je crois plutôt qu'on devrait interroger Montaubert... tout de suite, dit Ingrid en bâillant de plus belle.

— Pas à cette heure-ci, ma belle. Je suis réduite à la portion congrue. Toi aussi d'ailleurs.

— Congrue... Ça vient du congre ? Ça a un rapport... avec... la vie... de la mer ?

— Pas du tout, Ingrid.

— Ça me donne... une idée... on peut retrouver Montaubert là où il n'imagine pas qu'on... puisse... aller... patauger.

— Il va nous falloir de l'imagination, c'est vrai. Et en attendant, si on essayait de se reposer ?

Ingrid avait devancé l'appel. Diego alla chercher une couverture, la déploya sur les deux femmes. Puis il s'installa dans un fauteuil et éteignit la lumière.

— Je ne suis pas rassuré pour vous deux, murmura-t-il au bout d'un moment.

Lola trouva plus confortable de faire semblant de dormir.

22

Diego Carli avait trouvé au supermarché du quartier de quoi se sustenter et se vêtir. Un jean et un Tee-shirt pour Ingrid. Une robe pour Lola. Et des baskets pour tout le monde, que Lola avait enfilées sans faire de commentaires. Après un petit déjeuner à base d'œufs au bacon et de café très corsé, elle déclara qu'elle devait une visite à son banquier. L'aventure n'était rien sans le nerf de la guerre.

Quand elle revint, Ingrid massait Diego sur un fond de musique américaine pleine de prouesses guitaristiques. Il se redressa et Lola put lire son torse comme une mauvaise nouvelle du matin. Elle s'empressa de baisser le son de la chaîne hi-fi et de déclarer que l'heure était grave.

— Je n'avais jamais porté de baskets de ma vie mais je t'ai béni vingt fois, mon garçon.

— Ah oui ?

— Ces chaussures m'ont permis de quitter ma banque, et surtout mon banquier, à vive allure. J'ai vu le moment où ce coyote à foie jaune, que j'avais toujours imaginé fidèle conseiller, appellerait des malfaisants pour qu'ils me règlent mon compte. D'ailleurs, en parlant de ça... Mon compte est gelé, ma carte de crédit aussi. Et je suis prête à parier que tu es dans la même situation, Ingrid.

— *What the fuck !*

— Je ne te le fais pas dire. Il n'est plus question de savoir si on arrête les frais ou pas. Qu'on le veuille ou non, il nous faut aller jusqu'au bout. De quoi, c'est toute la question. En chemin, j'ai réfléchi. Diego, on a besoin de toi.

L'hidalgo boutonnait déjà sa chemise et offrait un visage dévoué. Lola l'envoya demander son aide à Maxime Duchamp. Une fois seules, les deux amies s'observèrent d'un air préoccupé.

— Désolée de t'avoir entraînée dans cette catastrophe, Lola. Si je n'avais pas voulu à tout prix aider Papy Dynamite, on n'en serait pas là.

— Trop tard pour les jérémiades. On va se bagarrer. Mais ça va être dur. Des ennemis capables de bloquer des cartes de crédit, ça ne se croise pas sous le premier abribus.

— On ne peut pas rester ici. Diego était l'amoureux d'Alice. La piste est facile à remonter.

— Tout comme celle de nos amis du quartier. Impossible de leur demander le gîte.

Diego revint avec quelques bonnes nouvelles. Maxime leur prêtait de l'argent, Khadidja mettait sa voiture à leur disposition. En chemin, l'infirmier avait même trouvé une idée de logement originale. Lola l'écouta sans l'interrompre, pour une fois, et admit que sa proposition était alléchante. Ingrid semblait moins enchantée mais dut se rendre à l'évidence. Il n'y avait pas d'autre choix dans l'immédiat.

Lola appela Barthélemy. Le lieutenant promit de faire son possible pour enquêter à Montrouge à la barbe du Nain de jardin. Elle passa un deuxième coup de fil qui étonna Ingrid. Elle appela le quai des Orfèvres, demanda un certain commissaire Clémenti[1] à la

1. Cf., du même auteur, *Travestis*, éd. Viviane Hamy, 1998,

Brigade criminelle. Après une conversation très civile et un brin nostalgique, elle donna une description précise des sieurs Avignon et Orléans. Elle obtint un rendez-vous, dans un café du Châtelet.

— Si nos tortionnaires habitent la maison Poulala, ameuter d'autres pensionnaires n'est peut-être pas une bonne idée.

— Serge Clémenti fait partie des rares personnes en qui j'ai une confiance totale. Et puis remplace Poulala par Poulaga. Fais un effort, Ingrid ! Essaie de jacter mieux le vieux parigot.

Lola s'attabla en terrasse au côté d'un homme aux cheveux et au regard gris. Sa veste de tweed, son pantalon de velours semblaient taillés pour lui. Les doigts de sa main droite tapotaient la couverture d'un livre de poche sur un rythme délié. Il devait avoir une cinquantaine d'années mais le temps ne lui avait pas fait de mal, au contraire. Lola semblait heureuse de le voir. Lui aussi. Elle fit les présentations et entama une discussion sur la vie à la Crime et les lectures de Serge Clémenti. Comme elle le questionnait, il dévoila la couverture de son livre.

— Un bouquin sur la pénétration des tribunaux et commissariats par les caméras. Le phénomène nous vient des États-Unis, expliqua-t-il avec un sourire discret à l'attention d'Ingrid.

Ingrid le lui rendit de bon cœur. Elle aimait son visage, son regard attentif et calme.

— Il y a eu quelques dérapages en France, confirma Lola. Tu te souviens du reporter qui avait filmé des gendarmes sortant le corps d'une jeune fille d'une rivière, avec leur accord ?

— Je me souviens surtout qu'il a filmé les parents au moment où on leur annonçait la nouvelle. On est encore protégé par l'article 11 du Code pénal sur le secret de l'enquête et de l'instruction, mais toutes les dérogations laissent supposer que ça ne va pas durer. Et en parlant de secret, j'ai quelques nouvelles pour toi.

— Tu as identifié mes malfaisants ?

— Avignon est peut-être bien l'ex-commandant Pascal Grégoriot. Il a terminé sa carrière aux Stups. Où personne ne l'a regretté. Surtout Franquin, un capitaine talentueux dont Grégoriot a cassé la carrière en dénonçant son intimité avec une toxe. Depuis, Grégoriot a créé Pugilas, une boîte de protection rapprochée. Siège social à Bruxelles. On dit qu'il a ses entrées auprès des hauts fonctionnaires européens. Dans le peu de temps dont je disposais, c'est malheureusement tout ce que j'ai pu récupérer.

— C'est déjà énorme, Serge. Et je te suis redevable.

— Tu as l'intention de porter plainte ?

— Dans l'immédiat, je n'en ai pas les moyens.

Serge Clémenti la fixa un moment avant de hocher la tête.

— Je peux te loger, si tu veux.

— Merci, mais je ne veux pas t'impliquer là-dedans. Bon, je t'offre un autre café ?

— Il va falloir que je file. On a du boulot jusque par-dessus la tête, et depuis la nomination de la belle Hélène, on fait aussi dans la réunionnite aiguë, le séminaire de perfectionnement aux techniques de communication et autres délicatesses. Appelle-moi si le tableau se durcissait, promis ?

— Juré.

Serge Clémenti commanda deux cafés « pour ses amies », et paya la serveuse en lui disant de garder la monnaie. Ingrid et Lola laissèrent passer un moment contemplatif alors que le commissaire s'éloignait en direction de la Seine, et très probablement du quai des Orfèvres.

— Certains jours, on regrette moins les ennuis. Surtout s'ils offrent de belles rencontres, dit Ingrid d'un ton rêveur.

— Il y a du vrai dans ce que tu dis.

— Il est vraiment sexy pour un vieux pensionnaire de la maison Ploubala.

— Ne m'en parle pas ! Et puis on dit Pou-la-ga, Ingrid ! Tiens-le-toi pour dit.

— Je te chahutais, dit Ingrid en agitant sa main comme pour chasser une fumée, d'ailleurs inexistante.

— Qu'est-ce qui se passe encore ? Je ne fume même pas !

— J'évente le rêve. Sinon, on ne va plus trouver le courage de s'y remettre.

Lola sourit et se mit à éventer le rêve elle aussi. Puis elle réalisa que la serveuse se tenait toujours à côté de leur table, le regard perdu vers la Seine.

— Il s'appelle Serge. Il est flic, dit Lola à son intention.

— C'est pas grave, répondit la serveuse.

Et elle agita quelques secondes sa main libre dans le vide, avant de repartir vers le bar.

23

Elles lui avaient accordé deux jours de sursis mais, cette fois, son compte était bon. Garées rue de la Jonquière, elles le repérèrent de loin. Tout de noir vêtu, il portait un sac de sport assorti, rayé de blanc. Grâce à ses jumelles, Lola put constater que Roland Montaubert se sifflait un petit air fringant.

— Rien de tel que de ferrer l'homme du monde quand il est tout seul, lança-t-elle d'un ton joyeux.

Il pénétra dans la piscine, passa à la caisse. Elles lui laissèrent le temps d'entrer dans les vestiaires et firent à leur tour l'emplette de deux tickets.

Le creux de matinée d'un mardi de pré-printemps était un moment plaisant pour les amateurs de tranquillité. Lola put le constater en poussant une porte pourvue d'une pancarte intitulée sobrement « Hommes ». Il n'y avait que Montaubert comme représentant du genre et Lola sut le repérer sans que ce soit réciproque. Elle repéra aussi, et surtout, l'emplacement de son casier avant de faire demi-tour sur du velours. Elle attendit le temps nécessaire à un nageur pour enfiler un slip de bain et revint dans les vestiaires. Elle cisailla le cadenas du night-clubber à l'aide d'une pince discrète mais solide.

Elle n'avait enlevé que ses baskets et ses chaussettes. Le maître-nageur la considéra l'air intrigué et elle expliqua qu'elle avait deux mots à dire à son oncle.

En plus de Roland Montaubert, le bassin comptait trois nageurs. Chacun y allait de son style préféré. Montaubert avait opté pour un crawl assez délié. Ingrid se mit à arpenter le bassin, s'harmonisant sur les longueurs du night-clubber. Elle attendait qu'il la reconnaisse entre deux inspirations. Il s'arrêta, tourna la tête dans sa direction. Il évoquait l'homme-mouche avec ses lunettes design en coques fluorescentes, le gladiateur avec son crâne rasé. Elle savait qu'il allait mordre le sable de l'arène et n'en tirait aucune gloire. Depuis la nuit du parking, Ingrid pensait moins en termes de vendetta que de survie.

— Lieutenant Diesel, quelle surprise !

Elle aurait pu entrer dans le jeu de l'ironie mais l'envie lui en était passée.

— Tu as eu tort de nous envoyer tes deux amis.

— Ce n'est pas les relations qui me manquent. Précise.

— Avignon et Orléans. Ou Orléans et Avignon, comme tu veux.

— Je ne veux rien et je ne vois pas.

— Mais si, détends-toi. Ça va venir.

— Tu es dérangée à un point remarquable, ma pauvre.

— On a ton carnet. Lola envisage de le jeter aux ordures, au hasard des rues. Une vie de mondanités à la poubelle. Ça ne lui fait ni chaud ni froid.

Il semblait prêt à se hisser hors du bassin pour l'étrangler.

— Pour qui tu te prends, petite bouseuse !

Tout baigne, constata Ingrid en jetant un regard autour d'elle. Les nageurs nageaient. Le maître-nageur supervisait. Et quelques pensées homicides flottaient dans le regard de Montaubert. Elles semblèrent le soulager, lui permirent de garder une voix égale.

— Ça va, j'ai compris. Tu veux récupérer ton job. Je te rabibocherai avec Timothy Harlen. Maintenant tu me rends mes affaires et tu débarrasses le plancher.

— Mauvaise approche.

— Tu crois que tu as les moyens de déconner avec quelqu'un qui tutoie de hauts fonctionnaires de l'immigration ?

— Tutoie qui tu veux, ça ne te donne pas le droit de nous séquestrer.

— Tu dérailles !

— Avignon, Orléans. Je n'ai pas inventé des noms pareils ! Des types aux méthodes vulgaires pour un homme de ta classe.

— Mais de qui tu parles à la fin ?

— Réfléchis bien. Tu auras l'air malin quand il faudra redemander leurs téléphones à tes amis de la jet-society.

— Que voulaient ces types ?

— Savoir qui était le patron d'Alice. Ils étaient très pressés et disposés à m'électrocuter pour la peine.

L'expression de Montaubert changea. Ingrid lui trouva soudain l'air nauséeux. Elle se souvint de la réflexion de Lola. *Si Montaubert avait mandaté les deux sournois, il les aurait mis au courant. Or, pendant qu'Orléans te déshabillait, il y est allé de son commentaire sur ton dos décoré.*

— Décris-les.

— Le chef, la bonne cinquantaine. Taille moyenne, cheveux gris, yeux bleus rapprochés, légère cicatrice au-dessus de la lèvre inférieure. L'autre, plus grand, plus mince, beaucoup plus jeune mais avec un début de calvitie.

— Ça peut être n'importe qui…
— Pascal Grégoriot ?
— Jamais entendu parler.
— Un ancien des Stups ?
— Rien de rien.
Son ton était calme, il avait déjà retrouvé sa contenance. Seuls ses yeux racontaient une autre chronique, plus troublée celle-là.
— En résumé, pour retrouver ton outil de travail, il te faudra aussi retrouver la mémoire, dit Ingrid en reculant.
— Attends ! Je n'ai rien à voir avec ces types !
— Difficile de croire au hasard. Depuis qu'on t'a rencontré, les ennuis s'accumulent.
— Vous les cherchez, les filles. Je veux mon carnet. Maintenant.
— Tu connais la comptine du *gingerbread man* ?
— J'ai la tête à ça ?
— *Cours après moi, tu ne pourras pas m'attraper, car je suis le petit homme de pain d'épice.*
Et Ingrid piqua un sprint vers la sortie.

Lola démarra en riant. Montaubert sortit du bâtiment en trombe et en slip de bain, ses lunettes de natation sur le haut du crâne. Il n'hésita pas à courir après la voiture. Dans le rétroviseur, elle lui trouva l'air plus déterminé que rageur. Elle brûla le feu, prit la rue Émile-Level. Ingrid n'avait pas encore remis ses baskets mais fouillait déjà le sac de sport. Il contenait le précieux carnet du night-clubber, mais aussi ses vêtements, sa montre, ses papiers, son portable, son argent. Et un trousseau de clés.
— Bizarre, il se promène avec son passeport. En tout cas, il habite rue Truffaut, c'est près des Batignolles. On y va !

— On y va tout droit !

— Ah, je revis depuis qu'on s'est remises en mouvement.

— Moi de même, mais ça serait mieux sans les courbatures.

24

Montaubert habitait un studio spartiate, sans ordinateur ni télévision, et fort bien rangé. Un lit au simple drap blanc, une table basse entourée de quelques poufs, un vase contenant trois lys jaunes. Les murs étaient vides à l'exception de deux toiles : les portraits d'un moustachu dégarni et d'une jolie brune aux yeux clairs. Une bibliothèque recelait de nombreux recueils de poésie et des ouvrages d'histoire et de photographie.

— Instructif, constata Lola. Montaubert aime les natures mortes. Avec un fort penchant pour les fleurs. Et tous ces bouquins sur les parfums ! Pas étonnant qu'il ait décomposé le mien avec aisance.

Ingrid abandonna un temps la penderie qu'elle dévastait avec énergie.

— Tu penses au bouquet dans la baignoire de l'*Astor Maillot* ?

— Bien sûr.

— Et à cette main qui sentait la fleur. Mais une fleur qui aurait passé un mauvais quart d'heure dans un labo plein de scientifiques fous faisant des expériences sur la faune et la flore et…

— Ne nous obsédons pas trop, ma fille. Ce n'est guère utile.

Elles reprirent leur perquisition. Elles ignoraient ce qu'elles cherchaient et il leur fallait mettre le nez partout. Au bout d'un moment, Lola demanda à Ingrid d'aller se poster près de la fenêtre pendant qu'elle finissait le travail. Ingrid déclara qu'elle n'aurait pas imaginé Montaubert dans cette cellule monacale.

— Il est vrai que pour un joyeux fêtard, sire Roland n'a rien d'un gai luron.

— Ses vêtements me font penser à ceux d'un pasteur. Le genre d'ecclésiastiques chic qu'on a en Californie.

— Oui, le même complet gris en plusieurs exemplaires, quelques paires d'excellentes chaussures anglaises. Un smoking, mais sobre. Ça sent le spartiate et le méticuleux.

— L'organisé et le patient.

Elles hochèrent la tête de concert. Lola dénicha des photos. Elle reconnut Saint-Malo et ses remparts. Il y avait de nombreuses vues d'une belle plage et d'une grande maison sur une île proche du rivage. Un adolescent posait avec l'homme et la femme des tableaux, et une fillette qui avait la crinière de Karine Leboutteux. S'il s'agissait bien des parents Montaubert et de leurs enfants, ils avaient vécu dans l'aisance. Des clichés les montraient à bord d'un voilier, devant le casino de Dinard, sur un court de tennis, un terrain de golf.

Les placards révélèrent une batterie de cuisine complète, de l'épicerie de bonne qualité, le réfrigérateur des produits basiques mais également du champagne et du foie gras. Le maître de maison se mijotait des petits plats qu'il accompagnait dignement : la cave à vins électrique contenait une centaine de bouteilles d'excellents crus. Lola décrivait ses découvertes à Ingrid.

— Le fridge n'est pas ecclésiastique, déclara l'Américaine.

— Et que fais-tu du penchant du moine pour l'épicurisme ? Il leur faut bien laisser échapper la vapeur.

— Il y aurait de quoi faire un mauvais jeu de mots sur Montaubert la locomotive mais je crois que je vais passer…

— Oui, c'est gentil de ta part. Bon, on s'évacue nous aussi. Il va rappliquer pour récupérer une tenue décente. Ou envoyer sa sœur ou son beau-frère à la rescousse. Ma mansuétude sera grandiose. Je vais lui rendre son portefeuille. En revanche, je garde le carnet mondain. Et le passeport. Et le téléphone. Et puis on va chiper les cartons d'invitation aux cocktails et autres mondanités. Il y en a une coupe pleine. Montaubert sera au chômage technique pour un temps. Ça lui permettra de réfléchir.

— Si j'étais mauvaise fille, je proposerais de distribuer sa garde-robe aux amis d'Arthur Rufin.

— Et le contenu de sa cave à vins aux malades de Saint-Félicien ?

— Encore mieux ! En fait, je me sens mauvaise fille, tout à coup, Lola. *A very naughty girl.*

— Moi aussi, Ingrid. As-tu repéré une valise dans cet ascétique logis ?

— Deux valises. Avec des roulettes.

— Un bon point, ces roulettes.

— Tu as bien conscience que c'est du vol, Lola ?

— Oui, mais du vol à la Robin des bois.

— Ça change tout.

— Et en plus, ce sera un test.

— Ah ?

— Si Montaubert a quelque chose à se reprocher au sujet d'Alice, et même à propos de nos vacances à Montrouge, il oubliera de porter plainte.

— Bien vu.

— Je trouve aussi.

Sur les quais, Ingrid et Lola n'eurent aucun mal à trouver des amateurs de vêtements d'homme du monde. Un certain Jackie se souvenait bien d'Arthur Rufin, tantôt personnage mutique, tantôt bavard impénitent. Arthur avait ses phases. Mais avec le temps, elles s'étaient diluées. Dans les derniers mois, Rufin parlait de moins en moins. Et il était mort en dormant et sans un mot. Lola questionna Jackie jusqu'à ce qu'elle soit persuadée que son compagnon d'infortune était mort sans l'aide d'autrui. Elle lui fit cadeau d'une des valises à roulettes. Elles étaient sur le point de s'en aller lorsque retentit une sonnerie inconnue.

— *I can't get no satisfaction,* déclara Ingrid, pendant que Lola réalisait qu'il s'agissait du portable de Montaubert et appuyait sur le bouton *yes*.

— Comment ? demanda Lola, à la fois à Ingrid et à son interlocuteur.

La sonnerie du mobile de Montaubert reprend le tube des Rolling Stones, expliqua Ingrid. Tu connais ça, tout de même.

Lola fit signe à Ingrid de se taire et poursuivit une conversation d'un ton policé. Elle raccrocha en regardant Jackie, assis au bord de l'eau, et qui enlaçait sa valise à roulettes, sourire aux lèvres.

— C'est l'agent de Björk, expliqua-t-elle à Ingrid. Il voulait que Montaubert confirme sa présence, demain, à une party privée. Il paraît qu'il y aura tout le monde. Et surtout Catherine Deneuve.

— Dans ce cas, on ira aussi, répliqua Ingrid.

Lola admit que ça changerait agréablement des plateaux-repas de Saint-Félicien. Elles prirent justement la direction de l'hôpital. En chemin, le téléphone sonna encore.

— *I can't get no satisfaction*, ah oui, tu as raison, constata Lola avant de répondre en personnifiant l'assistante de Roland Montaubert.

On appelait cette fois le night-clubber au sujet du cocktail Trobon. Il s'agissait de fêter la sortie des nouveaux sacs dessinés par l'artiste japonais Ken Kamiyana. Tout le monde y serait aussi, et surtout Gérard Depardieu.

— Si tout le monde est partout en même temps, ça vaut la peine d'y aller pour voir comment ils s'y prennent pour se cloner comme des paramécies, décréta Ingrid. J'hésite, les sacs à main ou Björk ? Björk ou les sacs à main ?

Les deux amies s'engagèrent dans une portion à présent bien connue de Saint-Félicien, dépassèrent les urgences et attendirent que le couloir se vide. Puis Lola actionna une porte réticente mais qui finissait toujours par céder si on la poussait avec conviction. Elles pénétrèrent dans ce que Diego désignait comme la zone X mais qu'Ingrid préférait appeler *the devil's asshole*. Lola éclaira un court instant le visage de son amie à la lampe de poche : elle gloussa et reprit son chemin.

C'était un paysage de ruines, un cimetière de mobilier rouillé. Des tuyaux suintants formaient des entrelacs aussi inutiles que décatis. Les graffitis fleurissaient entre les crevasses de béton sale. Diego leur avait recommandé la prudence. Elles évoluaient dans l'aile abandonnée de l'hôpital, un espace condamné sur deux niveaux. Il arrivait au personnel de l'emprunter en guise de raccourci. Les chariots de matériels contaminés, de linge sale y transitaient parfois. Diego leur avait fourni matelas pneumatiques et couvertures. Elles pouvaient se faufiler à la cantine du personnel à condition de se fondre dans l'ambiance des heures de pointe. Et utiliser brièvement les douches des chambres inoccupées.

Elles déposèrent les munitions chapardées rue Truffaut : du foie gras, une miche d'excellent pain, un tire-bouchon de belle facture, un couteau suisse classique. Deux nuits s'étaient déjà écoulées dans la zone X, au grand dam d'Ingrid. L'Américaine s'imaginait dans l'organisme d'un monstre parasité. Elle était la seule à entendre des couinements de souris, des courses de rats, des visites de lombrics et des infiltrations de cafards. Lola avait, quant à elle, raisonnablement dormi. Elle s'installa sur son matelas pneumatique, ouvrit le carnet noir et commença sa lecture sous le rond jaune de sa lampe de poche. À ses côtés, Ingrid adoptait une posture orientale et effectuait quelques exercices relaxants. Lola ne s'avouait pas vaincue, cette nuit elle ferait goûter à son amie un petit château-margaux 1990, réserve spéciale Montaubert, qui la réconcilierait avec la vie dans son ensemble, aspects répugnants compris.

— Georges Lebouteux n'a pas exagéré, annonça-t-elle d'un ton presque admiratif. Notre homme du monde connaît tous les originaux.

— Originaux ?

— À *Paris est une fête*, on a croisé un tas de copies très réussies. Tu es d'accord avec moi ?

— Sans hésiter.

— Eh bien, Montaubert a le téléphone des vrais.

— Même Elvis ? Il paraît qu'il n'est pas mort.

— Ah, non, Elvis n'est pas dans la liste. Pas plus qu'Avignon, ou Orléans.

— Tu m'étonnes.

— Mais il y a pas mal de politiques, dont Hélène Plessis-Ponteau, la ministre de l'Intérieur.

— Qui sera peut-être votre présidente en 2007.

— Oui, peut-être. Mais franchement, je m'en moque.

Lola déclara que Montaubert détenait le téléphone d'Alice Bonin, celui de Mireille Coste et de Timothy Harlen.

— Mais nous n'y figurons pas, Ingrid, pas plus que les Parisy ou Garnier, le régisseur taulard ou Diego le danseur infirmier.

— Donc, ce carnet ne nous apprend pas grand-chose.

Lola étudia la liasse de cartons d'invitation.

— Ils portent tous la mention : « Invitation strictement personnelle qui vous sera demandée à l'entrée. » Comment se sustenter en duo dans de telles conditions ?

— Tu étais sérieuse à propos des cocktails ?

— J'ai au moins ça en commun avec Montaubert, je plaisante rarement avec la nourriture. Et si nous voulons rester efficaces, il nous faut prendre des forces. Ici, le bouillon est lymphatique et le steak nerveux. Bah, tant pis. Il sera dit que nous serons privées des joies simples de l'existence.

Lola soupira et rangea cartons et carnet. Il était temps de retrouver Diego pour leur meeting quotidien aux urgences puisque, selon le vieil adage, on n'était jamais aussi bien caché que dans la foule. La veille, elle l'avait missionné pour qu'il se rende au domicile du lieutenant Barthélemy et lui demande de creuser la piste Pascal Grégoriot. Elles attendirent que l'infirmier Carli ait un moment à lui. En face d'elles, un homme d'une trentaine d'années, avec une minerve et un bras dans le plâtre, semblait dormir, installé tant bien que mal sur trois sièges. Qu'est-ce qu'un garçon déjà plâtré venait faire aux urgences ?

L'infirmier Carli écouta Lola lui parler bouteilles et butin de Robin des Bois d'une oreille distraite. Il expliqua d'un air navré que Barthélemy devait désormais jouer profil bas. Le Nain de jardin l'avait menacé de mise à pied. Diego s'approcha de l'homme endormi, le secoua. Ce dernier grimaça en se redressant.

— Paul ! Eh, Paul ! Pourquoi ne rentres-tu pas chez toi ? Tu vas bien maintenant.

— J'ai plus de chez-moi.

— Comment ça ?

— Le café est fermé. Je sais pas où aller, alors je suis venu voir Adam. Il est nulle part.

Diego se tourna vers Lola.

— Paul parle d'Adam None, un des hommes de ménage. C'est vrai qu'on ne l'a pas vu depuis un moment. Tu veux me rendre un service, Lola ?

25

Elles prirent la direction de la rue du Terrage, entourant celui qu'Ingrid avait enfin reconnu. Il s'agissait du patient, salement amoché, au chevet duquel veillait jadis l'homme de ménage à la triste figure. Il avait maintenant un prénom.

Paul traînait la jambe, elles se mirent à son rythme. Il leur raconta ses malheurs. Il vivait et travaillait chez son oncle et sa tante, des cafetiers. En échange du gîte et du couvert, il faisait la plonge, la pluche, le ménage du café et de l'appartement, les courses, le repassage, le cirage des chaussures, entre autres. C'était d'ailleurs en nettoyant les vitres de *Chez Lulu* qu'il était tombé de l'échelle.

Elles trouvèrent porte close. Les bribes d'une chanson filtraient à travers la vitrine. Paul leur fit remarquer que manquait la pancarte « fermé » que l'oncle Lucien accrochait avant de boucler son établissement pour la nuit. *Chez Lulu* aurait dû être ouvert. Lola demanda pourquoi il ne possédait pas de double. Il expliqua que sa tante voulait connaître ses allées et venues et le trouvait trop jeune pour posséder sa propre clé. Ingrid composa le numéro de téléphone peint sur la porte vitrée et la sonnerie retentit dans le fond musical. Les patrons logeaient dans l'appartement du dessus et auraient dû répondre, car café et domicile partageaient le même numéro.

— Ils vivent *au-dessus* mais toi, Paul, où vis-tu ?

— Ben… en bas.

— En bas ?

— Où y a les tonneaux et les bouteilles.

— Dans la cave ?

— Euh, oui, dans la cave.

Elles échangèrent un regard entendu puis Lola proposa de bidouiller la serrure. Elle avait toujours le beau tire-bouchon de Montaubert, une solide antiquité qui avait dû donner du bonheur à des milliers d'êtres humains. Elle le sortit de sa poche et le contempla, l'air songeur. Saccager un tel outil la chagrinait. Ingrid suggéra de casser la vitre afin d'actionner la serrure de l'intérieur. Paul prit l'air apeuré, affirma que son oncle serait furieux. Lola déclara qu'il n'y avait pas d'autre solution ; quand la mission consistait à éclaircir, il ne fallait pas hésiter à débroussailler, à la machette si besoin était, c'était le prix à payer pour rallier la contrée de la Vérité. Pendant que Lola hypnotisait Paul avec son ambiance d'exploration à la Conrad mâtinée d'une évocation à la Livingstone, Ingrid attaqua la porte avec sa basket droite. Le bruit de verre cassé se dilua dans le bourdonnement du quartier.

L'estaminet sentait le croque-monsieur, le tabac et la consommation alcoolique en tout genre. Mais en aucun cas l'odeur qui prenait au nez et au ventre quand on pénétrait au cœur d'un homicide.

Il y avait bel et bien une chanson dans l'air. La voix guillerette de Pierre Perret s'échappait de la radio allumée et tranchait sur l'ambiance sinistre du café.

On l'appelle cuisse de mouche, fleur de banlieue/Sa taille est plus mince que la retraite des vieux…

— Tonton Lucien laisse jamais la radio, d'habitude. Ça use l'électricité.

Le trio s'engagea dans un escalier qui sentait bon la vraie cire du temps perdu. Lola imagina Paul l'encaustiquant à l'ancienne, à quatre pattes et pendant des heures. L'appartement était rempli à bloc de meubles entretenus avec la même détermination, et de bibelots et de napperons. La seule touche de modernité provenait d'un téléviseur, aux proportions impressionnantes. Les oncle et tante n'étant pas dans leur doux logis, on redescendit en salle.

Un homme était installé au bar. On apprit vite qu'il s'agissait de Gérard, un habitué. Le client fidèle réclama un petit blanc et Paul s'empressa de passer derrière le bar pour le servir de son bras valide. Gérard se lança dans une conversation avec son serveur retrouvé, où il fut question de son désespoir de voir son établissement favori fermé, et de sa tentation d'essayer la concurrence. Lola fit sa tournée d'inspection, revint se planter au milieu du café et croisa les bras. La nostalgie sautait les époques comme une petite folle. Perret et sa fleur de banlieue avaient déserté. Georgette Plana apportait sa contribution botanique en chantant *Riquita, jolie fleur de java*, et voulait de l'amour et des baisers comme tout le monde, ou presque.

— Ils en ont peut-être eu assez de collectionner des sous et des napperons et ils sont partis en Papouasie, lança Ingrid. D'ailleurs, on ferait bien d'y aller nous aussi. Je préfère les moustiques aux lombrics.

Lola gardait la pose, l'œil levé vers le plafond strié de néons et couleur vieux chocolat au lait.

— Écoute-moi bien, Paul, mon gars. Je suis allé chez Nénesse, tu sais, le proprio des *Trois Bornes*. Tel que tu me vois, j'y avais pas mis les pieds depuis vingt piges…

Tes grands yeux langoureux ensorcellent/Ton doux chant émouvant nous appelle/Riquita, joli rêve d'amour/ On voudrait te...

— Silence tout le monde ! ordonna Lola. Paul, éteins la radio !

— C'est qui, la dame bien décidée ? demanda Gérard l'habitué.

Paul posa un doigt sur ses lèvres avant d'interrompre Georgette Plana. Lola ferma les yeux et écouta. Bientôt les uns et les autres purent capter de petits coups sourds et réguliers. Lola se dirigea vers ce bruit prometteur, suivie par Ingrid puis par Paul. Et bientôt par le client qui avait emporté son verre et marchait comme toute la population de *Chez Lulu* vers la cave. Lola colla son oreille à la porte. Quelqu'un jouait au métronome avec un objet non identifié. Gérard demanda de qui il pouvait bien s'agir et il fallut expliquer que les patrons manquaient à l'appel. Lola déclara que la porte était trop volumineuse pour qu'on l'attaquât au tire-bouchon, même de luxe. Ou à la machette-basket.

— Et en conclusion, il nous faudrait une bonne perceuse, dit-elle à la cantonade.

— Y vous faudrait surtout une bonne scie à bois bien électrique, répliqua Gérard. Une serrure d'époque, à la chignole, bonne chance, les filles ! Ça ne s'attaque pas franco, ça se contourne malin. Et y se trouve qu'une scie comme y faut, j'en ai une.

— Elle est réquisitionnée ! déclara Lola. Ingrid, tu accompagnes monsieur Gérard pour qu'il nous revienne vite avec son outil.

Le client avisa Ingrid et eut un grand sourire qui disait son goût pour les matinées pleines de péripéties et de grandes blondes. Paul ralluma machinalement la radio.

Ah, je te veux sous les « pa »/Je te veux sous les « lé »/ Les palétuviers roses/Aimons-nous sous les « patu »/ Prends-moi sous les « létu »/Aimons-nous sous les « viers » !

Lorsqu'Ingrid et Gérard revinrent avec la scie, Lola écoutait celle de Pauline Carton, assise au bar en compagnie d'un café confectionné par Paul. Force de l'habitude oblige, le garçon s'affairait à quelque tâche ménagère aux abords du percolateur.

Le client demanda qu'on lui rafraîchisse son petit blanc matinal avant de s'attaquer à la porte. Il retroussa ses manches, cracha dans ses mains, envoya une œillade à Ingrid et se mit à l'ouvrage en reprenant le refrain avec la Carton. Il cessa de fredonner lorsque la serrure céda et que la porte révéla le visage hagard d'un homme tenant un tesson de bouteille.

Lola fit reculer tout le monde. Paul se précipita pour aider tonton Lucien. Malgré sa claudication, il eut tôt fait de le faire asseoir, de courir derrière le bar humecter un linge et de revenir le lui appliquer sur le front. Le client essayait de ramener le patron à la vie en lui faisant boire son blanc mais ses lèvres restaient scellées, tandis que ses yeux s'écarquillaient sur un souvenir qu'il n'oublierait pas de sitôt.

Lola actionna l'interrupteur de la cave et fit signe à Ingrid de la suivre. L'odeur d'excréments mêlée à celle de la bière leur fouetta le visage. L'ex-commissaire fit face à la spartiate, l'Américaine remonta son tee-shirt sur son nez. Elles découvrirent, recroquevillée sur un matelas, une vieille femme qui respirait faiblement. Elles la soulevèrent avec précaution et la remontèrent. Paul dénicha une couverture qu'il déposa sur le carrelage et on y étendit la patronne ; puis Lola appela une ambulance.

— Ma Marie-Jeanne ! Elle est pas morte tout de même ?

— Non, rassurez-vous, et l'ambulance arrive. Qui vous a fait ça, monsieur ?

— Un dingue, marmonna le patron. Un taré complet !

— Il nous faut une description.

— Un petit homme en blouse sale et à la tronche triste comme la mort. Il nous a menacés ! Avec un revolver, vous vous rendez compte ! Et barricadés. Pour nous faire payer, qu'il disait ! Il n'y avait rien à manger et presque pas d'air, et on a dû boire de la bière pour ne pas mourir de soif. Marie-Jeanne ne voulait pas, mais il a bien fallu…

— *Vous faire payer,* mais quoi ?

— Le mal qu'on a fait, soi-disant ! C'est à cause de Paul, tout ça ! grinçait le vieux Lucien en se précipitant sur son neveu, lequel recula d'un air apeuré tandis que sa main montait automatiquement pour protéger son visage.

Mais le cafetier s'arrêta dans son élan, comme pris de peur, et Lola en déduisit que c'était la dernière fois qu'il osait un tel geste.

— Calmez-vous. Qu'est-ce que Paul vient faire dans cette histoire ?

— Le fou voulait venger mon idiot de neveu. Il a osé dire qu'on était des exploiteurs, et que Paul s'était cassé la gueule du haut de son échelle à cause de nous ! Je te demande un peu !

26

Ingrid et Lola retrouvèrent l'ambiance de cohue des urgences. Ingrid raconta le peu qu'elle savait de l'homme de ménage à figure de lutin accablé. Elles attendirent qu'un Diego harassé vienne leur donner des informations. La vieille Marie-Jeanne s'en sortirait. On l'avait évacuée à temps de sa cave où elle avait dû séjourner au moins quarante-huit heures. Sa description d'Adam None était précise. Diego n'admettait pas que ce petit homme, toujours si attentionné avec les malades, ait pu braquer deux cafetiers septuagénaires pour les barricader jusqu'à ce que mort s'ensuive. En tout cas, None demeurait introuvable.

— À quelle heure prend-il son service ? demanda Lola.

— Je n'y ai jamais prêté attention. Adam était si souvent là qu'il faisait partie du paysage. Maintenant que j'y pense, il avait des horaires étranges. Pour autant, ça n'en fait pas un meurtrier.

— Un jour, tu m'as dit que tu le trouvais *loco*, intervint Ingrid.

— Il passait plus de temps à écouter les misères des malades qu'à socialiser avec ses collègues. Ça s'arrête là.

— Tu pourrais dénicher son adresse au service du personnel ?

Diego accepta et elles lui proposèrent de les rejoindre au *Canon des Amis*. Lola n'osait pas l'avouer mais, malgré les événements, elle était tenaillée par une faim d'ourse. Elle avala une solide omelette jambon-fromage, tandis qu'Ingrid chipotait avec une ficelle beurrée. Diego les rejoignit et salua le patron, qui voulut se lancer dans une conversation, mais l'infirmier écourta les civilités.

— C'est la panique. Le directeur du personnel s'arrache les cheveux. En fait, Adam n'existe pas.

— Qu'est-ce que c'est que ce salmigondis ? questionna Lola.

— L'administration n'a pas de dossier à son nom. Il n'y a pas trace du moindre contrat de travail.

— Adam travaillait au noir ?

— On ne peut pas dire ça puisque personne ne lui a jamais donné un sou.

— C'est possible, des trucs pareils ? demanda Ingrid, les yeux ronds.

— Dans une ruche de la taille de Saint-Félicien, peut-être, déclara Lola l'air contrarié. Il suffit d'une blouse, d'un balai, d'un profil bas et le tour est joué. Un homme a bien vécu quinze ans dans un terminal de Charles-de-Gaulle !

— Comment retrouver Adam None sans adresse ?

Lola étudiait l'air pensif de Diego du coin de l'œil. Dépassée par les événements et incapable d'émettre la moindre hypothèse, Ingrid tentait d'oublier les remugles de *Chez Lulu* avec une camomille. Elle revoyait Gérard l'habitué s'acharner sur la porte, le visage à la fois hagard et méchant de Lucien, celui décharné de sa femme. Elle se remémorait Adam None au chevet de Paul. Elle s'était demandé ce qu'il pouvait lui dire. Apparemment, c'était un échange. Paul avait raconté son quotidien à l'homme de ménage qui l'avait trouvé trop triste et injuste pour qu'on en reste là. Il avait donné une leçon de savoir-vivre à coups de flingue à deux vieux profiteurs. Et si personne n'était venu les délivrer ? Auraient-ils tenu longtemps, tels des naufragés de la *Méduse*, sur leur mer de bière ?

— Que pensais-tu de lui ? reprit Lola.

— Je le trouvais un rien excentrique mais gentil, répondit Diego.

— Il avait tout de même un revolver.

— C'est ça qui est dingue. Adam avec une arme !

— Mais, j'y repense, Alice a bien travaillé à Saint-Félicien, dans la troupe de son père.

— Oui, et alors ?

— Elle connaissait Adam ?

Diego se tut un moment et Ingrid constata qu'il luttait contre une idée qu'il n'avait pas envie d'accepter.

— Adam n'a rien à voir avec la mort d'Alice !

— Et si elle lui avait raconté ses malheurs ?

Diego se renfrogna, il lui fallut un moment pour admettre qu'Alice et Adam se connaissaient et avaient même développé une certaine connivence.

— Des vrais truands, j'en ai rencontré, Lola. Aucun n'avait la douceur d'Adam.

— Certains se maquillent le tempérament avec talent.

Diego haussa les épaules, et déclara qu'il lui fallait repartir travailler. Lola lui demanda une dernière faveur. Celle de pouvoir questionner les malades. Il accepta sans enthousiasme. Le directeur du personnel était d'humeur saumâtre et avait exigé qu'on ne lui cache rien du sauvetage des cafetiers.

— Il ne comprend pas pourquoi j'ai fait appel à vous plutôt qu'à la police.

— Il le comprend trop bien. Il sait que tu as eu affaire à elle, au sujet d'Alice.

— Pourquoi poses-tu tant de questions puisque tu connais tant de réponses, Lola ?

— Quelquefois, elle me fait cet effet-là aussi, le consola Ingrid.

Le trio regagna l'hôpital. Ingrid et Lola questionnèrent les malades les moins mal en point et apprirent qu'Adam None était un homme délicieux, paisible et doux, sachant réconforter à merveille. Certains avaient cru avoir affaire à un psychologue appointé par l'hôpital. Une vieille dame expliqua qu'il souhaitait tout connaître des problèmes des uns et des autres. Friand de confidences, il était en revanche très discret sur son compte. Personne ne fut capable de dire dans quel quartier il vivait. Après plusieurs heures à écouter des anecdotes, Lola et Ingrid se retrouvèrent autour de deux cafés insipides et admirent leur échec. Pas d'adresse, de contrat de travail, de numéro de sécurité sociale. None avait la pesanteur d'un fantôme.

— Un clandestin, c'est transparent, commenta Ingrid. Un peu comme nous.

— Vite dit ! lâcha Lola en se figeant.

Elle tira l'Américaine dans l'ombre de la machine à café. Ingrid faillit lâcher son gobelet en apercevant le commissaire Jean-Pascal Grousset flanqué de Jérôme Barthélemy et du sbire en pardessus beige. Elles se glissèrent dans la première chambre venue, celle de la vieille dame ayant confondu None avec un psy ; elle regardait la télévision d'un œil morne. Elle leur adressa un joyeux petit signe de reconnaissance. Lola expliqua qu'elle était en fait une commissaire reconvertie en détective privé, une femme honorable que la police recherchait à cause d'un vilain quiproquo. Lorsque résonna la voix du Nain de jardin, elles se cachèrent dans la salle de bains, et plus précisément dans l'étroite cabine de douche.

27

Le volume de la télévision gâchait l'acoustique, mais Ingrid et Lola comprirent que le commissaire était accompagné du directeur du personnel. Grousset voulait questionner tous les malades ayant fait des confidences à l'homme de ménage, sans exception. Certaines de ses phrases étaient ponctuées d'éclats d'hilarité qui évoquaient ces vieux feuilletons avec rires préenregistrés accompagnant les répliques savoureuses.

La malade répéta son témoignage. Le Nain de jardin essaya de lui extirper l'adresse de None en lui posant plusieurs fois la même question. Il entama ensuite un conciliabule avec le pardessus beige avant de tancer Barthélemy quant aux fuites impardonnables. Les rires télévisés redoublèrent.

— À cause de votre insubordination, Lola Jost a réussi à libérer les cafetiers, grogna-t-il.

— Une journée de plus et la tenancière de *Chez Lulu* passait l'arme à gauche, patron.

— Plus un mot, Barthélemy, ou je vous casse !

Le groupe sortit et bientôt les deux amies purent quitter leur abri. Sur le petit écran, un groupe de quadragénaires se roulait par terre, terrassé par un fou rire dévastateur.

— C'est la nouvelle thérapie à la mode, expliqua la vieille dame. Les gens sont de plus en plus inquiets, alors ils s'enrôlent dans des groupes antistress où des thérapeutes leur réapprennent à rire. Il paraît que ça fait beaucoup de bien.

— En suivant un stage au commissariat du 10e, ils rigoleraient pour moins cher.

Elles firent leurs adieux à la malade et rejoignirent la zone X. Lola eut la désagréable surprise de constater la disparition du foie gras, d'une bonne bouteille et du pain artisanal. Certains personnels utilisaient les lieux comme raccourci. Fallait-il y voir la réponse à cette fâcheuse disette ? Ingrid penchait pour l'attaque d'un rat plus malin que les autres, ou d'un lombric mutant. Lola fit remarquer que les produits avaient été subtilisés et non pas arrachés d'une manière animale. Cette réflexion ne rassura pas Ingrid qui proposa de prendre leurs jambes à leur cou dès le départ du Nain.

— Et pour aller où ?

— *No idea.*

Lola fit un de ces rêves goguenards qui vous libèrent la tête mais refusent de vous rester en mémoire. Elle animait une émission de téléréalité. Les candidats séjournaient dans un hôpital psychiatrique truffé de caméras. À la veillée, ils devaient chanter une chanson en jonglant avec des miches de pain artisanal, juchés sur des échasses en strass. Ceux qui échouaient à séduire un public averti, composé de Papy Dynamite et de tous les membres du carnet mondain de Roland Montaubert, sans oublier la future présidente de la République, étaient jetés en pâture à une créature fabuleuse. Ingrid, star du petit écran elle aussi, était allée capturer dans une jungle originelle cet animal qui, à y regarder de plus près, n'avait rien de chimérique. Référencé par des zoologistes patentés, il répondait au doux nom de dragon de Komodo. Un spécimen authentique qui avait l'énorme avantage de grossir sans limites. Plus cet animal mangeait, plus il gagnait en volume. Le reptile à l'œil et au sang froids dévora Jean-Pascal Grousset en trois coups de dents après qu'une forêt de pouces orientés vers le sol eut condamné, sans appel, son interprétation rap des *Palétuviers roses*.

Elle fut réveillée par la chanson de son estomac vide ou par des bruits de pas. Quelqu'un marchait lentement, traînait la jambe. Elle empoigna avec regret une bouteille de la réserve Montaubert. Elle loua une fois encore Diego pour son choix de chaussures, et s'aventura sans bruit vers le rôdeur. Quand elle fut sûre d'être arrivée à une distance intéressante, elle balaya les lieux du faisceau de sa lampe et figea dans la surprise un corps maigrelet et un visage déprimé. Elle fonça sur Adam None en appelant Ingrid à la rescousse. Manque de chance, l'Américaine semblait avoir oublié les lombrics et s'être abandonnée à un sommeil profond.

Lola se força à prendre None en chasse. Le faisceau zigzagant balaya les murs, le sol, l'homme de ménage en fuite. Elle décida d'écourter cette course déglinguée, pila et balança la bouteille. None poussa un grognement et trébucha. La bouteille explosa dans un bruit désolant. Ingrid arriva enfin. Elles le plaquèrent au sol.

— Tout doux ! On ne te veut pas de mal.

— J'ai pas voulu voler vos provisions ! C'était juste pour lire les étiquettes. Vous êtes revenues à une drôle d'heure, aussi !

— Parle-nous plutôt de Paul et de ses oncle et tante, tu veux bien !

— Pour Paul, j'ai fait ce qu'il fallait.

— Oui, on sait. Le père Lucien est un salaud. Sa femme aime mieux les napperons que les gens. On a bien compris. Calme-toi.

— Vous avez bien compris ? demanda-t-il d'un ton étonné et en ralentissant ses gigotages.

— Ça nous arrive de temps à autre, entre deux sidérations cosmiques.

Ingrid ne perdait pas une minute et fouillait None. Elle trouva le revolver et se rendit compte, au poids, qu'il s'agissait d'un jouet en plastique bien imité.

— Mais tu n'avais donc aucune intention de les descendre ! s'exclama Lola. Si ce n'est par l'escalier de la cave.

— Je n'ai jamais tué personne, mais j'ai vengé du monde.

— Il faut expliciter, mon garçon. Ingrid et moi avons vécu des journées éprouvantes et l'accumulation nous gâte l'humeur ! Qu'est-ce que tu fabriques ici ?

— J'ai toujours vécu dans les hôpitaux.

— Pourquoi ?

— C'est le seul endroit où je me sens bien. Et utile.

— Tu as toujours été un clandestin ?

— Appelez ça comme vous voulez. Avant Saint-Félicien, j'étais à la Pitié. Il y avait beaucoup de gens à venger là-bas.

— Tu fais parler les accidentés et, si tu flaires l'embrouille, tu joues les justiciers, c'est ça ?

— À peu près.

— Et tu n'as jamais tué personne ! À d'autres !

— C'est vrai !

— La tenancière de *Chez Lulu* a failli trépasser, nom d'un petit bonhomme !

— J'avais décidé de leur donner trois jours et deux nuits de châtiment. Ensuite, j'aurais passé un coup de fil discret à la police pour les faire libérer.

— Discret, c'est-à-dire anonyme.

— Si vous voulez.

— Il y a une idée folle qui me vient. Je te l'offre. Diego Carli t'aurait-il raconté ses déboires avec Alice Bonin ? La jolie fille qui l'aimait trop. Au point de le harasser. Jour et nuit. Quasiment.

— Je connais sur le bout des doigts l'histoire d'Alice et de Diego.

— À la bonne heure. Mais encore ?

— Je la connais parce qu'ils me l'ont racontée. Chacun leur tour. Eh bien, dans cette histoire-là, il n'y avait personne à venger ou alors tout le monde. Dans le fond, ils étaient aussi malheureux l'un que l'autre.

— Tu sais que tu commences à me plaire avec ta tête de philosophe rabougri. Et j'espère bien que tu ne me racontes pas de fariboles.

— Vous de même.

— Comment ça, moi de même ?

— Vous avez une tête plaisante. Et aussi l'air d'avoir de gros ennuis. Racontez-les-moi.

— Ah, effectivement, c'est plus fort que lui, déclara Lola en s'adressant à Ingrid. Il plairait beaucoup à Antoine et Sigmund, mais ce sera pour une autre fois.

Tout le monde se releva tant bien que mal et réajusta ses effets. Lola tenta de défroisser sa nouvelle robe (qu'elle aimait décidément beaucoup) du plat de la main. Elle réajusta aussi l'anorak de None qui n'y arrivait pas seul et le geste eut la puissance d'une révélation.

— Tu dors ici ! L'anorak, c'est pour lutter contre l'humidité. Ne me dis pas que tu vis dans ce cloaque depuis longtemps.

— Je ne compte même plus les jours, et puis j'aime cet endroit. Il a sa beauté.

— *Really ?* intervint Ingrid.

— C'est le ventre de ma baleine apprivoisée. D'ici, j'entends battre le cœur de l'hôpital et celui de la ville.

C'est un bon refuge. Vous aussi vous y dormez depuis quelques nuits. Ça prouve que j'ai raison. Vous avez des ennuis.

— Tu ne vas pas rester là, tout de même !

— Je me doute bien que la police me cherche. Il va me falloir encore déménager. Dommage, je pensais que cet hôpital serait le dernier. Bah, j'aurais dû m'en douter, il y a des signes qui ne trompent pas.

— Quels signes ?

— Le mauvais karma a commencé avec la visite du metteur en scène. Il voulait filmer mon domaine. Les chefs de l'hôpital ont refusé mais c'était trop tard. Il avait mis un pied dans le ventre de ma bête, ça a suffi à le souiller.

— Un sanctuaire, murmura Ingrid. Je comprends ça.

— Tu deviens confus, Adam. Quel metteur en scène ?

— Un ami du garçon qui dessine des planches anatomiques.

— Un ami d'Éric Buffa ?

— Ah, vous connaissez Éric ? C'est un grand artiste. Il sait mettre de la vie là où il n'y en a plus.

Des bruits de voix les interrompirent. Lola déclara qu'il était temps de trouver une issue, la maréchaussée se manifestait en la personne d'un de ses représentants les plus obtus.

— Il ne va pas y arriver, Lola. Sa jambe…

— C'est rien. Une foulure. Je me suis cassé la figure dans le puits, je dormais à moitié…

Des coups sourds. Lola imagina Barthélemy et le pardessus beige s'acharnant sur la vieille porte métallique pendant que le Nain de jardin trépignait en beuglant des ordres ineptes. La porte céda.

— Chacun pour soi ? D'accord ? demanda None d'un air suppliant.

Lola hésita, l'instinct policier lui faisait malgré tout détester le désordre et les coupables en liberté, même les vengeurs compatissants. Elle faillit faire un peu la morale au triste lutin qui croyait vivre dans un cétacé branché sur le pouls de la cité puis haussa les épaules, et lui demanda un tuyau pour une échappée rapide.

— À droite, c'est la buanderie. À gauche, la zone d'incinération des déchets.

— On choisit la lingerie.

— Ah, oui, sans hésiter, ajouta Ingrid avant de partir en courant.

Elles débouchèrent dans une pièce pleine de machines à laver et à sécher. Lola poussa le battant d'une porte, lorgna le maigre horizon d'un couloir surveillé par un *uniforme*. Elle reconnut l'agent Audibert, aucune chance de jouer les filles de l'air en se faisant passer pour quelqu'un qu'on n'était pas. Elle expliqua à Ingrid qu'il leur fallait rester cachées en attendant que la gent policière dégage le terrain. Un rapide tour sur elle-même permit à l'Américaine de déclarer qu'il n'y avait que des machines. Lola fit remarquer qu'un vaste et profond conteneur à linge sale leur tendait les bras.

— *Oh, please, Lola, no !*

— Imagine qu'il s'agit des fanons de la baleine. Nous serons accueillies au bord de ses dents, et comme elle est gentille et plutôt futée, elle nous recrachera une fois la voie libre. Nous nous échapperons alors vers un ailleurs rutilant. Allez, Ingrid, aide-moi.

Lola levait déjà la jambe, quoique péniblement, et s'agrippait au conteneur. Ingrid lui fit la courte échelle et elle passa par-dessus bord avec quelques difficultés et un petit juron provençal. Ingrid serra les dents puis sauta à son tour. Seule la tête de Lola dépassait du linge souillé, elle souriait comme un gros chat à qui un sorcier détraqué aurait enseigné le français avant de lui raconter une blague de carabin. Ingrid essaya de respirer par la bouche en se bouchant le nez, mais l'idée que les miasmes puissent gagner sa trachée-artère la fit revenir à une méthode plus normale. Elle tendit le cou en arrière, tel un nageur faisant la planche, et tâcha de ralentir sa respiration affolée. Elle remercia mentalement, une fois de plus, l'ami japonais qui l'avait initiée aux techniques orientales de décontraction. Il s'agissait de son maître de *bonji*. Un artiste du tatouage réalisé avec des outils d'une propreté scrupuleuse, officiant sur des tatamis balayés et offrant un thé d'une pureté exemplaire à ses clients. Un homme merveilleux.

— Relax, murmura Lola. Tu en as vu d'autres.

Un brouhaha congela net la réplique cinglante d'Ingrid. Elle prit une grande inspiration, ferma les yeux, protégea son visage avec la coque de ses mains jointes et s'enfonça dans l'indescriptible. Le piétinement du Nain de jardin et de ses hommes lui sembla durer une éternité. Elle les entendit ouvrir les machines une à une, et se dit qu'une telle minutie aurait raison d'elles. Bientôt une main frôla sa tête, le geste se raffermit. On lui empoigna les cheveux. Elle émergea en étouffant un cri et se retrouva nez à nez avec Jérôme Barthélemy. Ils se fixèrent jusqu'à ce que le lieutenant lâche prise et lui donne une tapette complice sur la joue. Après quoi, il lui renfonça sans ménagement la tête dans le linge. Elle l'entendit lancer un ordre. Adam None n'était pas planqué dans la buanderie, il fallait chercher ailleurs, évacuation.

Quand Ingrid ressurgit, Lola la considéra d'un air pensif. Elle déclara avoir utilisé ce temps mort pour réfléchir à leur prochain mouvement. L'Américaine pensa évoquer une douche à l'eau de Javel mais se retint. Lola envisageait une visite chez le dessinateur de planches anatomiques ; si le Grand Horloger se décidait à être un peu moins vache que d'habitude, on pouvait espérer Éric Buffa de retour de son aventure germanique, et disposé aux confidences. Ces déclarations furent interrompues par une sonnerie étouffée.

— C'est la baleine qui appelle pour dire que la voie est libre, dit Ingrid avec un sourire jaune.

Lola réussit à extirper le téléphone de Montaubert de son sac banane et démarra une conversation qui sembla lui plaire. Ingrid devina qu'elle s'entretenait avec le night-clubber en personne. Lola lui recommanda d'éviter les insultes inutiles, précisa qu'elle avait joué avec efficacité les secrétaires particulières et qu'il était invité à la fois chez Trobon avec Gérard et chez Björk avec Catherine, ou inversement. À partir de là, le visage de Lola devint plus grave et elle n'interrompit plus son interlocuteur que par quelques phrases concises. Elle expliqua ensuite à Ingrid qu'il n'était désormais plus question de carnet mondain. Montaubert plaidait pour la récupération de son passeport. Les deux amies se concertèrent et, curieusement, le plan d'Ingrid s'imposa comme le plus percutant. Lola rappela Montaubert dans sa cabine téléphonique et lui exposa la situation.

28

— Tout tombe à pic, dit Lola, on a le temps de passer chez Éric Buffa et de filer ensuite au cocktail « Sacs à main, main dans le sac ». Dans une enquête, il y a toujours ce moment magique où le rythme du monde se règle sur tes pas. Profitons-en. Ça ne dure pas.

Ingrid acquiesça en silence. Depuis que la baleine les avait relâchées, elle allait mieux. Depuis que Lola avait accepté un détour par la piscine de la Jonquière, pour une douche désinfectante et réparatrice, elle était même dans une forme du tonnerre et portait sans se plaindre les sacs avec le matériel. Elles avaient déniché les produits de première nécessité à l'hôpital, avant d'opérer une descente dans une grande surface spécialisée dans les cosmétiques, où l'Américaine avait trouvé son bonheur. Lola n'était pas mécontente non plus de sa trouvaille : un magnifique tampon encreur.

Elles quittèrent le métro à la station Porte de Pantin et empruntèrent l'avenue Jean-Jaurès. Lola espérait que Buffa avait la bonne idée de travailler à domicile. Pour une fois, ses espoirs furent comblés. Au 53 de la rue Edgar-Varèse, le graphiste leur ouvrit la porte d'un deux-pièces avec vue sur la Cité de la Musique et le canal de l'Ourcq. Le caractère oriental de la décoration vous absorbait dès le vestibule rouge et or. Éric Buffa les pria d'entrer dans un salon aux tentures safran. Sur une table de laque noire étaient posés de beaux livres dont *L'Art chinois d'aujourd'hui* et *Le Monde du manga*.

Lola n'eut pas à montrer patte blanche ou une quelconque carte de police périmée. Buffa avait décidé d'être prolixe : Framboise la préposée l'avait prévenu quant à la chasse au pourvoyeur de main. Ce furent justement celles du graphiste qui focalisèrent d'emblée l'attention. Longues, fines et ornées de sobres bagues en argent, elles dansèrent dans l'espace pour illustrer ses propos. Il eut des gestes aussi gracieux pour offrir des gâteaux fourrés à la pâte de lotus. Et du thé oolong dont le parfum évoquait un feu de bois au bord du Yang-Tse-Kiang.

Lola s'étonnait de ces images virevoltant dans son imagination, sous le simple effet de l'atmosphère d'un petit appartement. Une atmosphère qui vous emmenait à des milliers de kilomètres de Paris, vers des rizières et des forêts de pins, vers des temples bruns et des arbres roses.

Elle n'en écouta pas moins attentivement le jeune graphiste. Les planches anatomiques constituaient son gagne-pain. Mais c'était la vidéo artistique qui le passionnait. Éric Buffa aimait réaliser de faux meurtres, avec l'aide de ses amis. Chacun proposait une idée de fin tragique et le jeune homme la mettait en scène en embellissant l'image grâce à quelque logiciel adapté. Il était très content de l'assassinat d'une amie par un serial killer cannibale. Emporté par son sujet, Buffa n'hésitait pas à donner moult détails. Lola les absorbait sans rechigner mais se demandait tout de même quand l'artiste en viendrait à la main.

— Et c'est comme ça que j'ai rencontré Benjamin. Un talent fou. S'il continue sur sa lancée, il deviendra un maître du gore.

Ingrid avait jusqu'à présent suivi la conversation avec une attention forcée. Lola la sentit se raidir.

— Vous parlez de Benjamin ? Benjamin Noblet ?

— Vous le connaissez ?

— Elle s'intéresse au gore elle aussi, lança Lola en surveillant son amie d'un œil inquiet.

Livide, elle avait les doigts serrés sur sa tasse de thé, et Lola craignit que la pression ne fasse voler en éclats la délicate porcelaine. Mais Ingrid se maîtrisa. Elle reposa sa tasse et tourna vers Lola un visage impassible. Ses prunelles avaient une étrange fixité.

Éric Buffa expliqua comment il avait, par amitié et par affinité élective, ouvert à Benjamin Noblet le bassin au formol ainsi que la zone désaffectée, deux hauts lieux de la beauté du bizarre. Saint-Félicien recelait des trésors dignes d'inspirer les artistes les plus pointus. On n'y avait cependant pas accès sans un solide coup de pouce.

— L'administration a refusé net le projet de tournage. Dommage. Benjamin avait trouvé un sujet superbe. Le mythe du vampire revisité. Il envisageait un casting composé en partie d'acteurs du porno.

— Et pour la main ? demanda presque timidement Lola.

Elle n'avait qu'une envie, faire les rapprochements nécessaires, et évacuer au plus vite Ingrid de ce petit nid laqué et soyeux avant qu'elle ne pique une effroyable, une incommensurable crise de nerfs.

— J'avais fait, si je puis dire, miroiter de magnifiques horreurs à Benjamin, et voilà que tout lui était refusé. Alors quand il m'a demandé un service, il y a une quinzaine de jours, je n'ai pas pu dire non.

— Quel service, au juste ? demanda Lola de sa voix métamorphosée.

— Benjamin voulait une main pour un autre projet de court-métrage. Framboise a bien compris ma situation, depuis. Et j'espère que Victor Massot ne m'en tiendra pas rigueur.

— Eh bien, je vous le souhaite vivement ! dit Lola en se levant avec un sourire des plus gracieux. Nous vous remercions infiniment mais nous allons devoir vous quitter. Nous avons un cocktail Trobon sur le feu.

— Avec Ken Kamiyana ?

— Lui-même.

— J'adore ce qu'il fait. Cette façon qu'il a de travailler sur la notion de *kawaï*, c'est d'une subtilité !

— *Kawaï* ? demanda Lola en poussant Ingrid vers la porte.

— Ça signifie « mignon » en japonais, articula Ingrid d'une voix de zombie.

On se fit des courbettes dans l'entrée – sauf Ingrid, figée au point qu'on l'eût crue en hibernation dans une caverne himalayenne –, et la porte de l'appartement se referma enfin. Mutique, l'Américaine fixait la cage d'escalier comme si elle avait l'intention de s'y jeter. Lola la prit par la main. C'est toujours sans avoir échangé une parole qu'elles retrouvèrent l'avenue, les voitures, le rythme perpétuellement agacé de la vie parisienne. Ingrid ne semblait plus rien percevoir, ne semblait pas remarquer la vieille dame dont le chien larguait un étron sur le trottoir, l'homme qui garait sa Vespa sur ce même trottoir et les obligeait à contourner son engin, elle n'entendait plus les automobilistes occupés à klaxonner dans un concours de décibels aussi banal qu'inutile.

— Ingrid, je suis désolée, lui assura-t-elle en prenant son visage entre ses deux mains pour la faire focaliser.

Elle s'inquiétait. Était-il possible de tomber en catalepsie sur un coup au cœur et à la confiance ? Y avait-il des gens solides, voire vrombissants, capables de s'écrouler comme des chênes sous les assauts d'une tornade sentimentale ? Ingrid avait vu se succéder de pénibles journées. À travers les déclarations d'Éric Buffa,

Ben Noblet ne venait-il pas de porter une estocade ayant la puissance d'une épée rouillée en plein cœur ? Lola voyait des ronds toxiques grossir, grossir, infester petit à petit l'âme d'Ingrid jusqu'à lui faire perdre la raison. Notre siècle avait inventé toutes sortes de remèdes subtils et discrets, à dissolution lente et à effets accélérés, mais pour autant, ne pouvait-on pas perdre la raison d'un seul coup, à la suite d'une claque phénoménale de cette chienne de vie, de cette existence mal élevée ? Mince.

Moi non plus je ne sais plus très bien où j'en suis, pensa Lola en cherchant une issue autour d'elle, un îlot symbolique dans cette mer urbaine. Un petit coin pour souffler un peu et revenir à soi. Elle enguirlanda mentalement Antoine Léger et son chien Sigmund. Ces deux adeptes de l'apnée en psyché profonde n'étaient jamais là quand on avait besoin d'eux. Elle repensa au point de vue depuis l'appartement de l'artiste et, entourant de son bras les épaules d'Ingrid, l'entraîna vers le parc de la Cité de la Musique.

Elles se retrouvèrent sur la pelouse, le nez dans les odeurs de canal et de barbe à papa. Autour, des gamins jouaient, des amoureux se cajolaient, des gens se racontaient leur vie, des mélomanes se rendaient au festival de jazz. Lola se souvint qu'elle allait en écouter du temps où elle était mariée. Avec son Anglais. Un drôle de numéro lui aussi, quoique nettement moins baroque que le sieur Noblet. Mais qu'est-ce qui avait bien pu passer par la tête de ce jeune ahuri, nom d'une pipe en écume ?

Allongée, Ingrid avait la main en visière sur ses paupières closes comme si le soleil était devenu une menace. Lola attendait qu'elle retrouve l'usage de la parole. Ou qu'elle ne le retrouve pas et, dans ce cas, on ameuterait le Dr Léger pour de bon.

— Il va falloir qu'on y aille, finit par articuler Ingrid.

— Qu'on aille où, ma belle ? demanda doucement Lola.

Il lui semblait que la voix d'Ingrid était une délicate feuille séchée, une dentelle d'herbier qu'un coup de vent emporterait si on ouvrait trop vite la fenêtre sur le bonheur des retrouvailles avec la réalité.

— Au cocktail. C'est l'heure. On va se changer dans les toilettes de la Cité de la Musique.

— Oui, allons nous changer. Bonne idée, Ingrid. Tu as raison.

Elles émergèrent en même temps de leurs box respectifs, allèrent étudier le résultat de leur travestissement dans la glace surplombant les lavabos.

— Tu crois vraiment que c'est une bonne idée, Ingrid ?

— Fais-moi confiance, Lola.

29

Bien droite sur ses talons vertigineux, Ingrid fit sensation dans le métro. Sa mallette marquée d'une croix rouge, contenant vêtements « civils » et baskets, était assortie à sa tenue. Un calot légèrement de travers et une blouse blanche moulante fort courte, tachée de faux sang, qui dévoilait des jarretelles et des bas à résille roses. Si son œil gauche était maquillé avec force faux cils et mascara, le droit était dissimulé sous un pansement maintenu par un élastique. Détail piquant : elle portait une bande Velpeau autour du cou d'où pendait une seringue emplie d'un liquide mordoré.

Le déguisement de Lola, quoique plus sobre, ne manquait pas de piquant lui non plus. Sa simple djellaba noire était rehaussée par un stéthoscope, et sa minerve en plastique lui conférait un port hiératique. Le tout célébrait la fusion d'Erich von Stroheim et de Mae West. Ces costumes eurent un effet magique sur le portier, il déchira le coin de l'unique carton *strictement personnel* que lui présenta Lola en souriant à Ingrid.

Elles pénétrèrent dans une salle pleine de convives élégants, affairés autour de généreux buffets. Une grappe d'invités dansait sur le genre de musique qu'appréciait Ingrid. Montaubert ne faisait malheureusement pas partie du lot et Lola étouffa un juron d'impatience. Une armée de serveurs s'activait avec des plateaux garnis de flûtes de champagne. Quelques conversations s'interrompirent pour Ingrid, mais ce fut de courte durée.

Lola se dirigea vers le buffet le plus attrayant. Elle saisit deux assiettes immaculées et les colora rapidement d'une sélection de petits-fours salés. Elle en tendit une à Ingrid et elles mangèrent en échangeant des sourires. Ceux d'Ingrid étaient encore restreints mais Lola se sentit soulagée. Le regard de son amie avait gardé une étrangeté un rien saturnienne qui s'accordait à sa tenue, pourtant le plus gros choc était passé. Ingrid survivrait. Elle était d'ailleurs concentrée sur leur mission. Et guettait l'arrivée de Montaubert.

Lola fut donc stupéfaite en découvrant Diego Carli. Les mains dans les poches, l'air décontracté, il s'entretenait avec le portier et n'avait évidemment aucun bristol à lui présenter.

— Je lui ai demandé de venir, lâcha Ingrid avant de filer dans sa direction.

Lola abandonna son assiette vide, saisit une flûte de champagne et suivit le mouvement.

— C'est mon patient, expliqua Ingrid d'un ton décidé. Il faut que je lui assure des soins réguliers. Sinon, c'est la mort.

Le portier s'esclaffa, dit à Diego qu'il avait une chance folle d'avoir son infirmière personnelle et le laissa entrer. Lola salua le jeune homme puis interrogea Ingrid du regard. Celle-ci expliqua qu'elle avait fini par accepter l'invitation à danser de Diego, il y avait des moments dans l'existence où il était indispensable de se secouer en rythme. Et puis Diego possédait une information intéressante à propos du carnet. Lola le lui avait confié avec pour mission d'étudier les contacts via le net, de dénicher un lien éventuel avec Pascal Grégoriot. Le petit carnet chic avait parlé.

— Et que t'a-t-il dit ? demanda Lola.

— Il m'a parlé de moi.

Lola considéra Diego d'un air dubitatif et attendit la suite.

— Je suis dans le carnet de Roland Montaubert. Noir sur blanc.

— Mais je ne t'y ai pas vu !

— Normal. Mon numéro de téléphone est noté à côté de celui d'Alice, sans mon nom.

— Qu'est-ce que ça peut bien vouloir dire ?

— Aucune idée, je n'ai jamais vu ce type de ma vie et il ne m'a jamais téléphoné, répliqua-t-il en rendant le carnet.

Lola le fourra dans son sac banane pendant qu'Ingrid entraînait, avec une certaine avidité, le jeune homme vers la piste de danse. Lola les regarda tanguer un moment. Maintenant que son accoutrement avait joué son rôle de sésame, elle songeait à l'abandonner. Elle se débarrassa de sa minerve aux toilettes, hésita pour le stéthoscope, et finit par le garder après avoir décoché un clin d'œil à son reflet dans le miroir. Docteur Lola qui ne rêve que de vous faire accoucher en douceur. Tu vas voir ce que tu vas voir, mon Montaubert. Tu vas me dire ce que fait Diego dans ton carnet. Et si Alice était dans ton collimateur. Tu vas m'expliquer pourquoi tu aimes tant les fleurs. Tu vas tout me donner, je te le garantis !

Ingrid et Diego purent danser tout leur saoul car Roland Montaubert n'arriva pas. En revanche, Lola repéra une brune à la robe bleu électrique et au rouge à lèvres offensif qui l'observait de loin, et du haut d'un bon mètre quatre-vingts. Lola reconnut enfin Mireille Coste sous sa perruque à frange épaisse qui évoquait les années psychédéliques avec autant d'efficacité que le petit intérieur d'Ingrid. Mireille fit durer le plaisir en se donnant des allures d'espionne internationale. Elle alla renifler le buffet, sélectionna un canapé de ses doigts délicats et vint faire face à Lola en compagnie d'un sourire factice.

— Le passeport, dit-elle simplement.

— Montaubert, répliqua Lola sur le même ton.

— Il n'est plus à Paris. Pas la peine de vous énerver, je ne suis que sa messagère.

— Le passeport est là, dit Lola en tapotant sa ceinture banane. Mais d'abord et avant tout, je veux la version non expurgée de la mort d'Alice. J'avais pourtant été claire avec Montaubert, au téléphone.

— Je vais vous la donner. Vous n'avez pas besoin de Roland pour ça.

Lola constata qu'elle prononçait le prénom du night-clubber avec une certaine affection. Et puis son regard s'était embué.

— Vas-y, je t'écoute.

— Je ferais n'importe quoi pour Roland.

— Très bien.

— Non, il faut vraiment que vous compreniez ça pour comprendre la suite.

— Si tu veux.

— Roland est un homme d'un autre monde.

S'agaçant de ces minauderies, Lola eut envie de demander si Roland débarquait d'Alpha du Centaure et avait plus de quarante-six chromosomes, puis renonça. Mireille offrait un numéro alambiqué mais semblait malgré tout sur le point de livrer un gramme de vérité.

— Il a vécu une enfance aisée, reprit-elle.

Lola se souvint des photos de famille dans le studio monacal, ces clichés racontant la vie bourgeoise, les douces journées en bord de mer. Elle se sentit pleine d'espoir tout à coup. Docteur Lola va y arriver, finalement.

— Et puis tout s'est arrêté. Comme ça, du jour au lendemain.

La jeune fille avait claqué des doigts et un serveur crut qu'elle l'interpellait. Mireille Coste refusa le champagne. Lola jugea que ça tombait bien et en profita pour rafler deux flûtes.

— Son père a fait faillite. Envolés la belle villa sur la côte d'Émeraude, les cours de golf, l'appartement parisien, les séjours linguistiques en Angleterre, les projets d'études dans les grandes universités américaines. Mais ce n'est pas tout.

— J'espère bien.

— Montaubert père s'est jeté par la fenêtre de son appartement parisien.

— Quand ça ?

— Roland avait dix-sept ans. Il a dû trouver des petits boulots pour faire vivre sa sœur et sa mère. Barman, danseur mondain...

— Ah, parce qu'il danse lui aussi ?

— Plus maintenant. Aujourd'hui, il regarde les autres se trémousser depuis les banquettes des meilleures boîtes. Il a fait de cette vie un métier, en créant *Paris est une fête* avec Karine et Georges.

Mireille baissa la tête et eut un mouvement de recul. Lola se mordit les lèvres. Cette gamine exaltée n'allait pas la planter là. Le suicide par défenestration du père de Montaubert était enfin une information, un de ces liens qui manquaient cruellement dans cette histoire. Lola aurait bien appliqué son stéthoscope sur la tempe de son interlocutrice, dans un geste allégorique de pompage. Au lieu de cela, elle lui attrapa doucement le menton et la força à la regarder. Mireille Coste n'avait décidément pas l'air dans son assiette.

— Vous me donnerez le passeport, promis ?

Lola sentit la culpabilité lui nouer la gorge mais elle se concentra sur Papy Dynamite, sur la fin horrible d'Alice, sur les ennuis polymorphes d'Ingrid. Ce n'était pas la première fois qu'elle devait mentir. Dans sa carrière de flic, les occasions n'avaient jamais manqué. Elle livra une phrase à l'aspect franc comme du bon pain.

— Je te le donnerai.

— Vous vous souvenez de la nuit où vous êtes venue m'interroger ?

Lola hocha la tête et tenta de conserver un visage sincère.

— Je vous ai dit que j'avais un petit ami sérieux. Eh bien, c'est Roland. On est ensemble depuis deux ans. Personne ne le sait. Alice non plus ne le savait pas. Roland trouvait que c'était mieux comme ça.

— Mieux pour qui ?

Au lieu de répondre, Mireille préféra s'essuyer les yeux avec sa serviette en papier. Elle n'avait plus rien d'une vamp. Mais tout de la gamine paumée.

— *Paris est une fête* ne marche pas si bien que ça. Les temps sont durs. Alors Roland a trouvé une idée. Une idée simple.

La réflexion d'Ingrid revint comme un boomerang. *Les belles idées simples sont les plus difficiles à trouver.*

— Il recueille des informations. Et il les monnaye. Incognito. Évidemment, il faut travailler les gens pour qu'ils parlent. Et c'est là que des filles comme Alice… ou comme moi… entrent en scène.

Chaque confidence lui arrachait un kilo de fierté. Lola n'aurait pas aimé être à sa place.

— On ne se contentait pas d'animer des mariages ou des anniversaires, Alice et moi. On faisait notre numéro de Britney et Madonna dans des endroits à l'ambiance moins familiale. Je ne sais pas pourquoi Alice marchait dans la combine mais moi, c'était pour Roland. Même s'il me demandait de coucher avec un vieux moche, j'étais d'accord.

Elle avait un regard de défi à présent. Grâce à son besoin de redresser l'échine après sa peu reluisante confidence, elle avait gagné quelques centimètres. Et elle était fort belle. Incroyable ce que certaines gamines étaient prêtes à faire pour des hommes bien plus vieux. Était-elle fascinée par ce monde d'illusions dont Montaubert maîtrisait si bien les règles ?

— Je me souviens aussi de t'avoir dit : « Une jeune fille est morte et ça aurait pu être toi. » Alors pourquoi Alice, Mireille ?

— Je n'en sais rien.

— Tu ne vas pas me laisser en plan ! Tu m'as avoué le plus dur.

Lola la sentait prête à pleurer. Et d'ailleurs ses mains tremblaient.

— Il y a eu la soirée latex liquide.

— Qu'est-ce que c'est que ce bazar ? Un produit extensible pour une époque élastique ?

— Ça s'applique directement sur la peau nue. Ça sèche vite et vous vous retrouvez avec un vêtement qui dessine toutes vos formes. Ajoutez des talons aiguilles, et c'est l'effet bœuf.

— J'imagine.

— J'étais en Madonna, elle en Britney, le latex nous donnait le corps de Catwoman. On se produisait dans un immeuble désaffecté. Il y avait pas mal de gens connus. Et beaucoup de dope. On devait mettre un P-DG allemand à l'aise. Quelqu'un filmait en douce. Roland comptait monnayer le film. Ça s'est mal passé…

— Continue.

— Un junkie. Il a agressé Alice. Comme une idiote, elle a couru vers Roland. Et le junkie a pété les plombs.

Il a commencé à le frapper. J'ai utilisé ma bombe d'auto-défense. On a réussi à s'en débarrasser mais Roland était furieux. Alice l'avait embarrassé devant des gens importants. Et le pire, c'est qu'après ça, elle nous a fait la gueule !

— Le junkie a pu se venger d'elle par la suite.

— Ça m'étonnerait. Il n'avait aucun moyen de connaître son identité. Ça s'est passé très vite et des vigiles l'ont maîtrisé. Non, je vous raconte ça pour que vous sachiez que Roland est dans les ennuis. Si les flics apprennent qu'il alimentait la caisse de *Paris est une fête* avec... avec...

— Avec des donations forcées ?

— Si vous voulez. Eh bien, ils y verront la bonne raison pour supprimer Alice. Sans compter la similitude bizarre avec le père de Roland se jetant dans le vide.

Les deux femmes se fixèrent un instant. Le visage de Mireille était empreint d'une tristesse trop lourde pour son âge.

— Je sais ce que vous pensez. Mais moi je connais Roland. Il ne l'a pas tuée. C'est un homme d'honneur.

Homme d'honneur, homme du monde, homme d'un autre monde. Roland Montaubert ou l'*Homo sapiens sapiens* polyvalent. Lola se sentait à la fois apitoyée et agacée.

— Ce n'est pas le qualificatif que j'accorde aux maîtres chanteurs habituellement. Ni aux maquereaux.

— Le monde est plus compliqué que vos classifications, madame Jost. Moi, je *sais* que Roland est incapable de tuer. Le problème c'est qu'au moment de la mort d'Alice, il était seul. On avait passé le début de la matinée ensemble, chez lui. Ensuite, je suis allée travailler. Je regretterai toute ma vie de ne pas être restée, ce jour-là.

À cet âge, elles aiment les formules définitives, pensait Lola. Jolie comme tu l'es, ma petite, tu l'oublieras, ton gros homme du monde. Tu te trouveras un jeune homme de ton âge, du monde ou d'ailleurs.

— Où est-il ?

— En province.

— C'est vaste.

— Oui, et c'est ça qui est bien, madame Jost. Vous me le donnez, ce passeport ?

Elle avait dit ça d'un ton suppliant. Mais Lola sentait qu'elle était prête à faire des bêtises. Après tout, elle était du genre à se déguiser en Catwoman pour exacerber la libido de types qui en avaient trop vu et trop fait, et qui cherchaient des sensations nouvelles pour les oublier aussi vite. Lola lui tendit le passeport. Comme elle l'avait prévu, la gamine l'ouvrit à la page de la photo, elle hésita à en tourner une autre dans un moment qui dura un peu trop au goût de Lola. Elle le referma enfin et le glissa dans son sac. Lola nota en passant qu'il s'agissait d'un de ceux dessinés par l'artiste japonais et que les élégantes s'arrachaient pour une fortune ; l'argent que Montaubert avait subtilisé aux « vieux moches » servait aussi à autre chose qu'à renflouer les caisses de *Paris est une fête*.

La môme Coste avait déjà tourné les talons, et ce départ nerveux mais silencieux convenait à Lola. Il était temps de s'en aller, et vite. L'amante de Montaubert aurait peut-être l'idée de jeter un second coup d'œil au passeport. Lola fit signe à Ingrid et Diego, puis se dirigea vers la sortie. Une main de fer lui agrippa l'avant-bras. Elle se retourna pour faire face à Mireille Coste, à son visage en colère.

— Vous vous êtes bien foutue de moi !

Elle contrôlait le volume de sa voix mais ses ongles s'enfonçaient dans la chair. Pour le moment, personne ne prêtait attention à leur altercation. Lola tenta de lui tordre le poignet. Coste ne lâcha pas prise.

— Vous ne savez pas de quoi je suis capable !

— Toi non plus, articula Ingrid dans son dos.

Coste eut un sursaut et ses yeux s'affolèrent.

— Tu lâches Lola ou je t'injecte ta dose. Tu mettras des années à l'oublier.

Diego entraînait déjà Lola vers la sortie. Coste voulut frapper Ingrid avec son sac. L'Américaine lui enfonça sa seringue dans la fesse droite, injecta le produit, laissa l'aiguille fichée et partit en courant. Coste arracha la seringue et la jeta vers Ingrid en même temps qu'une profusion de jurons. Ingrid se retourna. Un vigile agrippait Coste. La jeune fille laissa tomber le passeport, son sac design, et s'effondra. Si Diego avait bien calculé le dosage, Coste venait de gagner quelques heures d'absence et d'insouciance.

Lola et Diego avaient arrêté un taxi, et le trio se glissa à l'intérieur. À peine assise, Ingrid donna d'une voix assurée l'adresse de Benjamin Noblet au chauffeur.

— Pourquoi a-t-elle piqué sa crise ? demanda Diego.

— Le passeport de Montaubert, répondit sobrement Lola.

— Qu'est-ce qu'il a de spécial ?

Au lieu de répondre, elle sortit le tampon et la plaque d'encre du sac banane. Puis elle demanda à Diego de lui tendre sa main. Elle la tamponna avec application.

— « Annulé » ? lut Diego.

— Je sais, c'est banal, répondit-elle. Mais c'est comme ça qu'on oblitère un passeport, en général. Et puis le vendeur n'avait pas *hijo de puta* en magasin.

— *Too bad,* dit Ingrid.

30

— Oh, c'est toi ! Tu es magnifique dans cette tenue. Entre, baby, tu m'as tellement manqué !

Le sourire de Ben Noblet fondit comme tiramisu au micro-ondes lorsqu'il aperçut Lola Jost et Diego Carli.

— Pourquoi cette délégation ?

— C'est tout ce que tu trouves à dire ! déclara Ingrid sur le ton du constat.

Ben Noblet portait un survêtement à rayures. Lola pensa au sac de Roland Montaubert ; lui, au moins, se remuait dans une piscine alors que Noblet n'avait jamais été connu pour s'agiter autre chose que les neurones. À trop grande vitesse, comme dans un accélérateur de particules. Tout le monde pénétra dans l'appartement et se retrouva face à un téléviseur qui diffusait un film d'horreur. Noblet utilisa sa télécommande et le visage d'une actrice s'immobilisa sur un cri. Le trio accepta de s'asseoir dans le canapé mais refusa les bières que le maître de maison proposait en ouvrant son réfrigérateur.

— On a développé une aversion pour les armoires réfrigérantes, dit Lola pour lancer le débat.

— Mais qu'est-ce qui vous arrive, les filles ? (Et, se tournant vers Diego :) Et pourquoi tu es là, toi, le danseur de mes deux ?

— On t'arrête tout de suite, lança Lola. Si quelqu'un a le droit de s'énerver ici, ce n'est pas toi.

— Éric Buffa a vendu le morceau, articula Ingrid en contenant sa colère. Et dire que tu as proposé de m'aider à enquêter ! Parmi les amateurs de gore !

On dit « vendre » la mèche et « manger » le morceau, ma grande, pensa tendrement Lola, mais tes traficotages linguistiques sont excusés. Tout t'est pardonné jusqu'à nouvel ordre. Mais surtout ne monte pas sur tes grands chevaux. Si on veut faire jaillir la vérité sans verser dans le fossé – et celle-là doit être bien crapoteuse –, il faut de la méthode et de la maîtrise et point trop de sentiments aveuglants. Lola fit signe à Ben de s'asseoir docilement dans son canapé. Il crut bon de jouer les rebelles, de tirer une chaise pour s'y installer à califourchon et dominer son monde.

— Il n'y a plus rien à nier, dit-elle d'un ton pacifique. Personne n'ignore qu'Éric Buffa t'a fourni une main en provenance de Saint-Félicien et que tu l'as mise dans le réfrigérateur d'Ingrid. C'était facile. Tu as conservé un double des clés et tu connais ses horaires.

Ben orienta vers Diego un regard lance-flammes.

— Je ne nierai rien du tout, mais d'abord, je veux savoir ce qu'il fout là. C'est ton nouveau petit ami, Ingrid ? Et tu l'as amené ici pour une démonstration ?

— Je vous laisse régler vos affaires entre vous, dit Diego en se levant.

— Non, reste, dit Ingrid. (Et, s'adressant à Ben :) Tu n'y es pas du tout. À cause de tes manipulations, Lola et moi pataugeons dans une embrouille insensée ! Diego nous a fourni un abri. Il a le droit d'être où bon lui semble. Je te passe les détails, mais on ne peut même plus dormir chez nous et des tortionnaires sont à nos trousses.

— C'est vrai ?

Ben avait l'air désolé. Il se lança d'ailleurs dans un discours où il proposa son aide et sa protection.

— Tu me menaces comme un maniaque et ensuite, tu veux me protéger !

— Justement, l'idée vient de là, baby. J'ai cru monter un scénario imparable, je me suis planté. Mais j'ai fait tout ça pour toi.

Ingrid étant sur le point de répliquer, Lola lui demanda de laisser Ben s'expliquer.

— Quand tu m'as quitté, j'ai cru devenir fou. Et puis j'ai réfléchi, et je me suis dit que j'allais te reconquérir. Par tous les moyens.

En racontant, Ben jetait des coups d'œil au visage horrifié de l'actrice sur le DVD en mode pause. Lola commençait à comprendre ce qu'avait été son cheminement de pensée. Ben Noblet, un compliqué, un cérébral. Un spécialiste du frisson cinématographique. Qu'avait dit Éric Buffa sur un ton admiratif ? *S'il continue sur sa lancée, il deviendra un maître du gore*. Pour l'instant, il était champion dans l'art de la bourde et c'était assez somptueux.

— J'avais eu l'idée d'un film de vampire qui se déroulerait dans la zone désaffectée, un projet refusé. L'expérience m'a permis de rencontrer Éric. Il m'a parlé du bassin aux cadavres. J'ai pensé te fabriquer une peur bien animale. Pour que tu éprouves une envie irrépressible de te réfugier dans mes bras. C'est sans doute l'idée la plus stupide que j'aie jamais eue.

— *Exactly !*

— Mais si c'était à refaire, je recommencerais. Parce que tu ne m'as pas laissé le choix. Tu m'as jeté comme un chien. Tout ça parce que je voulais percer tes cachotteries. Et que j'étais prêt à tout aimer de toi. Tes « danses » au *Calypso*, peu d'hommes seraient capables de les encaisser, crois-moi !

Diego écoutait avec une concentration religieuse. Que devinait-il au juste ? Mais Ben reprenait déjà, expliquait qu'il avait pensé au clou pour suggérer une dimension mystique immédiatement effrayante. Le *traitement* étant rude, il ne s'agissait pas de l'administrer trop longtemps.

— Ça nous a amenées à prendre des risques dont on aurait pu se passer, intervint Lola.

— Et pour toi, c'était couru d'avance ! lança Ingrid. Je devais te demander protection comme une mijaurée effarouchée. Tu me prends pour qui ?

— Pour une femme, Ingrid.

— *Stupid macho ! Silly prick !*

— Vous n'allez pas remettre ça !

— Contrairement à ce que tu crois, je t'ai ménagée. J'ai pensé à vaporiser la main avec un déodorant. Je voulais te faire peur mais pas te traumatiser.

Ingrid se laissa aller à la renverse dans le canapé comme si Ben venait de l'assommer avec son gourdin à bla-bla. Lola ne put s'empêcher de sourire.

— Bon, Ingrid, parlons peu mais bien. Tu m'as forcé à me couvrir de ridicule et à ouvrir mon cœur devant Lola et un parfait inconnu, tu m'obliges donc à aller jusqu'au bout.

— Parce qu'il y a encore un bout après toutes ces extrémités ? ne put s'empêcher de demander Lola.

Noblet fit mine d'ignorer la remarque et s'approcha d'Ingrid.

— Je veux que tu restes ici, cette nuit. Et toutes les autres nuits, d'ailleurs. Et puis, je vais être magnanime pour que tu comprennes bien que la mesquinerie n'est pas mon rayon. Lola et ton ami peuvent rester. Jusqu'à demain matin.

Ingrid se releva d'un bond et fila à la salle de bains, sa mallette sous le bras. Quand elle revint, elle portait le jean et le sobre tee-shirt fournis par Diego. Elle prit la porte sans accorder un regard à Ben.

— Tu ne vas pas partir comme ça !

— Je te laisse la blouse d'infirmière ensanglantée, ça te servira pour ton cinéma d'auteur ! lança-t-elle depuis le palier.

Lola et Diego se levèrent. Il esquissa un geste de consolation vers Ben, se ravisa et suivit Lola. Ils quittèrent l'immeuble. Ingrid filait vers le canal. Une fenêtre s'ouvrit méchamment sur la rue endormie.

— JE T'AIME, INGRID ! QUE TU LE VEUILLES OU NON !

Diego et Lola accélérèrent le pas pour rattraper leur amie.

— Il a de la chance dans son malheur, dit Diego.

— Quelle chance ?

— D'aimer comme ça. Moi, ça ne m'est jamais arrivé. Et j'aimerais bien que ça m'arrive.

— Tu n'es pas le seul, je crois.

— ET TOI AUSSI, ESPÈCE DE PRÉSOMPTUEUSE ! TOI AUSSI !

— Dis-moi, Lola…

— Oui, mon garçon ?

— Qu'est-ce que c'est que ces histoires de danse, et plus précisément de calypso ?

— Oh, je ne sais pas trop.

— *¡ Madre de Dios !* La vie d'Ingrid est d'un compliqué…

31

— *... et Jésus le fruit de vos entrailles/Sainte Marie mère de Dieu...*

Lola ouvrit un œil inquiet sur la voûte, le lustre ouvragé, l'oiseau qui avait installé son nid sur une poutre et nourrissait ses petits.

— *Pardonnez-nous, pauvres pécheurs/Maintenant et à l'heure de notre mort...*

Elle vit une femme en prière, deux rangées plus haut, et secoua Ingrid. L'Américaine sortit de son rêve et resta figée sur son banc de bois, à écouter la litanie. Elle se redressa à son tour et sourit faiblement.

— Ce n'est pas la première fois que je dors dans une église, mais celle de Mexico City avait des bancs plus confortables.

— Tu couches dans des églises mexicaines, tu éteins des tortionnaires à la Bruce Lee, tu endors des sosies à la seringue hypodermique. Tu es soporifique, Ingrid Diesel. On te l'a déjà dit ?

— En parlant de ça, on ne pourrait pas dormir encore un peu ?

— Pas question, répondit Lola en bâillant. Fais comme moi. Lève-toi et marche, et le ciel t'aidera.

Lola s'extirpa du banc avec la sensation d'avoir récupéré le corps de bois d'un très vieux Pinocchio. Elle pensa automatiquement à la baleine de None, qui n'était pas sans rappeler la nef dans laquelle elles avaient trouvé refuge, après avoir fracturé la serrure de Saint-Eugène. Dans quel ventre dormiraient-elles cette nuit ?

Lola glissa un billet de cinquante euros dans un tronc dédié à quelque saint au sourire très doux et sortit. Le soleil inondait déjà le parvis et un café faisait le coin avec la rue du Conservatoire. De quoi prendre un petit déjeuner et voir venir. De toute façon, elle n'avait jamais réussi à réfléchir le ventre vide. Ingrid suivit sur pilotage automatique et elles se retrouvèrent sur des banquettes de moleskine ayant connu les Trente Glorieuses, et dans une atmosphère enfumée. L'Américaine ne trouva pas la force de rouspéter.

— Un jambon-beurre et un quadruple expresso, commanda-t-elle. Et un jus d'orange. Par pitié.

— La même chose, dit Lola au garçon qui partit d'un pas apathique vers le comptoir.

Lola trouvait à son amie l'allure d'une grève après la marée. Pâle, fatiguée par la poigne de la grande bleue mais débarrassée de ses débris. Elles avaient parlé de Benjamin Noblet avant de trouver enfin le sommeil sur leurs bancs trop durs, et le sujet avait été épuisé. La substantifique moelle, c'est que les deux affaires n'étaient plus connectées. Cette découverte, douloureuse, rétrécissait le champ mais ouvrait de nouvelles perspectives.

Lola ralluma le mobile de Roland Montaubert pour joindre Jérôme Barthélemy. Elle le réveilla. Ils avaient fait la course au lutin chagrin une bonne partie de la nuit avant de réussir à l'attraper. Barthélemy la surprit en lui demandant de raccrocher. Qu'elle lui donne son numéro, il la rappellerait d'une cabine, c'était plus prudent.

La sonnerie des Stones retentit quelques minutes plus tard. Barthélemy attaqua le vif du sujet. Adam

None était questionné au poste. Jean-Pascal Grousset exultait. None était peut-être bien l'assassin d'Alice Bonin. Pour autant, Barthélemy n'aurait pas misé ses économies sur l'hypothèse.

— Moi non plus, déclara Lola. Mais ça nous occupe le Nain. Quand il en aura fini avec Adam None, promets-moi d'aller trouver le Dr Léger. Il se démènera pour l'aider.

— Et vous, qu'est-ce que vous comptez faire ?

— Aucune idée.

— J'aimerais tant aider. Si vous voulez vous abriter chez moi avec Ingrid, vous êtes les bienvenues.

— Ils savent que nous sommes restés liés, mon garçon.

— En parlant de vos kidnappeurs, je me suis cassé les dents. Les clients de Pascal Grégoriot, c'est de l'obscur et du poisseux. De l'illisible et du bien crypté.

— Entre-temps, mon ami le commissaire Clémenti a trouvé quelques pistes. Ce n'est pas aussi torride que ça en a l'air, mentit Lola pour ne pas impliquer trop avant le jeune lieutenant.

— Restez tout de même sur vos gardes, patronne.

Lola lui promit une vigilance de tous les instants, à défaut de nouvelles régulières compte tenu des circonstances. Avant de raccrocher, il lui suggéra de sacrifier son mobile tel un cosaque brûlant son dernier champ derrière lui. Elle observa le petit appareil d'un air hésitant. N'était-ce pas le dernier élément qui les rattachait à Roland Montaubert ? Mais, dans le fond, il ne servait pas à grand-chose. Non seulement il sonnait trop souvent sous les attaques des attachés de presse et autres ordonnateurs de la vie parisienne, mais en plus, si Montaubert s'avisait d'appeler, il n'y avait aucune chance qu'il leur révélât sa cachette. Lola demanda de l'eau chaude au serveur. Quand il revint avec un broc fumant, elle attendit qu'il s'éloigne avant d'y noyer la puce téléphonique.

— On a vécu des moments périlleux mais ça valait le coup, dit Ingrid.

— Oui, on peut évacuer toutes les références mystiques.

— Allez ouste !

— Alice croit se rendre à l'*Astor Maillot* à la demande d'un client connu. Elle réserve tôt le matin, on lui remet deux clés, elle est de retour en fin de matinée dans une chambre accueillante. Quelqu'un a prévu des fleurs, du champagne, des boudoirs. Un produit parfumé pour le bain.

— Quelqu'un qui justement s'y connaît en fleurs, parfums et petites gâteries.

— Quelqu'un qui connaît bien Alice. Il sait que Diego l'a quittée et qu'elle ne veut pas l'admettre. Qu'elle a déjà travaillé à l'*Astor Maillot* par le passé. Et apprécie parfois de doubler les Lebouteux.

— Ce quelqu'un connaît le numéro de Diego et lui passe plusieurs coups de fil anonymes depuis l'hôtel. Un bon moyen de suggérer à la police qu'Alice a révélé à son ex sa présence à l'*Astor Maillot*.

— Ce finaud drogue le champagne auquel il sait qu'Alice ne va pas résister. Il se trouve dans la chambre quand la drogue fait son effet. Il ne lui reste plus qu'à l'inciter à sauter.

— Le choix de la kétamine était risqué.

— Oui, ça implique une part d'impondérable. Raison de plus pour donner du grain à moudre aux poulets, si je puis dire.

— On éparpille les fleurs dans le bain pour faire croire à une colère d'Alice…

— Et à un meurtre après une dispute. Si cet organisateur méticuleux est bien Roland Montaubert, il a toutes les raisons de lui en vouloir.

— Et comment !

— Alice lui a cassé une réputation soigneusement bâtie. Imprévisible, incontrôlable, elle peut faire s'écrouler sa combine lucrative sur un coup de tête.

— Il y a tout de même un ossement dans tout ça, Lola.

— Un *os*, tu veux dire ?

— Si tu préfères. Roland Montaubert m'a cassée auprès de Timothy. Or, si j'avais été à sa place, et que deux emmerderesses viennent secouer mes secrets, j'aurais essayé de me faire oublier.

— Ou tout le contraire, Ingrid.

— Pourquoi ?

— En jouant le mondain offusqué, Montaubert se protège. Comment imaginer qu'un coupable attire volontairement l'attention sur lui ? C'est la même idée que celle de Richard Parisy pour protéger son fils. En montrant tout, on devient intouchable.

— Ce qui nous reste à faire, c'est le retrouver, l'attacher sur une chaise et l'interroger à la gêne. Puisque c'est la mode.

— À la *gégène*, plutôt.

— Si tu veux, Lola.

— Tu as bien conscience que, hormis la môme Coste, qui refusera tout net de coopérer, il ne nous reste plus que le couple Lebouteux ?

— J'en ai bien conscience.

— Il suffit cependant que nous mettions un pied à *Paris est une fête* pour que les pires ennuis s'abattent sur nous. Le Nain de jardin, Avignon, Orléans... les ennemis ne manquent pas. Il nous faut donc trouver le moyen de passer inaperçues.

— Là, je cale.

— Moi aussi.

Le silence retomba sur le duo. Elles se laissèrent divertir par le mouvement de la rue. C'était l'heure de la messe. Les paroissiens étaient de plus en plus nombreux à franchir le porche de Saint-Eugène.

— Rigolo comme coïncidence, dit Ingrid.

— Laquelle ?

— Notre nuit à Saint-Eugène et le fait que *Paris est une fête* soit installé à côté d'une église.

Lola prit l'air contrarié du stratège interrompu dans l'élaboration d'un plan d'attaque imparable.

— À Rome, il y a bien plus de religieux au mètre carré qu'à Paris, poursuivit Ingrid.

Lola se contenta d'un soupir.

— C'est ça qui m'embête…

— Mais, Ingrid, vas-tu enfin avouer ce que tu mijotes ?

— Je pensais à la garde-robe ecclésiastique de Montaubert.

Lola jeta un coup d'œil au serveur, histoire de vérifier qu'il n'était pas un barbouze mandaté pour droguer Ingrid jusqu'aux yeux, à coups d'expressos trafiqués. Le brave homme lisait *L'Équipe* sur le coin du zinc et avait l'air de s'intéresser à l'Américaine autant qu'un pou à un chauve.

— Nos tenues médicales nous ont permis de nous infiltrer au cocktail Trobon sans souci.

— Sans souci et sans merci, on ne peut pas dire le contraire.

— J'ai une idée, Lola. Mais elle est un peu spéciale.

— Tu n'as que des idées dans ce goût-là, Ingrid. Il suffit de l'admettre une bonne fois pour toutes et on évite la crise de nerfs.

— C'est toi qui as dit que le ciel allait nous aider…

— Certains jours, j'aimerais avoir la souplesse d'une ballerine pour pouvoir me marcher sur la langue.

32

C'est en traversant la façade du 43 rue du Faubourg Saint-Martin qu'elles pénétrèrent dans les odeurs de curry du passage Brady. Cet accès évitait d'approcher trop dangereusement des *Belles*. Avant de franchir la porte de la Maison Sommier, Lola eut un regard nostalgique vers son restaurant favori. Ingrid lui promit que si elles sortaient indemnes de leur aventure, elle lui offrirait un gueuleton inoubliable chez l'ami Maxime. Puis elle la poussa à l'intérieur du magasin de location de costumes. Elle connaissait le patron – il n'était pas encore un client du cabinet de massage mais on le sentait à deux doigts de succomber. Il leur dénicha deux tenues à peu près seyantes. Celle d'Ingrid était un poil trop courte, celle de Lola un tantinet trop serrée mais, de loin, le résultat était satisfaisant.

À leur sortie, elles portaient toujours leurs baskets mais leurs robes noires dissimulaient ces chaussures désormais incongrues, et les clients installés à la terrasse des restaurants indiens du passage ne leur accordèrent pas la moindre attention. Contente de son stratagème, Ingrid reprit le volant et la direction des Batignolles et se gara aux abords du square. Elle hésita entre un banc sur la place et une position de guet entre les colonnes de l'église, et opta pour cette dernière solution, Lola suivait le mouvement d'un air maussade.

— J'ai envie de t'appeler sœur Marie-Thérèse des Batignolles comme dans la BD. Tu as l'air d'une mère très supérieure !

— Je ne m'appelle plus Marie-Thérèse depuis longtemps, Ingrid. C'est comme ma vie de prof de français ou de commissaire. Ou celle de retraitée amateur de puzzles de la rue de l'Échiquier. Tout est loin derrière. Et même de plus en plus.

— Ne laisse pas la fatigue jouer avec tes nerfs, voyons.

— Ne pas extrapoler au-delà de la minute est une grave erreur, Ingrid, comme de sous-évaluer ses ennemis ou d'opter pour la première idée qui passe. Je me demande si celle du déguisement n'est pas absurde. Si le ridicule tuait, on me verrait, tel un gisant, foudroyée sur ce parvis désert, yeux exorbités, langue pendante, mains cimentées dans une dernière prière inutile.

— Moi, j'aime me fier à mon instinct. Assez souvent il me dit des trucs *crazy* qui se révèlent malins par la suite.

— Tu te crois dans *La Guerre des Étoiles*. « Que la Force soit avec moi ! », et hop, je fonce tête baissée ?

— L'essentiel, c'est de trouver un système pour se motiver.

— C'est bien une idée américaine, ça alors.

Elles continuèrent d'échanger quelques considérations vinaigrées jusqu'à ce que Lola jette l'éponge et s'assoie sur les marches de Sainte-Marie avec ses appréhensions pour tout coussin. Elles attendirent longtemps. Ingrid finit par bourrer les côtes de sa camarade à coups de coude.

— Eh, doucement, le chevalier Jedi !

— Pardonnez-moi, ma mère, mais les Lebouteux prennent la rue Legendre à l'assaut. Surtout Karine. Elle me fait vraiment penser à la catcheuse qu'aimait mon oncle.

Lola entraîna Ingrid derrière une colonne d'où elles purent suivre la progression du couple. Elle se surprit à les envier. Ils pouvaient sortir de chez eux au grand jour et savaient où aller. Ces simples possibilités lui semblaient un luxe. Karine et Georges Lebouteux pénétrèrent au *Gendre Gourmand*. Un jeu de mots idiot, mais on ferait avec, d'autant que quelques effluves intéressants étaient venus chatouiller leurs sens alors qu'elles faisaient mine de dépasser le restaurant. Elles revinrent étudier la situation à travers la vitrine. Attablés face à face, les Lebouteux n'avaient rejoint aucun convive. Il était temps de s'infiltrer.

— La carte des vins est sympathique, dit Ingrid d'un ton joyeux.

— Je le vois bien.

— Tu devrais être contente. Ça va te faire une récré. Et puis tu as beau dire ce que tu veux, nos tenues vont agir comme des camisoles.

— Parce que nous sommes siphonnées ?

— Mais non. Réfléchis ! Ce sont les Lebouteux qui seront camisolés. Difficile de faire un scandale dans un restaurant. En plus avec deux bonnes sœurs.

— Tu veux dire *caparaçonnés* ou *saucissonnés*.

— Non, non ! Camisolés !

Lola déclara forfait et poussa la porte. Quelques visages étonnés accueillirent leur duo de religieuses juste avant que la politesse ne ramène l'ordre. Les Lebouteux consultaient le menu. Georges portait des lunettes et négociait avec sa femme.

— Je ne veux pas de cahors, Georges. Ça me tourne la tête !

— Allez, Karine ! Pour une fois ! Et puis ça va bien avec le cassoulet.

— C'est indéniable, commenta Lola d'une voix de mère très supérieure.

Elles s'assirent sans qu'on les y invite. Karine resta bouche bée, son mari eut un sourire incrédule. Alors Lola expliqua. Avec d'autant plus de satisfaction que le rappel des derniers événements sur le mode chronologique était un exercice utile. Et un temps de respiration. Depuis l'évocation du cassoulet, Lola sentait que sa déprime battait définitivement de la cornette. Elle avait pris la décision éclair de se sustenter en compagnie des Lebouteux. Et il était fort possible que ce soit une façon de commencer à travailler à l'instinct. À certains moments, Ingrid déteint sur moi, admit-elle. Elle sut faire un compte rendu concis.

Georges Lebouteux eut l'air de découvrir les agissements de son beau-frère mais pas sa femme, dont le regard englobait Ingrid et Lola dans une tentative de fission nucléaire. Le serveur arriva. Lola passa commande : plat du jour pour tout le monde et un madiran 2000.

— Et vous nous mettrez une eau avec des bulles.

— Quelle marque, ma sœur ?

— Celle qui vous plaira, mon fils. Et justement, je préférerais *ma Mère*. C'est plus indiqué.

— Je commence à me demander si je n'ai pas envie de vous faire signer un contrat à vous aussi, dit Lebouteux d'un ton admiratif.

— Georges ! Ces deux folles ont été odieuses avec Roland. Et tu parles contrat !

Lebouteux croisa les bras et fixa sa femme avec l'air de la découvrir pour la première fois.

— Je parle de ce qui me plaît, et toi, tu ferais bien de me parler de tes petits arrangements avec Mireille et Alice.

Les Lebouteux se toisèrent mais, cette fois, Georges semblait moins rétréci que d'habitude et Karine évoquait un rocher ébranlé. Le serveur apporta le vin et le fit goûter à Lola. Elle eut un geste de bénédiction à la fois vers la bouteille et vers l'homme, qui servit tous les convives, sauf Karine, qui posa sur le rebord de son verre une main décidée.

— Pas pour moi, et d'ailleurs je ne reste pas.

— Oh, que si ! s'exclama Georges sans décroiser les bras.

— Vous nous avez habitués à plus habile que la fuite, Karine, dit Lola.

— Qu'est-ce que vous insinuez au juste ?

— J'ai bien aimé votre numéro de gestionnaire outrée par l'attitude d'Alice. En nous la présentant d'emblée sous l'aspect d'une fille tentée par la prostitution, vous vous blanchissiez comme cette nappe en papier. Subtil.

— Et quand je pense que tu as osé m'engueuler ! reprit Georges. Tu as prétendu que c'était moi qui fricotais avec Alice.

Lola jeta un coup d'œil autour d'elle. *Le Gendre Gourmand* faisait le plein, les conversations allaient bon train et couvraient la tempête.

— Oh, et puis j'en ai assez, lâcha Karine. C'est de ta faute, Georges. Tu vis dans ton rêve. Tu crois qu'on aurait pu s'en sortir si Roland n'avait pas régulièrement injecté de l'argent dans la boîte ?

— Je crois aux vertus du travail, moi.

— Tu as l'énergie, le talent, l'imagination, l'enthousiasme, mais ça ne suffit pas, mon pauvre ami. Mon père aussi avait tout ça.

— Ton père ! Toujours ton père ! S'il n'avait pas pris de décisions hasardeuses...

— Laisse mon père tranquille, tu veux ! Il ne nous a rien imposé. Il a préféré le suicide...

— Il a préféré vous abandonner, ta mère, Roland et toi. Au lieu de se battre et d'essayer de trouver une issue. Moi, je n'aurais jamais abandonné ma famille.

Le serveur arriva avec le cassoulet. Ingrid regarda son caquelon fumant avec intérêt et Lola lui conseilla d'attaquer en douceur, pour ne pas se brûler. Puis elle resservit du vin. Karine Lebouteux se laissa tenter et but une gorgée qui sembla la soulager.

— Jure-moi que tu n'as rien à voir dans la mort d'Alice.

— Je te le jure, Georges. J'ai arrangé la comptabilité pour que les apports de Roland se fondent dans la masse, mais je n'ai jamais mis le nez dans ses histoires. D'ailleurs, il voulait que je reste en dehors de tout ça.

— Ça durait depuis longtemps ?

— Trois ans.

— Avec toutes les filles ?

— Non, Roland ne forçait personne. Il y avait Bénédicte, Lucia et Mireille.

— Et Alice, intervint Lola. Depuis quand ?

— C'était juste après sa rupture avec son petit ami. Elle a eu un passage à vide et a accepté les propositions de Roland.

— Vous avez des noms ?

— Aucun.

— Ça se produisait souvent ?

— Je ne crois pas. Et d'ailleurs ces derniers temps, elle ne travaillait plus guère pour *Paris est une fête*. Elle faisait ses animations à son propre compte. Roland m'avait dit qu'ils s'étaient disputés.

— À cause des *propositions* ?

— Je l'ignore. Et il faut me croire.

À partir de là, Karine Lebouteux raconta tout ce qu'elle savait. Son frère impliquait des personnalités en leur fournissant, l'air de rien, les services discrets de jolies filles. Il récupérait secrètement des informations ou des vidéos à monnayer. Ses exigences restaient anonymes – Roland faisait croire à l'intervention d'un tiers

– et la victime était laissée en paix dès le premier paiement. La patronne de *Paris est une fête* jura qu'elle ne connaissait aucun nom. Et n'avait jamais entendu parler d'une soirée latex liquide.

— Moi non plus, dit Lebouteux. Et c'est dommage parce que ça m'aurait intéressé.

— Et tu trouves ça drôle !

— Qu'est-ce qui nous reste, à part la rigolade ? Parce que je suppose que nos deux bonnes sœurs vont nous entraîner vers le confessionnal avant de nous obliger à fermer boutique. Je me trompe, commissaire Jost ?

— Je ne suis plus commissaire, et la seule confession qui m'intéresse, c'est celle de votre beau-frère. Si vous me dites où le trouver et évitez de le prévenir jusqu'à ce que j'y sois arrivée, je vous laisse laver votre linge sale en famille. Ça vous va ?

Karine Lebouteux s'apprêtait à répliquer, son mari la stoppa dans son élan.

— Je ne sais pas où est Roland, mais la dernière fois qu'il m'a téléphoné, j'ai entendu un bruit de fond, reconnaissable entre mille.

— Et ça donnait quoi ?

— Des cris de mouettes.

Lola pensa qu'il y avait des mouettes même à Paris, mais que pour faire du bruit dans un téléphone, en arrière-plan, il fallait une sacrée équipe de volatiles ; or la mouette parisienne est plutôt une soliste. Elle se tourna vers Ingrid. Celle-ci souriait. Les intempéries, les vilenies, les drames avaient beau faire bande au-dessus de leurs têtes et criailler au vent mauvais, Ingrid gardait son côté gamine. Lola voyait bien qu'elle piaffait déjà d'impatience à l'idée de partir à la mer.

33

Ingrid conduisait depuis longtemps et les fréquences radiophoniques s'effilochaient dans une cacophonie désagréable. Lola fouillait la boîte à gants à la recherche de cassettes.

— Bobby Womack, Stevie Wonder, Dionne Warwick. Que préfères-tu ?

— Tout est bien, tout est funky. Je ne savais pas que Khadidja aimait les classiques.

— Il y a tant de choses qu'on ignore à propos des gens, répondit Lola en glissant *The Very Best of Bobby Womack* dans le lecteur.

Ingrid se mit à chanter en chœur.

Across 110 th street/Pimps trying to catch a woman that's weak/Across 110 th street/Pushers won't let the junkie go free...[1]

— On pourrait peut-être se contenter d'écouter ?

— Je ne peux pas m'en empêcher, Lola. C'est une musique qui rend trop heureux.

Lola se laissa prendre par la chanson, le ronronnement du moteur, le paysage d'autoroute. Elle se rendait compte qu'elles partaient les mains vides, leurs ponts détruits derrière elles, et qu'il leur fallait s'abandonner

1. Sur la 110e Rue, les maquereaux sont à l'affût d'une faible femme / Sur la 110e Rue, les dealers ne laissent pas les junkies en paix...

à la spirale de ce temps mort. Nous sommes dans l'œil du cyclone. Malgré cela, Ingrid trouvait la force de chanter et cette joie faisait du bien.

Lola pensa à ses deux petites-filles et à son fils, là-bas, à Tokyo. Ingrid avait proposé qu'elles aillent barouder aussi loin que cet Est lointain. Qu'elles se rapprochent de la tendresse. Sur le moment, l'idée lui avait paru irrecevable. Aujourd'hui, on partait dans un sens alors qu'on aurait dû filer dans l'autre. Il restait un fouillis à dénouer, emmêlé serré à vous étrangler.

Lola lissa les plis de la robe beige retrouvée. La tenue de Mère supérieure reposait dans le coffre. C'était peut-être le dernier cassoulet en cornette au bord de l'absurde, le dernier baroud avec Ingrid. Après Bobby Womack, l'Américaine exigea Dionne Warwick. Elle avait l'énergie des enfants, des mouettes et des désespérés de bonne qualité.

Lola laissa faire jusqu'à Rennes et, à partir de là, il fallut se concentrer sur l'itinéraire. L'autoroute avait cédé la place à une nationale, les hésitations météorologiques à une solide averse. Après quelques tergiversations, elles réussirent à mettre le cap sur la côte d'Émeraude, celle que racontaient les photos de Roland Montaubert.

— Et une fois là-bas, comment va-t-on le retrouver ? demanda enfin Ingrid comme en écho à ces pensées.

— On va consulter quelqu'un dans ton genre. J'ai ma petite idée.

La pluie se calma avant Saint-Malo. Ingrid s'extasia en découvrant la cité corsaire, fière derrière ses remparts. Un détour par une boutique de téléphonie s'imposa puis par un magasin de vêtements marins, et on se gara aux abords d'intra-muros vers les dix-sept heures. Ingrid voulut humer sans plus attendre les embruns ; alors qu'elle traversait la chaussée, un rayon de soleil troua les nues et le crachin l'enveloppa dans un voile scintillant.

Lola releva sa capuche, étira son corps douloureux et suivit Ingrid. Déserte, la plage du Sillon s'étirait jusqu'aux villas de Paramé, gommées par la brume. Des mouettes veillaient sur leur grève en bandes criardes. Non loin, elle vit une cabine publique. Montaubert avait-il appelé son beau-frère de là, ou s'était-il procuré un nouveau portable ? Et s'il bivouaquait plutôt en Normandie ou sur une plage belge ou même dans le Sud ? Les mouettes se moquaient des frontières. Pour autant, la nostalgie était le trait dominant du caractère du night-clubber et le bel espoir auquel il fallait s'accrocher. Lola laissa Ingrid se repaître de l'air du large puis déclara qu'on se rendait aux Thermes marins.

— C'est à deux pas.

— Vas-tu enfin me dire ce qui nous y attend ?

— Une thalassothérapeute.

— C'est une autre façon de dire légiste ?

— Mais non, Thanatos, c'est une autre histoire. Virginie Le Goff ressuscite les gens, comme toi. Mais à coups d'eau de mer et de boues d'algues.

— Pourquoi en saurait-elle plus que nous sur Montaubert ?

— Parce qu'elle est bretonne depuis plusieurs générations. Et mariée à un flic que j'ai fait muter dans sa belle région alors qu'il dépérissait à Paris. Depuis, les Le Goff m'aiment.

— Pourquoi ne pas le questionner directement ?

— Pour ne pas l'entraîner dans nos ennuis. Je vais demander à Virginie d'interroger sa mémoire et ses relations. Ça marche aussi bien que les fichiers policiers.

Elles durent attendre que Virginie Le Goff ait fini son dernier cataplasme revigorant. Dans la salle d'attente, tournant les pages d'un magazine, Lola aurait apprécié un cataplasme anticataclysmes. Ingrid regardait des poissons danser dans un aquarium de belle taille, ou admirait la mer. La nuit vint effacer la plage et les lampadaires illuminèrent le Sillon.

Virginie Le Goff écouta le récit de leurs mésaventures puis proposa de prévenir son mari, mais Lola insista pour le laisser hors jeu. La jeune femme accepta de se lancer dans une série de coups de téléphone, Lola se rendit vite compte que c'était en pure perte. Virginie Le Goff raccrocha, l'air embêté.

— Personne n'a croisé Roland Montaubert, Lola. Et pourtant, le copain qui tient le café place de la Croix-du-Fief voit passer du monde. Tout ce que j'ai à vous proposer pour le moment, c'est des souvenirs. Ma grand-mère n'a pas oublié la famille Montaubert. Des armateurs aisés. Le fils est parti vivre à Paris. Après son mariage, il a racheté une maison dans la région. Depuis, elle a été revendue à un Américain, on n'a plus revu ni Roland ni sa sœur.

— Une maison sur une île ?

— Oui, une belle propriété dans l'anse de la Gigue. Elle est gardée toute l'année. Les chiens nous cassent les oreilles quand on va se baigner le dimanche avec Louis et les petites.

— J'aimerais que tu continues d'interroger ton monde, Virginie, et que tu me tiennes au courant.

— Vous venez dormir à la maison, tout de même !

— Hors de question. On s'est trouvé un petit hôtel avec vue sur la mer. Crois-moi, ma belle, c'est mieux pour tout le monde, et ne fais pas cette tête-là, ma coéquipière et moi sommes solides.

34

Plusieurs jours avaient passé et si Virginie téléphonait, c'était plus pour prendre des nouvelles que pour en donner. Lola était touchée par sa sollicitude mais aurait préféré du tangible. Elle refusait d'admettre qu'on cherchait des aiguilles dans des bottes d'algues et des étoiles de mer à six branches. Après le ratissage des quartiers de Saint-Malo, elle envisageait de passer Cancale à la question. Des marins aux ostréiculteurs, des cafetiers aux commerçants, des hôteliers aux loueurs de voitures. Si les mouettes ayant agacé les oreilles de Georges Lebouteux étaient bien des oiseaux pélagiques et bretons, on finirait par dénicher l'homme du monde, par le survoler avant de fondre sur lui en piqué.

Ingrid voulut faire un détour par la pointe du Grouin. Il fallut la suivre sur un sentier battu par les vents. Le ciel offrait un bleu ardent, strié de nuages en cavale. Abasourdie par le spectacle, elle bêtifia un peu en nourrissant à la galette bretonne une mouette à la fois insolente et timide. Lola engloutit son gâteau sans en céder une miette. Accroupies dans les roches, au bord du précipice, elles se laissèrent rasséréner par l'immensité. Elles se levèrent en même temps pour repartir vers la voiture.

Ingrid se gara sur le parking du port et déclara que c'était dommage.

— Quoi donc ?

— Imagine des fouineurs cachés partout, prêts à filmer nos émotions, nos extases. Le genre paparazzi mais spécialisés dans les gens ordinaires comme toi et moi. Tu sais ce qui s'est passé récemment à Taïwan ?

— Comment le saurais-je ? Je suis un peu occupée entre deux émotions et trois extases.

— Une pauvre femme voulait en finir.

— Avec la vie ?

— Avec quoi d'autre ?

— Je ne sais pas, son percepteur, son plan de carrière, ses régimes successifs...

— Elle avait décidé de se noyer. Mais elle s'est empêtrée dans la rive boueuse de la rivière et ne pouvait plus bouger. Des passants ont fini par la découvrir. En moins de temps qu'il n'en faut pour dire « souriez, vous passez à la télé ! », les reporters rappliquaient et la filmaient sous toutes les coutures en la mitraillant de questions. Ce genre de fait divers me colle une trouille du tonnerre !

— Embourbons-nous dans les parcs à huîtres pour faire un test, si tu veux.

— Ne me dis pas que tout ça ne t'inquiète pas !

— Tes peurs sont plus sophistiquées que les miennes. Et nous avons du boulot...

Elles passèrent les commerces au crible, posèrent les mêmes questions, et ne récupérèrent aucune information. On pique-niqua sur un banc, d'une baguette au levain et d'une andouille de Guéméné, en admirant le Mont-Saint-Michel que les nuages avaient eu la bonté de libérer. Puis Lola déclara que le vent du large lui avait creusé l'appétit et que quelques huîtres s'imposaient pour se sentir vraiment contente. Et peut-être même un muscadet pour faire glisser la joie.

— Profitons-en avant que les caméras ne nous dénichent.

— *Give me a break, will you ?*

Quelques ostréiculteurs avaient monté des stands modestes dans un petit marché. Elles se séparèrent pour faire leur choix et questionner le plus de gens possible, puis se retrouvèrent sur la jetée où elles s'assirent à même le macadam, jambes pendantes au-dessus des parcs à huîtres. Lola déballa un couteau et ouvrit ses creuses N° 3, pendant qu'Ingrid s'attaquait aux N° 2. Puis elles entamèrent leur dégustation, jetant les coquilles vers les parcs où des milliers de conques attendaient de devenir de beaux fossiles.

— Décidément, personne ne sait rien, lâcha Ingrid la bouche pleine.

Pourtant, elle ne semblait pas démoralisée ; Lola sentait que sa compagne aurait pu passer le printemps, l'été, l'automne en Bretagne nord. Et peut-être l'hiver. Cette grande fille toute simple avait bien moins peur des tempêtes que des caméras.

— Oui, pas de chance, dit Lola en lorgnant les devantures des cafés.

Il fallait tout de même penser à l'estaminet où l'on irait rincer la joie. Elles terminaient leur troisième douzaine lorsqu'une femme s'approcha. Lola reconnut l'une des ostréicultrices, qui demeura bras croisés, à observer le ciel changeant, et laissa venir. Ce n'était pas le moment de gâcher l'ambiance d'osmose et d'abandon.

— Tout à l'heure, vous m'avez demandé si j'avais vu ce chauve costaud et au beau regard vert. Je n'aime pas jaser devant mes collègues, alors je n'ai rien dit.

— Allez-y, on vous écoute. C'est très gentil à vous de nous aider.

— Mais je ne voudrais pas créer d'ennuis à quelqu'un que je ne connais pas.

— Roland est le mari de ma sœur. Il refuse de payer la pension alimentaire. Je pense qu'il se cache chez une petite amie dans la région. J'aimerais arranger ça à l'amiable. Je m'entendais bien avec lui, dans le temps.

Lola s'était exprimée d'une voix étale, adaptée à une grève beige couverte d'huîtres vides. Rien ne tranchait par rapport à l'atmosphère du port, les bateaux aux coques pimpantes, le ciel et les nuages si propres. Et moi qui mens si bien. Dire que dans une autre vie, j'avais horreur de ça.

— Je comprends, reprit l'ostréicultrice. J'ai eu les mêmes ennuis.

— Oui, ce n'est facile pour personne.

Lola sonnait d'autant plus juste qu'elle exprimait ce qu'elle ressentait. Elle compatissait. Je mens, je dis la vérité ; en alternant, on est moins à contresens de soi. Elle se revit au bord du bassin de Saint-Félicien, dans les odeurs de Thanatos, soutirant des informations à Victor Massot et à Framboise, en oubliant de s'intéresser à eux. N'avait-elle pas toujours agi ainsi durant sa carrière de commissaire ? Curieux de s'apercevoir qu'on peut changer à tout âge, au lieu de finir comme une vieille coquille.

— J'ai vu cet homme au *Relais des Embruns*.

L'ostréicultrice désignait un petit café-restaurant aux murs ocre.

— Il était avec Bastien Kernel, le brocanteur. Ça avait l'air de négocier sévère. Il faut dire que Kernel est retors.

— On le trouve où ?

— Il a un hangar sur la route de Saint-Servan. Mais ne comptez pas sur lui pour vous dire où loge votre beau-frère.

— C'est bien ma chance.

— Vous aurez plus de résultats avec Thomas.

— Qui est-ce ?

— C'est l'apprenti, le chauffeur, l'homme à tout faire de Kernel. Si vous lui donnez la pièce, il vous aidera. Kernel le paie à peine et Thomas a deux jeunes enfants.

Lola insista pour inviter l'ostréicultrice à prendre un petit blanc au *Relais des Embruns*. Bernadette donna une description de Kernel et de son apprenti puis on passa à autre chose. Lola l'écouta lui raconter ses impayés et ses désamours. Pour faire bonne mesure, elle y alla de quelques révélations sur son ex-époux. Un Anglais qui aimait trop le jazz et les femmes. Ingrid se contenta d'écouter, elle n'avait pas envie de s'attarder sur les hommes et leurs virages à trois cent soixante degrés.

On reprit la route en direction de Saint-Servan. Lola questionna quelques passants et dénicha le hangar. Une camionnette était garée devant le bâtiment, portière arrière ouverte. Ingrid se gara au bord d'un champ où broutait un gros cheval noir. Deux hommes, à n'en pas douter Bastien Kernel et Thomas, sortirent une commode du hangar et la chargèrent dans le véhicule. L'apprenti prit le volant, et Ingrid la filature en expliquant à une Lola désormais blasée qu'elle avait vécu une scène similaire à Cuba. La tournée les emmena vers plusieurs demeures dans la campagne.

Elle se termina à Saint-Malo dans le port de Saint-Servan. Kernel et son apprenti se séparèrent sur une livraison de buffet. Le brocanteur gravit un sentier à flanc de falaise qui menait à un restaurant. L'apprenti reprit le volant. Elles le suivirent jusqu'à la mairie puis dans une ruelle où il trouva à se garer. Pendant qu'Ingrid cherchait une place, Lola fila le jeune homme qui pénétra dans un immeuble. L'une des boîtes à lettres appartenait à un Thomas Le Cornec.

La porte s'ouvrit sur une odeur de rôti. Une serviette de table en main, un garçonnet dans ses jambes de pantalon, il avait un regard franc et direct. Lola lui raconta sans hésiter l'histoire du beau-frère mauvais payeur. Il l'écouta en caressant la tête de son fils, l'air d'approuver sa démarche. Elle lui donna deux billets de cent euros, et il lui apprit qu'un sexagénaire chauve et chic, nommé Martin, avait vendu deux marines françaises du

XVIIe siècle à Bastien Kernel ; une excellente affaire, le client était pressé, mais il ignorait où habitait ce monsieur Martin. La vente s'était faite la semaine passée, et s'était réglée sans anicroches, livraison discrète au hangar, paiement en liquide. Détail surprenant : le chauve chic se déplaçait au moyen d'une vieille Mobylette.

Lola insista et comprit que le jeune homme lui avait dit tout ce qu'il savait. Ils échangèrent des promesses de discrétion mutuelle vis-à-vis de Kernel.

À peine dans la rue, Ingrid laissait fuser une question.

— Tu ne trouves pas qu'il nous a renseignées facilement ? Notre air engageant suffit rarement, d'habitude.

— Il a cru à notre histoire. Je mens à merveille quand je veux.

— D'accord, mais tout de même !

— C'est une question de timing.

— Comment ça ?

— Thomas Le Cornec a besoin d'argent. Mais il n'est pas fou et tient à son job. Il sait que les flics ont autre chose à faire que de pincer les petits brocanteurs de France et de Navarre. J'en déduis que les tableaux proposés par Montaubert étaient de bonnes pièces, mais sans plus, qu'ils sont déjà revendus et intraçables.

— Mais où a-t-il déniché ces deux marines ? Son appartement est spartiate. Sa maison familiale a été vendue à un de mes compatriotes…

— Bravo, Ingrid. La bonne question, c'est celle-là. Et puis, il y en a une autre. Que compte-t-il faire de cet argent ? J'ai ma petite idée. Sans passeport, les liquidités aident pas mal à prendre le large.

— Pourvu qu'on n'arrive pas trop tard !

— C'est bien pour ça qu'il va falloir cogiter dur, Ingrid.

35

Elles reprirent la direction de Cancale, en fin de journée. Lola comptait dénicher l'anse de la Gigue, histoire de renifler l'ancienne demeure des Montaubert. Elles se garèrent en bord de route. Les nuages étiraient une incandescence fugitive, dernier cadeau d'un soleil à l'abandon dans la mer grise. Après une barrière de dunes, la plage se déployait en arc doux, entre deux surplombs de falaise. Malgré le vent, une famille s'attardait. La mère semblait plongée dans la contemplation du couchant. Le père et sa fillette jouaient avec leur chien, un setter tout feu tout flamme.

La propriété, bordée de pins, se composait de plusieurs bâtiments et avait une allure de fort sur son amas rocheux. Emprunter le sentier douanier permettait de l'observer du dessus. Elles y accédèrent par un raidillon qui fit souffler Lola, traversèrent une zone broussailleuse et débouchèrent dans une lande piquetée de bruyère. Les remparts et les façades aux volets clos rougissaient sous le couchant. Le rond clair d'une antenne parabolique tranchait sur la toiture d'ardoise. Ingrid s'approcha de la falaise. La famille était toujours sur la plage. La mère faisait des signes en direction des deux garçons bloqués sur l'île, et le setter l'encourageait en jappant. Les gamins firent la traversée, les vêtements en boule sur la tête. L'eau leur monta jusqu'aux aisselles.

Ils se précipitèrent vers la maman qui tendait des serviettes. Elle commença par frictionner le plus jeune.

Lola proposa de faire quelques pas. Elles attendirent que le soleil disparaisse dans la Manche avant de rebrousser chemin et de récupérer la voiture pour rentrer à l'hôtel. Lola appela Virginie et lui raconta l'épisode Kernel pour qu'elle continue son enquête à partir de cette nouvelle donne. Puis elle téléphona à Diego. On avait retrouvé Adam None dans la rue, endormi sur un banc, non loin de l'hôpital. Grousset l'avait relâché après les témoignages de membres du personnel ayant certifié sa présence à Saint-Félicien au moment de la mort d'Alice. Antoine Léger lui avait déniché un gîte dans un dispensaire municipal. Adam s'était enfui, ne supportant pas la promiscuité, ou de dormir en dortoir. Diego lui avait alors permis de rejoindre la zone X, en attendant mieux. Antoine Léger lui rendait visite, avec son chien, en espérant le faire sortir de sa bulle. Les animaux étaient interdits dans les hôpitaux et il avait fallu ruser. Le psychanalyste pensait que son dalmatien avait un effet apaisant sur Adam. Lola tenta de rassurer Diego quant à la dangerosité de leur séjour breton, confirma qu'on avait vu Montaubert à Cancale mais que pour le moment il restait introuvable.

Ingrid se sentait d'humeur flottante. Était-ce la fatigue de cette nouvelle journée de recherche, le vent qui ne lâchait jamais, ou l'inquiétude qu'elle percevait chez Lola mais que l'ex-commissaire hésitait à exprimer ? Comme point d'ancrage à ses pensées, elle suggéra de chercher un refuge chaleureux pour finir la soirée. Lola proposa de rallier Saint-Servan à pied et de dîner dans le restaurant où Kernel avait disparu après ses livraisons.

Elles avancèrent contre le vent, longèrent les remparts, durent patienter pendant qu'un bateau franchissait l'écluse. Ingrid pensa aux deux gamins obligés de se tremper jusqu'aux épaules pour rejoindre leur famille. Puis elle vit Roland et Karine, enfants, faire la même chose pour aller jouer sur la plage de la Gigue.

— À quoi penses-tu, Ingrid ?

— Aux enfants qui se laissent surprendre par la marée.

Arrivées dans le port de Saint-Servan, elles gravirent un escalier taillé dans la falaise, remontèrent le sentier qui menait au *Vieux Malouin*. Lola se tourna en souriant : le vent rabattait d'alléchantes odeurs. La déception fut à la hauteur des espérances : le restaurant affichait complet.

En redescendant vers le port, Lola avait la mine sombre, et semblait transie. Elle ralentit devant quelques barques amarrées. Les coques grinçaient sous le vent. Ingrid eut l'impression qu'elle lui faisait de silencieuses confidences. Elle était épuisée, physiquement et mentalement. Sa famille lui manquait. L'affaire Bonin prenait des allures de quête inutile. On se retrouvait au bout des terres et au bout de soi dans un état proche du vide. Seul subsistait un vague espoir d'extraire sa vérité à Montaubert. Comme son venin à un serpent caché sous une pierre, dans l'immensité d'une côte rocheuse.

Une porte claqua. Un homme sortait d'un immeuble, son chien en laisse. L'homme et la bête s'éloignèrent. Ingrid ressentit de nouveau le léger vertige éprouvé près de l'écluse. Elle ramassa un caillou et le lança dans l'eau. La lune dessina les ronds d'argent. Ingrid recommença. Et recommença. Chargé d'électricité, son corps était en manque du *Supra Gym*. Elle enfonça enfin ses mains dans ses poches et se tint tranquille. Lola, demeurée immobile pendant cette séance de défoulement, proposa d'aller manger des moules dans le premier rade venu. Elles partirent vers une rangée de bistrots, croisèrent l'homme au chien qui rebroussait chemin. Et l'idée tomba sur Ingrid.

— Les chiens n'ont pas aboyé, Lola !

— Donne-moi le synopsis, Ingrid. C'est un nouveau fait divers taïwanais ?

— La plage. La famille avec le setter. Les enfants trop occupés à jouer sur l'île pour penser à la marée montante. Ils auraient dû ameuter les chiens de garde. Virginie nous a bien dit qu'on les entendait aboyer le dimanche !

Lola prit le temps de digérer l'idée puis désigna le chemin du retour. Celui de l'écluse, de l'hôtel, et sûrement de la voiture de Khadidja. Elle partit à vive allure. Ingrid saisit un nouveau caillou et le lança de toutes ses forces vers le large, avec un cri de joie. Puis elle rejoignit Lola au pas de course.

36

Dès la sortie de la ville, le brouillard s'était mis de la partie et les phares n'arrivaient pas à trouer la barrière de coton jaune. Elles se trompèrent de plage, firent plusieurs demi-tours, finirent par localiser l'anse de la Gigue. Une fois les phares éteints, le coton jaune disparut mais, les lampadaires ne fleurissant pas dans le sable, le monde entier se volatilisa avec lui.

Elles progressèrent à pas lents en se tenant la main. Ingrid se souvenait de plaques de béton, un barrage contre l'effritement des dunes. Elles furent vite au bord des vagues, marée haute oblige. Un nuage glissa, libérant la lune. Elle n'était ni pleine ni menaçante. C'était un croissant pacifique qui leur permit, avec un peu de patience, de discerner la coque claire d'une barque amarrée à gauche de l'île.

— Je vais la récupérer et revenir te chercher.

— Tu seras glacée !

— Quel intérêt de se mouiller à deux ?

L'argument avait la beauté de l'évidence. Ingrid empila promptement ses vêtements et les confia à Lola, qui frissonna de froid et d'admiration lorsqu'elle s'immergea sans hésitation – avec la geisha et tous les poissons foldingues – et nagea vers l'île. Les nuages revinrent. Bientôt, on ne discerna plus sa tête blonde. Surtout, ne pas penser à des histoires de malaise et d'hydrocution. Pour la première fois de son existence, Lola Jost se sentit soulagée d'avoir raté un repas gastronomique.

L'attente lui parut interminable. La barque, comme le reste, s'était évaporée dans l'obscurité. Le vent, qui ne laissait jamais ce pays tranquille, montrait qu'il raffolait de la nuit. Il excitait les vagues qui se fracassaient sur l'île en salves rageuses.

L'Américaine avait disparu depuis un bon quart d'heure. C'était bien trop long pour crapahuter en tenue d'Ève par une nuit pareille. Et puis une mauvaise rencontre arrivait vite dans la brume, on se retrouvait esbaudie avant même d'avoir lâché un cri. C'est avec une joie rare que Lola la vit revenir. Elles tirèrent la barque sur le sable puis Lola frictionna son amie avec la serviette empruntée à l'hôtel, l'aida à se rhabiller. Ingrid, ses dents jouant des castagnettes, mit du temps à articuler qu'elle n'avait vu personne. Entendu ni chien ni maître.

Elles ramèrent en duo. L'île était proche mais la mer s'amusait à tripler le parcours avec les hauts et les bas de ses ganses liquides et vicieuses. Son estomac tanguant au rythme du roulis, Lola pensa soudain qu'elles pourraient se tromper de cap et partir vers le large. *Partir* prendrait alors une force inouïe. Elles partiraient si loin que jamais on ne les reverrait…

Après un rude accostage pour leur modeste embarcation, Lola faillit baiser la roche dans une gestuelle papale mais se retint. L'heure n'était plus aux simagrées, mais à l'inattendu. Si on trouvait demeure vide, il faudrait déclarer forfait. Certes, nature semblait rimer avec bon augure, cette nuit. Brillant à la verticale du toit, la lune désignait la demeure. Les pins résistaient solidement au vent, et si les girouettes couinaient dans la tourmente, leur voix n'avait rien de lugubre.

Mais si une vraie tempête menaçait ? Si elle immobilisait son monde sur ce piton d'autant plus étroit qu'il serait mal fréquenté ? Les craintes de Lola s'atténuèrent lorsqu'Ingrid lui attrapa la main pour gravir le sentier caillouteux.

Le portail de bois montrait de solides ferrures.

— Tu te sens d'attaque pour qu'on escalade le mur ? questionna Ingrid.

— Fais-le donc et ouvre-moi le portail de l'intérieur.

— Et s'il ne s'ouvre qu'avec une clé ?

— Le Grand Horloger est en croisière à Honolulu mais la déesse de la Mer a pris le relais et veille sur nous. Et Mère Lune également. Je lui ai tout raconté. Elle nous soutient.

— Tu es sûre que tout va bien ?

— Pas d'inquiétude. Parfois la mer me saoule mieux que le vin.

— Tu me vois rassurée.

Les anfractuosités d'un mur ancien servirent de marches. Lola songea que le vent allait peut-être arracher Ingrid à son perchoir mais l'amie tint bon et sauta souplement de l'autre côté. Elle débloqua le portail dans un grincement métallique si discret qu'on ne le différenciait guère d'un couinement de girouette. Elles attendirent que mère Lune et ses nuages coulissants leur expliquent le paysage, repérèrent deux dépendances à droite de l'imposante maison de maître. La porte de la première n'était pas verrouillée. Elle révéla une réserve à bois et à victuailles. Et une Mobylette déglinguée. Elles échangèrent un sourire complice en souvenir du chauve chic sur sa vieille pétrolette mentionnée par Thomas Le Cornec.

Elles s'orientèrent vers le second bâtiment. Les bourrasques masquèrent l'odeur qu'elles ne découvrirent qu'après avoir pénétré dans les lieux.

— Attention ! prévint Lola avant d'utiliser sa lampe de poche. Évite de crier.

Le rond de lumière révéla une Ingrid aussi raide qu'une rame qui plaquait son col sur sa bouche et son nez. Et le corps d'un vieillard, portant un caban terreux, recroquevillé sur un lit. L'arrière de sa tête montrait du sang coagulé. Lola s'avança, se pencha. Les yeux mi-clos du mort étaient déjà vitreux.

— Il est là depuis plusieurs jours.

Ingrid désigna la soupente. Lola éclaira deux chiens. Des labradors massacrés.

Dans un buffet, elle trouva une boîte de cinquante cartouches Sellier et Bellot, intacte ; un rectangle dans la poussière révélait qu'elle avait eu une sœur jumelle. Aucune trace de l'arme assortie aux munitions.

— Il a une 22 long rifle. On n'a pas droit à l'erreur.

— *Yeah, I know.*

— On ne fait pas plus de bruit que sur du velours.

— Entendu.

— On réfléchit avant la moindre initiative. On se concerte à voix basse.

— Pas de problème.

Elles ressortirent, anesthésiées. La morsure du vent glissa sur elles. Dans ce noir de four, le corps du vieux gardien flottait sur leur rétine. La porte de la maison s'ouvrit sur le silence, sur une odeur âcre. Où était l'Américain ? Est-ce qu'on lui avait réglé son compte à lui aussi ? Et peut-être à sa famille. Lola réprima un frisson et reprit ses esprits. Ce n'était qu'une odeur d'humidité, d'abandon. À l'évidence, cette maison ne sentait que la solitude.

Le damier de marbre du vestibule, une profusion de tableaux, de beaux meubles. Un vaste salon sur la gauche et une cuisine sur la droite. Elles firent le tour de la cuisine en douceur. Une assiette, une poêle dans un égouttoir, du pain encore frais emballé dans un torchon, quelques produits dans le réfrigérateur. Elles revinrent sur leurs pas, traversèrent la salle à manger et dans le salon repérèrent deux rectangles plus clairs sur le papier peint fané.

— Les marines, chuchota Ingrid.

— Ça m'en a tout l'air.

— Tu crois qu'il est à l'étage ?

— Sûrement. Il est là depuis plusieurs jours, il doit préférer dormir dans un lit.

— Et s'il se cache au grenier ?

— Pour quoi faire ? On n'entend rien depuis un grenier. Allez, on monte.

— Tu crois ?

— L'objectif, c'est de lui piquer sa carabine. Soit on le ferre tout de suite, soit on prend notre mal en patience.

— C'est-à-dire ?

— On se fait plus silencieuses que la nuit. Mais on le réveille en chanson à l'aube.

— Et si on demandait plutôt du renfort ? Ce salaud vient de tuer un homme !

— Pas question d'impliquer Louis Le Goff. Il se retrouverait coincé entre le respect qu'il doit à ses supérieurs et son amitié pour moi. J'ai vu des carrières congelées pour moins que ça.

— On pourrait lui passer un coup de fil anonyme.

— On pourrait.

— Mais ce n'est pas comme ça qu'on apprendra qui a suicidé Alice.

— Tu me sors les mots de la bouche, Ingrid. Bon, préparons le plan B, en cas de coup de grisou.

— C'est un ours français ?

— Non, c'est moins franc du collier.

— Tu m'expliqueras tout ça à tête détendue.

— Je t'expliquerai tout à tête *reposée*, dans un futur plus ou moins proche. Pour l'instant, et une fois là-haut, plus un mot.

— Bien sûr ! Tu me prends pour un amateur ?

— Ne me dis pas que tu es déjà entrée par effraction chez quelqu'un à Honolulu, Vladivostok ou Ouagadougou !

— Non, à Osaka et c'était pour la bonne cause et...

— On causera de ça plus tard. Avec la tête qu'on aura, reposée ou pas. Après le coup de grisou et l'attaque du grizzli, l'adieu aux armes et aux larmes, et la fin des hostilités. Entendu ?

— *OK ! Alright !* Ne nous énervons pas ! répliqua Ingrid en faisant le signe de la paix.

Elle retourna à la cuisine fouiller les placards. Elle prit le temps de faire l'inventaire, pendant que Lola hésitait devant un rack et ses couteaux de cuisine. L'ex-commissaire déclara qu'elle ne se sentait pas le talent de Jack l'Éventreur ; on allait devoir trouver un autre moyen de défense. Ingrid avait une idée qui n'exigeait que l'utilisation d'un fer à repasser, d'une banale marmite, d'un jerrycan d'alcool à brûler et d'un briquet – toutes munitions dont on disposait. Elles installèrent le matériel sur la table.

L'escalier de bois s'obstinait à raconter l'histoire de deux intruses dans une maison occupée par un tueur armé. D'instinct, elles se calèrent sur le rythme de la mer, firent coïncider chacun de leurs pas avec la mort d'une vague. Elles mirent un temps infini à gravir les marches, et débouchèrent dans ce qui devait être un corridor. Le sol était moquetté. Elles s'allongèrent l'une près de l'autre.

Une bonne heure passa puis Ingrid s'endormit. Lola la secouait régulièrement pour empêcher que sa respiration ne devienne sonore, d'autant que le hululement du vent ne se manifestait plus que par intermittence. Lola songeait aux mille vies d'Ingrid, d'Osaka à Mexico. Aux navigateurs qui rentraient au port malgré l'heure tardive, aux vacanciers qui avaient eu le bonheur de jouer en toute quiétude avec leurs enfants et leur chien sur une belle plage paisible. Au gardien qui ne jouerait plus avec ses labradors, à Richard Parisy qui pétrissait peut-être sa pâte, à Adam None qui dormait dans sa zone X du sommeil du baleinier épuisé, à Maurice qui pleurait sans doute Alice, seul dans son appartement de la rue des Écluses-Saint-Martin. Lola ne savait plus si elle y pensait depuis des heures ou depuis cinq minutes. Et d'ailleurs l'utilisation du verbe penser était trop audacieuse. Il s'agissait plutôt d'un brassage de confusions. Des données approximatives roulant comme galets sous la ferveur du ressac. Elle se retourna prudemment. Peut-être le sommeil lui donnerait-il sa chance, après une rotation sur la droite.

Sur la droite, c'était pire que sur le dos, chaque inspiration extirpait une colonie d'acariens de son pays de laine poussiéreuse. La maison semblait entretenue, ses beaux meubles brillant de mille coups d'encaustique, comme *Chez Lulu* mais en plus chic. Pour autant, le dernier passage de l'aspirateur ne datait pas d'hier. Où était le propriétaire ? Pourquoi vivait-il ailleurs alors qu'il possédait une si belle demeure ? L'endroit idéal pour s'isoler avec quelques puzzles de compétition et une bouteille de porto. Grâce à l'évocation de cette boisson chaleureuse et réconfortante et ancestrale, Lola réussit à calmer le roulis de ses vagues intérieures et glissa dans le sommeil.

37

I can't get no satisfaction ! Malpoli, fais-moi taire cette sacrée guitare ! s'apprêtait à tempêter Lola, les yeux écarquillés sur un paysage de corridor noir et blanc et gris, quand elle réalisa ce qui se passait. Le téléphone sonnait en crescendo dans son sac banane. Il faisait jour. Elle pouvait se servir à nouveau de ses yeux. Et elle n'était pas la seule.

— *Fuck !* rugit Ingrid.

Des pas de course sur leur droite. Elles dévalèrent l'escalier. Déflagration. Rambarde arrachée. Un projectile rasa l'épaule de Lola. Elles filèrent à la cuisine. Lola alluma le briquet, le jeta dans la marmite. L'alcool s'embrasa alors que le tireur arrivait. Il ne vit plus que les flammes. Ingrid chargea, fer à repasser en avant, et lui cogna l'arrière du crâne. Il lâcha sa carabine en hurlant, tomba à genoux.

Ingrid repoussa l'arme d'un coup de talon, attacha Montaubert avec une rallonge électrique. Lola étouffa le brasier et attendit que sa respiration se calme avant de lâcher ses questions.

— Tu t'es fourré dans un pétrin abyssal. Le gardien, pourquoi ?

— Un accident. J'en suis... malade.

— Cette bonne blague !

— Je croyais le surprendre... sans faire... de dégâts. J'avais gardé la clé.

— Pendant toutes ces années ! ?

— Calder n'a rien modifié. Ni la déco… ni les serrures.

— Calder ?

— Le propriétaire.

— Bon, continue.

— J'avais pris la carabine. Le gardien nourrissait les chiens. Je les ai abattus. Mais lui… je ne voulais que l'assommer. J'ai frappé… au mauvais endroit. Il est mort sur le coup.

Il essaya de se redresser, changea vite d'avis.

— Le gardien, c'est peut-être un accident, mais tu nous as bel et bien canardées.

— Vous êtes deux furies !

— Et toi un agneau.

— Depuis le début, vous vous acharnez ! Qu'est-ce que vous me voulez au juste ?

— Les questions, c'est mon rayon. Tiens, celle-là par exemple : où est Calder ? Tu l'as *accidenté*, lui aussi ?

— Calder n'est jamais là. Il a tout acheté en bloc, jusqu'au linge brodé à nos initiales, mais… il se fout de cette maison. Il en… a d'autres.

— Tu as vendu les marines au brocanteur Kernel pour t'échapper sans passeport. Ça, c'est une affaire entendue.

Il la dévisagea, l'air surpris, mais l'opération sembla lui coûter. Lola ne se souvenait pas d'avoir croisé homme plus fatigué.

— Vous travaillez pour elle, marmonna-t-il.

— Qui ça, *elle* ?

Il marqua encore un temps d'arrêt, avec ce même air de découvrir la lune, celle des mauvaises marées mentales. À moitié cabossé, il se payait encore leur tête !

— La déesse de la Mer, la reine des furies, sainte Marie-Thérèse des Branquignols ? TU VAS ME LA CRACHER, TA VÉRITÉ !

Le visage de Lola avait viré à la fraise de Plougastel. Ça inspira Ingrid, qui se confectionna un air de psychopathe, avança en caressant la semelle du fer. La stratégie fonctionna.

— Vous ne travaillez pas pour la ministre Plessis-Ponteau ? lâcha-t-il.

— Pas que je sache ! grogna Lola.

— C'est à cause de Simon.

— D'où sort-il celui-là ?

— Simon, le fils d'Hélène.

— Celui qui a un problème de poudre ? Que Plessis-Ponteau a révélé à la télé pour limiter la casse ?

Lola réfléchissait à toute allure. Mireille avait suggéré qu'Alice touchait à la dope. Elle avait fréquenté un temps un dealer. Techniquement, elle était morte d'overdose. Mireille et Alice faisaient leur numéro dans des soirées bien pourvues et un junkie avait attaqué Alice avant de s'en prendre à Montaubert.

— C'est toi qui fournissais le gamin Plessis-Ponteau, et Alice ?

— Vous n'y êtes pas. Je ne touche pas à ça.

— Ta sœur affirme que tu monnayais de l'information, mais tu es peut-être polyvalent.

— Plessis-Ponteau, c'était... le coup de ma vie.

Lola lui trouva soudain la voix rêveuse. S'était-elle trompée à son sujet ? Cet homme n'était peut-être pas un banal cynique. Sa vie était réglée au quart de tour. Les rites du monde de la nuit, l'appartement spartiate rue Truffaut, les longueurs de bassin à la Jonquière. Une belle discipline pour s'offrir un retour en beauté, le moment venu ?

— Je la connais depuis le collège. Hélène était une élève sans brio mais elle avait... un père député... des relations. Ascension sans faute. Une gamelle au moment de l'affaire du sang contaminé. Elle a été relaxée. Dans ce pays… on pardonne tout aux politiques, même… à ceux qui ont les pires… casseroles aux fesses. Mais si un homme d'affaires commet une erreur, une seule, il est… foutu.

Il s'interrompit. Son visage était d'une pâleur malsaine.

— Ton père ? demanda Lola pour le remettre sur les rails.

— Ses amis l'ont traité… en pestiféré, ses ennemis lui ont maintenu la tête sous l'eau. C'était… un homme d'honneur, il a tiré sa révérence.

Il était en sueur. Ingrid n'y était pas allée de main morte avec son arme domestique. Lola remplit un verre d'eau, l'aida à boire.

— Revenons au coup de ta vie. Tu développes ?

— On voulait filmer Simon… en pleine défonce. Et menacer… Hélène.

— De quoi ?

— De vendre aux télés.

— Tu vois une chaîne hexagonale se mouiller pour une histoire de gamin défoncé ? Ça fait Watergate d'occasion.

— Il y a les chaînes étrangères. Certaines… n'auraient aucun scrupule à tourner une présidentiable en ridicule. Et ça, Hélène… l'aurait vite compris.

— *L'aurait* ? Tu veux dire que ça n'a pas marché ?

— Eh non.

— Pourquoi ?

— À cause des conneries… d'Alice.

— Elle était dans le coup ?

— Mireille et elle… devaient… s'occuper de Simon.

— L'amener à se défoncer ?

— Oui, et l'idée de s'envoyer Madonna et Britney en même temps plaisait au gamin. Alice a tout foutu en l'air. Elle est partie… avec la vidéo. Elle a fait prévenir Hélène Plessis-Ponteau.

— Voilà pourquoi votre ministre a fait son *coming out* en direct, commenta Ingrid d'un ton rêveur. Ça devient vraiment comme chez nous.

— Oui, ça se globalise dans tous les sens, soupira Lola.

Comment avait-il pu croire qu'un haut fonctionnaire de la trempe et de la résistance de Plessis-Ponteau se laisserait manipuler ? Qui plus est par un joueur solitaire, armé de sa morgue et de deux gamines.

— Ça s'est passé quand ?

— Il y a six mois.

— Où est cette vidéo ?

— Alice m'a dit qu'elle l'avait détruite. De toute façon… elle n'a plus aucune valeur.

Mireille était prête à tout pour Montaubert. Mais Alice ? Pourquoi s'était-elle embarquée dans une histoire aussi bancale ? Soudain, Lola eut la sensation que les vagues s'échinant sur l'île venaient de lui laver le cerveau.

— Alice ne savait pas.

— Ne savait pas… quoi ? demanda-t-il comme si c'était sa dernière question avant un sommeil de plusieurs siècles.

— Que c'était le fils Plessis-Ponteau.

— Bien vu… madame Jost.

— C'est Simon qui lui a révélé son identité. C'est ça ? Pour l'éblouir, sans doute. Alice a vite percuté.

— En un clin d'œil.

— Elle a voulu sortir de cette combine insensée. Parce qu'elle était beaucoup moins bête que tu ne le croyais. C'est pour ça que tu l'as tuée ?

— Ça aurait servi à quoi ? Quand on a perdu… il faut savoir l'admettre.

— Comme ton père ? La différence, c'est que l'homme de principes que tu dépeins n'aurait jamais frappé un vieillard pour deux tableaux et une planque, lui.

Il ne répondit pas mais son regard se perdit vers la baie vitrée et dans le fracas des vagues.

— Tu voulais fuir en Angleterre ou en Irlande, reprit Lola. Tu as fait appel à un passeur.

Tu l'attends depuis des jours. Et tu n'en peux plus. Tu dis que tu n'as pas tué la petite. Comment savoir ? Elle changea d'angle d'attaque.

— Parle-moi de la soirée dans l'immeuble désaffecté, du type avec qui tu t'es battu. C'était au sujet de Simon Plessis-Ponteau ?

— Quel type ?

— D'après Mireille, un junkie.

— Je ne vois pas.

— Les deux petites portaient de ravissantes tenues en latex liquide. Il pleuvait de la dope. Les gens chic se mêlaient à une faune interlope, comme on disait à l'époque de mes premières années dans la police.

— Je ne me souviens pas.

— Le duo Madonna-Britney, tu l'utilisais souvent ?

— Je gardais l'idée pour Simon. Il les avait vues se produire... en tout bien tout honneur. Et ça le travaillait. J'attendais... mon heure.

Lola eut chaud au cœur tout à coup. *Je gardais l'idée*. La preuve qu'Alice n'était pas coutumière du fait ? La preuve qu'elle préférait la Papouasie à la Floride, le canoë à la Rolls ?

— Mireille m'a pourtant bien parlé d'un P-DG allemand ?

— Il n'y avait que Mireille sur ce coup. Alice n'a été... partante... qu'une seule fois. Pour Simon. Un fiasco.

— Et les fleurs, le champagne, les boudoirs rosés, le bain moussant de luxe, insista Lola. On a retrouvé tout ça à l'*Astor Maillot*. Moi, ça m'a évoqué ton style.

— Je ne peux rien prouver... j'étais seul chez moi. La seule personne qui aurait pu trouver un intérêt à la disparition d'Alice, c'est Hélène Plessis-Ponteau.

— Pour ensuite exiger que la police mette le paquet sur l'affaire ?

— Un écran de... fumée.

— Non, ça ne tient pas. Pour désamorcer ta bombe, Plessis-Ponteau a trouvé la meilleure stratégie. Elle en a fait un pétard mouillé en révélant la vérité aux médias. Je la vois très mal éliminant Alice par la suite. Parce que dans cette perspective, la vidéo *désamorcée*, qui montre Simon en compagnie d'une fille suicidée, redeviendrait une arme. Fatale, cette fois. Les télés le tiendraient, leur Watergate à la française. Tu me suis ?

— C'est bien vous qui avez été séquestrées, non ?

— Avignon et Orléans sont très probablement à la solde de Plessis-Ponteau, je te l'accorde. Mais comment expliques-tu qu'ils aient voulu nous soutirer le nom du commanditaire d'Alice ? Autrement dit, ton pedigree ? En toute logique, ils auraient dû l'obtenir d'Alice avant de l'éliminer.

— Tu avais tout intérêt à la supprimer, intervint Ingrid. Elle pouvait te dénoncer. Et puis tu connaissais son mode de vie, ses méthodes de travail. De quoi monter un suicide impeccable.

— Un suicide à peu près aussi spectaculaire, et donc idiot, que l'opération Simon, ajouta Lola.

— Évidemment, tu ne pouvais pas savoir que le cousin d'Alice filmerait la scène.

La réflexion d'Ingrid coupa net Lola. Elle réfléchit un instant avant de reprendre.

— C'est la médiatisation qui a mis le feu aux poudres. La mort d'Alice Bonin n'aurait dû faire que trois lignes dans le journal. Mais sa ressemblance avec Britney Spears a changé la donne.

— Ça n'a plus... d'importance, murmura Montaubert.

Lola dut s'approcher pour l'entendre.

— Mireille... c'était elle... ma chance, et j'ai tout foutu... en l'air.

— C'est vrai que cette môme a l'air de tenir à toi, dit Lola.

— Je me sens mal...

— Un bateau ! s'exclama Ingrid. Avec deux drôles de matelots à bord.

Lola rejoignit Ingrid près de la baie qui donnait sur le large, et lui emprunta les jumelles récupérées dans un tiroir.

— Mon passeur, dit Montaubert. J'attends ce con... depuis... des jours.

— Erreur. C'est Avignon et Orléans, déclara Lola. Les braves chiens-chiens à leur madame. C'est là que l'expression *mettre les voiles* prend son sens.

Elles détachèrent Montaubert et le traînèrent hors de la maison. Le roulis était moins fort que la nuit précédente. Cachée par la demeure, la barque était invisible depuis le large. Elles accostèrent, tirèrent Montaubert chancelant jusqu'à la voiture. Lola s'installa avec lui à l'arrière. Ingrid prit le volant et la direction de Saint-Malo.

— Il ne faut pas que Mireille... soit arrêtée... à cause de moi. Promettez...

Il s'évanouit, la tête sur les genoux de Lola. Elle ne put s'empêcher d'éprouver de la compassion pour ce type vieillissant, ce collectionneur de beaux livres, de bonnes bouteilles, de souvenirs, qui oubliait de s'intéresser aux vivants. Et s'en apercevait trop tard.

Un passant leur indiqua la direction du SAU de Saint-Malo. Elles firent admettre Roland Montaubert aux urgences en se présentant comme des touristes ayant découvert un homme inanimé sur une plage, apposèrent de faux noms sur les documents administratifs et expliquèrent qu'elles retournaient à leur hôtel chercher leurs papiers d'identité pour finaliser le dossier.

Elles se rendirent au domicile des Le Goff. Virginie fut soulagée de ne plus rien devoir cacher à son mari. Leurs liens d'amitié, et la fière chandelle que le lieutenant devait à l'ex-commissaire, permirent de gommer le passage sur l'île de la Gigue. Lola révéla l'homicide du gardien par Roland Montaubert et l'hospitalisation. Elle passa sous silence l'existence des sieurs Avignon et Orléans. S'ils œuvraient bel et bien pour le compte de Plessis-Ponteau, il valait mieux que les Le Goff n'en sachent rien. Elle demanda enfin au lieutenant de prendre contact avec le commissaire Jean-Pascal Grousset. Il ferait des pieds et des mains pour récupérer Montaubert. Or, il ne fallait jamais rater une occasion de donner de l'exercice au Nain de jardin.

38

Sur la voie express, radio éteinte, le silence leur parut presque aussi bon qu'une sieste suivie d'une douche chaude. Elles firent le plein dans une station-service sur l'autoroute, quelques kilomètres après Le Mans.

— Il était temps qu'on rentre, commenta Ingrid en attaquant son sandwich. Le prêt de Maxime fond comme neige au soleil.

— Je parie que nous sommes les seules détectives au monde à payer pour enquêter.

— Heureusement que mes années au *Calypso* m'ont permis de faire quelques économies.

— On partage la note ! Le seul problème, c'est mon compte bloqué. Par les bons soins de l'Intérieur. C'est au moins ça de clair, pour le moment. En tout cas, une urgence s'impose.

— Laquelle ? J'en vois plusieurs.

— Demander à dame Plessis-Ponteau de nous rendre nos vies.

— Ses gorilles nous ont salement malmenées, je te le rappelle.

— Mon corps s'en souvient, Ingrid. Mais il faut dire que si j'avais été plus causante, on aurait limité les ennuis. Grégoriot avait des ordres. Notamment celui de faire diligence. La vitesse est une notion essentielle dans cette histoire. Ou plutôt le timing. En fait, j'y réfléchis depuis des heures. Par exemple, une question me tracasse. Pourquoi Plessis-Ponteau a-t-elle attendu six mois avant de contre-attaquer ?

— Peut-être parce qu'elle ignorait l'identité d'Alice.

— Je me demande si ce que tu viens de dire est complètement idiot ou bougrement intelligent.

— Oui, moi aussi, dans le fond.

Le tube des Rolling Stones cassa l'ambiance. Lola fixa son téléphone portable d'un air haineux avant d'appuyer sur le bouton *yes*. Ingrid comprit qu'elle conversait avec Diego. Il avait besoin d'être rassuré, voulait connaître la tournure des événements. Accessoirement, c'était lui qui avait failli les faire occire avec son coup de fil matinal. Lola évoqua Hélène Plessis-Ponteau. Ingrid constatait un changement de tactique. La période où on voulait impliquer le moins de monde possible était révolue. La situation autorisait les remèdes drastiques. Lola avait un scénario et octroyait un rôle à Diego. Elle n'entra guère dans les détails mais lui demanda de se procurer une caméra digitale. Après lui avoir donné rendez-vous, elle termina la communication sur un sourire.

— On s'y attache, n'est-ce pas ?

— Sacré hidalgo. Je comprends pourquoi la petite Alice en était gaga. L'infatigable hacker continue de creuser la vie cybernétique des Parisy. Juliette, la fille, a des états d'âme.

— De quel genre ?

— Son père la voit en boulangère offensive. Pas elle. Juliette Parisy n'aime guère la perspective de travailler soixante heures par semaine. Elle préférerait fréquenter des garçons de son âge. Et d'ailleurs, si on lui laissait le choix, elle serait mécanicienne et pratiquerait la course à moto.

— Comment sait-il qu'elle préfère le cambouis à la farine ?

— La jeune Parisy est bien de sa lignée. Elle tient un journal intime en ligne. Diego appelle ça un *blog*. Juliette ne se rend pas compte que c'est antinomique.

Ingrid alla chercher deux nouveaux cafés au distributeur et rejoignit Lola qui arborait toujours le même sourire.

— C'est Diego qui te fait cet effet-là ?

— J'ai un plan. Pour une fois, il va te plaire.

— Pourquoi ?

— C'est un plan à la Jedi. Le genre qu'on a au pied du mur.

— Je ne cesse de te répéter que ce sont les meilleurs.

— Cap sur les *Belles*. Diego et Maurice y seront. Tout le monde y sera. Sauf Deneuve, Depardieu et Björk ; ils n'étaient pas libres, mais ce n'est que partie remise.

— Tu crois qu'on va passer à la télé ? demanda la fleuriste de la rue de Marseille à son mari. Bizarre, Mme Lola n'a pas pris le temps d'aller chez le coiffeur.

C'était d'autant plus bizarre que Jonathan, le figaro de chez *Jolie Petite Madame,* se trouvait dans l'assistance. Le patron des *Folies Floralies* se contenta de hausser les épaules. Il était beaucoup plus intéressé par son confit de canard que par les questions de son épouse ou par la petite caméra du grand jeune homme filmant Lola Jost et ses amis. Pour lui, l'événement tenait plus de la fête improvisée que de l'émission sérieuse. Mais avec Lola Jost et Ingrid Diesel, tout était possible. Pour le moment, l'ex-commissaire déployait son autorité naturelle dans une causerie que l'assistance écoutait avec respect.

Il y avait un bel attroupement. Maxime Duchamp, bien sûr, aux côtés de sa femme et de Chloé la serveuse. Et puis ce psychanalyste chic et son chien – un animal à l'air chic lui aussi quoiqu'un rien mélancolique, ce qui était bizarre pour un quadrupède, mais bon, encore une fois, tout était possible. Et puis ce vieux bonhomme digne mais aux gestes nerveux. Le fleuriste réalisa soudain qu'il s'agissait de l'ancien comédien, prof de théâtre à la MJC de la rue du Delta. Il avait eu le malheur de perdre récemment sa fille.

Un type efflanqué à l'allure d'échassier accompagnait une brune aux bonnes joues. On remarquait aussi un duo d'hommes très élégants. Le fleuriste n'avait aucun doute quant à leurs orientations sexuelles. Et un trio de filles superbes qui ne parlaient qu'anglais, sans doute des copines de la grande Ingrid. Ces beautés aux prénoms exotiques – Carlota, Mandy, Virginia – n'avaient pas l'air de comprendre un traître mot de l'allocution de Lola Jost mais semblaient ravies d'être là, et de découvrir la cuisine de Maxime Duchamp.

Lola Jost narrait une histoire bien étrange. D'où il se trouvait, le fleuriste en captait des bribes. Son épouse, elle, tendait l'oreille et même les deux. N'y tenant plus, elle déserta son plat du jour et le sympathique vin du patron pour se rapprocher de Lola Jost.

— « En conséquence, ce film va être diffusé sur le net et visionné par des milliers de cybernautes. Il est la garantie pour mon amie et moi-même que s'il nous arrivait malheur dans les jours, les semaines voire les mois à venir, il faudrait en tenir pour responsable une certaine personne occupant d'importantes fonctions dans la haute administration de notre pays. Son identité et ses motivations sont, bien sûr, prêtes à être diffusées. Tout ce que je demande, c'est un rendez-vous. Une occasion de faire le point et d'échanger nos informations. Il est temps de se rencontrer. Le face-à-face est une méthode classique qui a fait ses preuves... »

Le cameraman continua de filmer après la fin du discours. Certains souriaient, d'autres affichaient un visage grave. Et puis soudain, le vieux comédien se leva et déclara qu'il allait réciter du Guillaume Apollinaire. En l'honneur d'une jolie jeune fille qui ne reviendrait plus mais qu'on n'oublierait jamais. Sa voix était belle et forte. Il n'y avait donc aucune raison d'abandonner vin et plat. Le fleuriste avait entendu dire que dans les temps anciens, et les théâtres antiques, c'était ainsi que les spectacles se déroulaient. On écoutait en se sustentant, on pouvait même relâcher son attention pour lier conversation avec ses voisins.

— *J'ai cueilli ce brin de bruyère/L'automne est mort souviens-t'en/Nous ne nous verrons plus sur terre/Odeur du temps brin de bruyère/Et souviens-toi que je t'attends.*

Le patron des *Folies Floralies* applaudit comme toute l'assistance. En voyant que sa femme avait les larmes aux yeux, il se leva pour poser un baiser sur sa joue. Le geste fut contagieux. Les convives s'embrassèrent à tout-va. Le comédien embrassa Lola, Ingrid embrassa Khadidja avant de serrer Maxime dans ses bras, et le psychanalyste gratta la tête de son chien, juste avant qu'une des jolies Anglo-Saxonnes ne lui plante un bécot sur le front. Un des élégants étreignit la fille aux bonnes joues. Le cameraman, qui n'avait pas lâché son engin miniaturisé pendant ces embrassades, s'en donna à cœur joie pour immortaliser cette mer de baisers, et c'est sur Lola qu'il termina son film.

— Et surtout que ce soit bien clair, articula-t-elle en pointant un doigt vers l'objectif. Ceci n'est pas une émission de téléréalité !

39

Voilà donc la version barbouze du sous-marin, se disait Lola en étudiant les lieux. Un van noir aux vitres fumées, et un intérieur aussi confortable qu'un club anglais miniaturisé. Les banquettes se déclinaient en cuir moelleux et l'habitacle était équipé d'une télévision, éteinte. Et d'un bar, à l'abandon, mais c'était normal, il n'était que dix heures du matin ; pour autant, Lola aurait bien utilisé un remontant, elle s'avouait nerveuse. Trois personnes lui faisaient face. Un cinquantenaire en costume de bonne coupe, arborant les manières et le phrasé onctueux d'un avocat. Une jeune femme à la coiffure et à la mâchoire carrées, au tailleur strict, au regard scrutateur. Le troisième personnage arborait le blazer marine, le pantalon gris et la masse musculaire qu'on remarquait habituellement chez les directeurs sportifs ou du côté des spécialistes de la protection rapprochée des gens inapprochables.

Mlle Carrée avait opéré une fouille minutieuse, l'air presque déçu de ne trouver ni arme ni matériel d'enregistrement. Pour le moment, et après de courtes salutations, on en était au round d'observation. M. Blazer semblait ronger son frein. Mais c'était M. Chic qui, à l'évidence, était l'homme en charge. Il attaqua le vif du sujet.

— Madame, vous vouliez un rendez-vous, vous l'avez.

— Il sera bref. En gros, je veux récupérer mon compte en banque et ma liberté de circulation.

Mlle Carrée toisa Lola comme si elle s'était autorisé un éclat de rire en pleines funérailles présidentielles. M. Blazer desserra sa cravate. Le geste rappelait certains débuts d'interrogatoires menés par des collègues que Lola avait cru rayer de sa mémoire.

— La demande vaut pour Ingrid Diesel, continua-t-elle d'une voix égale. Dans le cas où mon amie et moi-même ne serions pas satisfaites, je n'hésiterai pas à divulguer, par tous les moyens nécessaires, l'identité et les méthodes de la personne qui vous emploie…

— Qu'est-ce que vous insinuez ? la coupa M. Blazer de la voix éraillée d'un homme qui se calme les nerfs à grand renfort de nicotine.

Le visage illisible, M. Chic lui jeta un rapide coup d'œil avant de se tourner de nouveau vers Lola.

— J'ai un fils, moi aussi, pour lequel je n'aurais pas hésité à employer l'artillerie lourde, continua-t-elle. Je n'approuve pas les façons de votre patronne mais je la comprends. Les électeurs seront moins coulants.

— Vous ne manquez pas de culot ! glapit Blazer.

— Avignon et Orléans sont deux noms d'artistes que je ne suis pas près d'oublier. Ils nous ont séquestrées dans un parking, à Montrouge, et ont torturé mon amie. Parlez d'incompétence, d'excès de zèle, trouvez la définition qui vous conviendra, je n'en ai cure. Maintenant que nous savons tous dans quelle cour nous jouons, je vais vous donner les infos dont je dispose.

— Vous n'avez aucune preuve de ce que vous avancez, reprit Blazer.

— J'ai identifié Avignon. Pascal Grégoriot, ancien des Stups et de la délation de petits camarades. Avec Pugilas, il s'est reconverti dans le même business que le vôtre, celui de la sécurité de luxe, si je ne fais pas fausse route. Grégoriot a commis une grave erreur. Il a cru qu'en s'attaquant à deux femmes, dont une grand-mère, il obtiendrait vite des résultats, et à moindres frais. Il n'avait pas prévu que je résisterais et qu'il lui faudrait faire pression en torturant ma coéquipière. Il a encore moins imaginé qu'elle lui mettrait une déculottée.

M. Blazer s'apprêtait à répliquer mais M. Chic le retint en posant sa main sur son avant-bras.

— Nous acceptons vos conditions, madame Jost, mais...

— Vous avez ma parole d'honneur. Pour moi, ça a une signification.

— Allez-y. Donnez votre version.

— Ce n'est pas une version, c'est la vérité. Il faut que ce soit clair.

Blazer se renversa dans son siège d'un air dégoûté, Mlle Carrée prit l'attitude d'une marmite en plomb.

— Entendu, lâcha M. Chic avec un léger soupir.

— Roland Montaubert, un des associés de *Paris est une fête*, et patron d'Alice Bonin, la jeune danseuse *suicidée*, a voulu faire chanter son ancienne camarade de lycée, Hélène Plessis-Ponteau.

— Évitons les noms...

— Il est question de vérité, pas de finasseries. Alors je n'éviterai rien du tout.

Blazer semblait prêt à arracher sa cravate pour en faire la corde d'un gibet, et Lola préféra se concentrer sur le visage sérieux mais posé de M. Chic.

— Il connaissait le problème de Simon et a attendu patiemment de pouvoir le filmer. Il a utilisé les services d'Alice Bonin, à son insu. Elle a révélé la tentative de chantage à Hélène Plessis-Ponteau. Je ne sais pas comment elle s'y est prise, mais elle a réussi à garder l'anonymat. Du moins, en théorie. La suite, vous la connaissez. La ministre a rendu public le problème de son fils. Et Alice a été assassinée.

— Vous insinuez un rapport de cause à effet ! rugit Blazer.

Lola laissa passer. Elle avait autant envie de cette conversation dans un soum barbouze que d'un programme grand blanc javellisé dans une des machines à laver de Saint-Félicien. Il fallait conclure.

— J'ai d'abord envisagé Roland Montaubert derrière la mort d'Alice. Mais ça ne tenait pas. Il a des rêves trop grands pour lui mais n'est ni fou, ni stupide. S'il avait voulu tuer Alice, il l'aurait fait discrètement et, surtout, il se serait bricolé un alibi. Un ordre du ministère paraissait donc une piste plausible.

— Vous avez du culot ! Confondre la haute administration de votre pays avec une bande de malfrats ! lâcha Blazer.

— Vous me laissez finir ou on y passe la nuit ? J'aimerais autant rentrer chez moi. J'ai du ménage à faire depuis que vos boy-scouts ont mis mon appartement sens dessus dessous.

— Nous ne vous interromprons plus, madame, dit M. Chic en étouffant un sourire. Nous avons nous aussi un peu de ménage à envisager.

Blazer avait du souci à se faire. Et peut-être bien Carrée, dans la foulée, si elle était l'assistante du gorille en chef.

— Ça ne peut pas être un ordre de l'Intérieur, pour la bonne raison que Grégoriot s'est manifesté après la mort d'Alice, reprit Lola. Simon était défoncé mais pas au point d'oublier sa soirée avec un sosie de Britney Spears et la tentative de chantage. Quand Alice Bonin s'est jetée du haut de l'*Astor Maillot*, les médias ont donné en pâture au public l'illusion de la mort d'une star. Pour vos services déjà en alerte, le rapprochement entre la rencontre de Simon et d'Alice et ce grand moment de téléréalité glauque n'était pas difficile à faire. Ce qui explique pourquoi Grégoriot voulait m'extirper le nom du commanditaire d'Alice.

— J'ai du mal à suivre, intervint Mlle Carrée en se penchant vers Lola.

À la manière d'une élève attentive, elle avait posé ses coudes sur ses genoux et son menton dans sa main. Lola fut visitée par une vision foudroyante. L'allusion au ménage à venir de M. Chic n'était pas tombée dans l'oreille d'une sourde. Mlle Carrée se visualisait dans les chaussures de M. Blazer. Elle avait donc intérêt à montrer à M. Chic qu'elle était une grande fille toute simple, modeste et travailleuse. Et souple.

— Hélène Plessis-Ponteau a pensé que derrière cette mort spectaculaire se cachait un avertissement, reprit Lola. Après un chantage avorté, une opération plus visqueuse se préparait-elle ? À sa place, j'aurais voulu le savoir également. En utilisatrice expérimentée des médias, et avec ce style à la fois suave et vif qu'apprécient les électeurs, la ministre est montée au créneau pour montrer que l'affaire Bonin, symbole d'un vilain dérapage médiatique, lui tenait à cœur et qu'elle souhaitait remettre de l'ordre dans la pétaudière. Une façon subtile de cacher qu'elle était directement concernée.

— Où se trouve M. Montaubert ? demanda M. Chic.

— Dans un hôpital breton en train de soigner un traumatisme crânien. J'aimerais autant que vous oubliiez de le rapatrier.

M. Chic hocha la tête avec l'air d'un homme qu'un certain abattage distrayait.

— La police locale compte le garder le plus longtemps possible, reprit Lola. Pour l'homicide d'un gardien. Et n'oubliez pas que son projet de faire chanter la belle Hélène n'a pas abouti. De toute façon, c'était perdu d'avance.

— La belle Hélène ! Quelle familiarité ! tonna M. Blazer.

— C'est comme ça que le bon peuple l'appelle. Et les flics aussi. Vous n'étiez pas au courant ? Décidément, vous ne savez pas grand-chose.

— Où est la vidéo ? demanda Mlle Carrée d'une voix sereine.

La jeune ambitieuse fraîchement émoulue de l'ENA, et moulée pour une belle carrière politique, avait pris gentiment le contrôle et allait droit au but. Ce qui lui valut un coup d'œil intrigué de M. Chic, tandis que M. Blazer semblait sur le point de déchiqueter sa cravate à coups de dents.

— Vous avez ma parole d'honneur que je l'ignore, répondit Lola.

Mlle Carrée fixa son interlocutrice d'un regard sans agressivité.

Mais je comprends que vous n'ayez pas envie que les téléspectateurs découvrent le fils Plessis-Ponteau en compagnie d'une fille dont la mort vient de faire la une, poursuivit Lola pour elle-même.

Elle laissa passer quelques secondes, le temps de confectionner une réponse diplomatique.

— Cette vidéo est une grenade désamorcée puisque plus personne n'ignore le problème de Simon. Vous voudriez la retrouver pour vérifier mes dires et faire place nette. C'est légitime. Mais dans ce domaine, je ne vous suis plus d'aucune utilité. Vous en savez désormais autant que moi.

Si l'on passe sur le rôle de Mireille Coste, pensait Lola. Inutile d'enfoncer une fille dont l'erreur n'a été que de tirer le mauvais numéro. Les deux femmes s'étudièrent encore un moment. Puis Mlle Carrée sourit.

C'était inattendu, ce sourire mince dans ce visage lisse. Lola le lui rendit. Pourquoi faites-vous ça ? semblait demander la jeune femme.

— Je fais cela pour le père d'Alice, qui est un ami, expliqua Lola en se levant. C'est simple.

Elle dut déranger Blazer, qui se tourna vers Chic, qui lui fit signe de débloquer la portière.

Lola retrouva avec plaisir le paysage du quai de Javel, les vagues jaunes et rapides de la Seine en crue. Elle marcha sans se retourner en direction du pont de Grenelle et de la statue de la Liberté, sosie français d'une vedette américaine. Elle pensa à Ingrid qui l'attendait de pied ferme aux *Belles*. Elle décida de lui téléphoner pour la tranquilliser puis de rallier leur quartier en prenant son temps, en longeant la Seine. Le soleil vif s'était acoquiné avec le ciel gris pour fabriquer des nuages argentés, un vent nerveux s'amusait à les affoler. Un temps idéal pour se sentir le corps et l'esprit allégés.

40

Le printemps n'était plus que l'affaire de quelques jours. Ingrid et Lola avaient retrouvé leurs appartements, leurs comptes en banque. Et Maurice Bonin la petite salle de spectacle de la MJC où il donnait ses cours. Lola l'avait jugée adaptée à son cruel compte-rendu, Maurice pouvant plus facilement calfeutrer ses émotions dans ce lieu familier, à l'éclairage tamisé. Lola avait opté pour une version non expurgée des mésaventures d'Alice. Elle l'avait dépeinte vacillant au bord du vide, prête à se compromettre dans les magouilles de Roland Montaubert. Ça n'avait rendu que plus émouvant son sursaut de fierté.

Maurice avait dépassé le stade de la colère et écoutait calmement ses deux amies expliquer comment la mort de sa fille avait fait vaciller quelques importants personnages aux plus hautes fonctions de l'État. Si Roland Montaubert était désormais aux mains de la justice, l'assassin courait toujours. Lola avait demandé à Maurice de réfléchir à partir des données glanées. Un détail, un souvenir de conversation ou une confidence dessinerait peut-être un nouvel angle d'attaque.

— Vous avez déjà fait énormément, les filles. Et puis, appelons un chat un chat, je n'ai pas les moyens de vous payer.

— Détrompe-toi. Le ministère vient de nous envoyer deux gros chèques de dédommagement. Et nous avons décidé de les accepter. Pour nous offrir du temps. Celui de poursuivre l'enquête.

Il avait fallu se séparer. Les premiers élèves de Maurice arrivaient, et Ingrid attendait le Dr Léger pour son massage hebdomadaire. Elle partit à son rendez-vous, et Lola rejoignit Diego Carli dans un cybercafé du boulevard Magenta. Elle n'avait pas caché que l'hidalgo l'inquiétait. Alors que Maurice semblait s'accrocher et reprenait petit à petit son mode de vie familier, l'infirmier dépérissait sous le poids d'un épais sentiment de culpabilité.

Pour Diego, Alice s'était aventurée dans cette sale histoire sous le coup du désespoir d'avoir été abandonnée. On avait eu beau le chapitrer, rien n'y faisait. Il avait renoncé à la remise en état de son appartement, et gardait les angelots et les cœurs pour ne rien oublier. Lola avait proposé les services de Pierrot, un ami de Maxime et un artisan polyvalent. Sans succès. Elle comptait avoir Diego à l'usure.

Elle le retrouva pianotant à toute allure, le profil concentré, équipé d'un maigre jambon-beurre et d'un effroyable soda américain. Chaque fois qu'on essayait de l'entraîner aux *Belles* pour quelques agapes civilisées, Diego prétextait une course, une garde, une impossibilité quelconque. Cette situation ne pouvait durer.

Il tourna vers elle un regard beau, noir mais las et enchaîna sur un sourire mélancolique. Elle lut quelques lignes sur l'écran. Le journal intime de la petite Parisy. Qui ignorait posséder un lecteur si attentif.

— Les nœuds familiaux, quelle complication ! Mais je suis patient. Je dénoue les Parisy fil à fil. Tu vois, ce n'est même pas un boulot de hacker. C'est du travail d'internaute. Les blogs sont à la portée de n'importe qui.

— Ça ne donne toujours rien ?

— Juliette déteste Jules. Elle traite son frère de glandeur, le jalouse d'avoir une petite amie.

— Qui ça ? demanda Lola, intéressée.

— C'est un secret. Mais Juliette Parisy jure qu'elle finira par le découvrir. La fiancée est en tout cas une belle fille qui veut une belle vie. D'après Juliette, c'est pour elle que Jules frime dans le journalisme télé. La petite amie n'aurait jamais voulu d'un boulanger.

— Et le frère laisse la sœur dire du mal de lui à des milliers d'inconnus.

— Le journal est en ligne, mais ça ne veut pas dire qu'il intéresse du monde. Je parie que la famille n'est pas au courant. C'est de la provocation. Contre le père et sa webcam. Contre le frère et sa carrière de cameraman. Contre la mère et son mécontentement général. Tout le monde communique chez les Parisy, mais personne ne se parle.

Lola lut des bribes. Le blog de Juliette n'avait rien de palpitant. Elle répétait ses frustrations jusqu'à la nausée. Lola laissa Diego surfer encore un peu puis elle parlementa et obtint de lui faire prendre l'air. Ils descendirent le boulevard jusqu'au marché Saint-Quentin.

— Tu es pâlichon.

— Mais non, Lola, tout va bien. On se promène. Comme Antoine et Adam.

— Qu'est-ce que c'est que cette nouveauté ?

— Adam accepte enfin de sortir de sa baleine. Mais comme il refuse catégoriquement de mettre les pieds dans un cabinet de psy, Antoine l'emmène en balade. Ils causent en promenant Sigmund.

— Je croyais qu'Adam avait une entorse.

— Je l'ai soignée.

— Évidemment.

— J'essaye aussi de le faire engager pour de bon dans l'équipe de nettoyage, mais ça, c'est plus dur.

— Tu es si têtu que tu finiras par y arriver. Bon, c'est très sain cette histoire de marche. Antoine obtient du résultat ?

— Il ne se plaint pas. On ne saura peut-être jamais ce qui a amené Adam None à vivre dans la zone désaffectée d'un vieil hôpital pendant des années. Mais, après tout, c'est son secret. Il faut bien qu'il nous en reste quelques-uns. En tout cas, toutes les nuits, il retourne dormir dans son puits. Incognito.

— Que me chantes-tu là, bel oiseau ?

— La zone X abrite un puits comblé, datant du Moyen Âge. Adam prétend y dormir, enveloppé dans son vieil anorak. Ça le rassure, paraît-il.

Ils firent une centaine de mètres en silence avant qu'elle pose un bras autour de ses épaules et l'entreprenne une nouvelle fois au sujet de Pierrot et de ses grands talents de peintre en bâtiment.

— Tu peux lui confier tes clés en toute tranquillité et vaquer à tes occupations. Ou, si tu préfères, lui tenir la conversation. C'est un type intéressant. Il a connu Marguerite Duras.

— Ah bon ?

— Oui, il a, paraît-il, bu des coups avec elle dans un bistrot de quartier. Elle parlait littérature. Il parlait peinture.

— C'est vrai ?

— Je l'ignore, mais Pierrot arrive à faire croire à ses histoires. C'est extraordinairement délassant. Essaye donc.

41

Il importait d'avoir le moral de Papy Dynamite à l'œil, ainsi que celui de l'hidalgo. Ce samedi-là, en se rendant à Saint-Félicien, Lola était fière d'avoir fait d'une pierre deux coups. Ingrid bravant désormais sa peur des hôpitaux avec un panache intéressant, c'est bien déterminées que les deux amies franchirent le porche des urgences.

Papy Dynamite et sa troupe au grand complet avaient repris du service en cancérologie. En ce moment même, les comédiens divertissaient les malades au fil de leurs numéros improvisés.

— Maurice aime l'improvisation pour plusieurs raisons, expliquait Diego à Ingrid et Lola en les menant vers la cafétéria reconvertie en théâtre. C'est difficile et donc passionnant. Et ça le met à l'abri des trous de mémoire.

— Vous ne vous quittez plus, dis-moi ! fit remarquer Lola.

— On est devenu amis, Maurice et moi. On parle d'Alice. Ça lui fait du bien et à moi aussi. J'ai beaucoup appris. Entre autres, qu'elle se sentait coupable de la mort de sa mère.

— Comment ça ?

— Parce qu'elle avait été une gamine insupportable, Alice était persuadée d'avoir rongé les nerfs d'Alexandrine, morte jeune d'un cancer. Maurice a essayé mille fois de la rassurer. En la laissant notamment jouer ici avec sa troupe. Dans ces moments-là, elle se donnait totalement. J'aurais dû me rendre compte qu'elle avait un cœur gros comme ça.

Elles reconnurent la voix de Maurice avant de pénétrer dans la cafétéria.

— « Que faites-vous ici, mademoiselle, et dans cette tenue ? »

— « Je vous dérange ? Vous préféreriez que je dorme dans de doux draps brodés ? »

— « Vous ne me dérangez pas. Je suis partout chez moi ».

La demoiselle était interprétée par une petite blonde au visage fardé de blanc. Elle avait métamorphosé un drap en chemise de nuit ou en robe de mariée ; ou s'agissait-il d'un suaire ? Maurice portait un frac, un haut-de-forme, un loup noir. Il s'était confectionné un ballot avec une taie d'oreiller.

Ingrid et Lola se glissèrent parmi les spectateurs et suivirent cette histoire de gentleman cambrioleur surpris dans un château par une jeune fille. Ou par un fantôme. Toutes les possibilités étaient offertes à l'auditoire arrimé aux aventures de ces deux solitaires réunis par le hasard. Grâce à son grimage, et à la maîtrise de sa diction, Maurice réussissait à noyer son âge dans l'incertitude. Il était un homme mûr, élégant, mystérieusement égaré dans la nécessité du pillage. On imaginait son ballot gavé de bijoux, de chandeliers, voire de tableaux de maître. Il feignait d'être un invité. L'ingénue était comme il se doit innocente et mutine. Elle le taquinait et ne semblait pas avoir peur, ce qui renforçait l'hypothèse de la jolie revenante.

Les deux protagonistes se lancèrent dans un badinage qui ne manquait pas de charme. La jeune fille se révélait de plus en plus piquante et mystérieuse. Le gentleman cambrioleur laissait apparaître une fissure. Il était ému par sa jeunesse, mais que faisait-il là ? Était-il venu cambrioler une riche demeure ou glanait-il des souvenirs ? Elle titillait sa retenue, l'amenait à se contredire. La lune étant pleine et belle, elle trouva ce prétexte pour l'entraîner dans la cour. Elle se pencha au-dessus de la margelle d'un puits et s'extasia sur le reflet de la lune dans l'eau noire. Lola sentit l'assistance se raidir. Les spectateurs avaient peur pour le gentleman cambrioleur. Avait-on affaire à un spectre malfaisant, prêt à pousser le charmant voleur dans le puits ? Maurice et la comédienne trouvèrent une chute plus vertigineuse. Le gentleman n'était pas un cambrioleur mais un ange. L'étrange ingénue n'était pas un fantôme mais une amoureuse qu'un chagrin rongeait. Une jeune fille fiévreuse rêvant qu'elle se promenait dans un château où elle rencontrait un gentleman.

— « Je n'étais pas venu voler. J'étais venu vous rendre la joie. Elle est dissimulée dans ce ballot. »

— « Pourquoi cet air si triste pour un homme qui apporte la joie ? »

— « Il n'était pas prévu qu'on se rencontre. Je devais déposer mon ballot au pied de votre lit. J'ai raté ma mission. Une fois encore. »

— « Une fois encore ? »

— « Je vous ai rencontrée tant et tant de nuits. Vous avez la bougeotte, mademoiselle. Il n'est pas facile de vous guérir de votre mélancolie. »

— « Mais que faites-vous ? »

— « Vous le voyez bien. Je jette mon trésor dans le puits. C'est la règle. Une joie ne sert qu'une fois. Mais je reviendrai. Dans un autre de vos rêves. Vous guérirez de cet amour plus petit que vous. »

— « Vous me le promettez ? »

— « C'est plus qu'une promesse. C'est un serment. »

La salle applaudit avec chaleur. Lola se sentait emportée. Elle se tourna vers Ingrid : elle avait les larmes aux yeux. Qu'ont-ils tous autour de moi à se fissurer comme des arbres foudroyés ? Je n'ai pourtant rien d'un tuteur, et puis je suis trop vieille, et pas mal fatiguée.

Les arbres fissurés, le gentleman, l'ingénue, la cour, le puits, mots et images dansaient la farandole dans sa tête tandis que Maurice demandait à l'assistance un nouveau thème sur lequel improviser. Plusieurs mains se levèrent. Maurice fit signe à une femme souriante mais au visage creusé. « Une noce de campagne, avec beaucoup d'invités, des chansons et de la danse », proposa-t-elle avec un petit air de défi. « Une noce de campagne, une ! » lança Maurice en faisant signe à ses comédiens.

Lola chercha Diego des yeux. Il était déjà reparti en mission. Elle se pencha vers Ingrid, lui murmura qu'elle sortait un moment. L'Américaine hocha la tête, captivée par les saltimbanques qui se lançaient dans la bataille. Maurice avait enlacé une partenaire et entamait un tango, la noce aurait un parfum argentin.

Lola s'assit un instant à l'écart de la ruche des urgences. Elle s'était rapprochée insensiblement de la zone X. *Un puits comblé datant du Moyen Âge. Adam prétend y dormir, enveloppé dans son vieil anorak. Ça le rassure.*

Et moi qu'est-ce qui me rassure ? Un bon puzzle, un vieux porto, des voix amies dans la chaleur des *Belles*. Est-ce que je ne devrais pas rentrer chez moi ? Mon ballot ne contient que des ombres. Il ne me reste plus qu'à le jeter dans un puits. C'est la règle. *Une joie ne sert qu'une fois.*

Les images que Maurice avait fait naître étaient gênantes. Elles se superposaient au récit de Diego, créaient une irritante sensation de déjà-vu. Lola devait de nouveau déranger le jeune infirmier dans son travail et se sentait d'avance fouineuse de tourbières, de brumes, de sensations effilochées. Elle poussa la porte sur un accidenté, un médecin, et Diego. Elle sollicita deux minutes de son temps.

— Tu m'as parlé du puits d'Adam None. Et Maurice Bonin en a glissé un dans son improvisation. Il faut que je trouve le lien, Diego.

L'infirmier lui suggéra de détailler l'improvisation.

— Le lien, c'est Alice, déclara-t-il avec un sourire triomphant. Elle était meilleure danseuse que comédienne, elle avait tendance à revenir sur les mêmes thèmes. Elle a improvisé plusieurs fois sur une histoire de puits. Plus précisément, une histoire de trésor gardé dans un puits.

— Elle a dit « gardé », pas « caché » ?

— Oui, je crois bien. Tu as l'air heureux, Lola !

— Retourne à ton travail sans t'inquiéter. Je me charge du reste.

Elle fit de grands signes à l'Américaine. Un temps, les spectateurs crurent à une nouvelle vague de bateleurs arrivant à la rescousse. Le quiproquo se dissipa, Maurice et sa troupe récupérèrent l'attention de leur public.

Ingrid et Lola franchirent la porte récalcitrante de la zone X, s'engagèrent dans les entrailles de béton. Lola appela Adam mais n'obtint pas de réponse. Elle l'imagina sous le soleil, se baladant avec Antoine et Sigmund. Ingrid était toujours prête pour les aventures les plus saugrenues et les moins rationnelles, et Lola n'eut guère d'arguments à déployer pour la convaincre de passer ces lieux humides et crasseux au peigne fin afin de trouver un puits. Elles le dénichèrent après bien des efforts, mais la fatigue se dissipa rapidement au profit de l'expectative.

Adam None le dissimulait sous une bâche de chantier. Une brouette renversée maintenait en place cet opercule à secrets. Entre la brouette et la bâche, elles découvrirent le sac en plastique contenant l'anorak fétiche.

Lola éclaira une cavité d'une dizaine de mètres. Une corde, vétuste mais apparemment solide, était nouée à un anneau de fer. Ingrid consulta le visage de Lola déformé par le faisceau de la lampe et y lut des instructions très claires. Heureusement, une incursion dans un puits abandonné depuis l'époque de Jérôme Bosch ne faisait pas partie de ses phobies, et elle entama une descente patiente et efficace, dérapant çà et là sur la paroi suintante.

— Ça sent le monde perdu ! lança-t-elle d'une voix caverneuse mais enthousiaste. Encore quelques mètres et je touche le fond.

Lola sourit. Elle n'avait jamais entendu personne toucher le fond sur un ton si optimiste. Elle éclaira les bras musclés s'agrippant à la corde, la tête blonde.

— J'ai trouvé un sac en plastique !

L'espoir prenait des proportions de montgolfière tandis que la fatigue se dégonflait.

Ingrid refit surface avec un sac souillé de terre. Elles s'accroupirent en silence, Lola éclairait leur butin, Ingrid ouvrait délicatement le sac. Il contenait une paire de lunettes, des fils électriques emmêlés et un boîtier.

42

Pendant que le directeur de la morgue tenait compagnie à Framboise au *Canon des Amis*, Diego, Ingrid et Lola étaient enfermés dans son repaire, qu'il leur avait prêté pour une petite demi-heure. Ce fut largement suffisant à Diego pour charger dans l'ordinateur le contenu de la caméra miniaturisée, et pour déclencher la vidéo digitale.

Un jeune homme aux cheveux blonds bouclés est penché au-dessus d'une table basse et d'une ligne de coke. « C'est de la bonne ! » affirme-t-il d'une voix gourmande. Alice Bonin, vêtue-dévêtue à la Catwoman, redresse la tête et s'adresse à la caméra.

— Simon est un petit con.

— Quoi ? lâche ledit Simon.

— Tu es riche, plutôt mignon, pas trop stupide. Ta mère est célèbre. Alors qu'est-ce que tu fous là ? Tu ne vois pas que Madonna te filme ?

Il se fige, regarde dans la même direction qu'Alice.

— Où ? Comment ?

— Avec ses lunettes, andouille ! Les caméras miniaturisées, tu n'en as jamais entendu parler ?

— Mais qu'est-ce que tu racontes à la fin ?

— Tu crois qu'elle et moi, on anime ta récréation, crétin ! On essaie de créer les pires ennuis à ta mère, voilà

ce qu'on fait ! Maman est première flic de France, mais fiston se défonce. Tu ne comprends pas que les médias ne vont faire de toi qu'une bouchée !

Alice gonfle ses joues et souffle. La poudre blanche s'éparpille dans un nuage que Simon essaie de sauver en tendant les bras.

— Ça manque de bougies, mais le cœur y est ! Joyeux non-anniversaire, petit naze !

— T'es folle, arrête !

La main d'Alice en gros plan, et l'image chavire, capturant une réalité tournoyante.

— Salope ! Rends-les-moi ! crie une fille énervée. Ne la crois pas, Simon. Comment veux-tu cacher une caméra dans des lunettes ?

— Et ça, c'est pas un enregistreur ? crie à son tour Alice. Il était fixé dans son dos, sous sa veste.

L'image retrouve sa netteté. La caméra cadre un Simon médusé et une Madonna très réussie avec sa blondeur lisse et sa veste rouge sur la tenue de latex noire. Madonna fonce vers l'objectif. Un bras traverse le champ. Le micro capture un claquement sec. Britney vient d'administrer une claque magistrale à sa consœur et celle-ci est tombée à la renverse. La caméra enregistre son visage rageur avant d'opérer une rotation, de révéler une porte, un couloir-labyrinthe. Ça défile à toutes blindes et en sursauts. Lunettes sur le nez, Alice prend la poudre d'escampette.

Elle débouche dans un vaste hall, fend une foule de danseurs déchaînés sur une musique électronique assourdissante.

Une brune aux cheveux courts, vêtue d'un bustier et d'un short à paillettes scintillantes, est assise sur un comptoir. Elle fume en battant la cadence de ses jolies jambes croisées. Elle sourit à Alice, la détaille d'un air intéressé.

— Mon manteau, s'il vous plaît ! Celui-là, en faux léopard.

— Je m'appelle Marine, et toi ? demande la fille du vestiaire en remuant ses cintres.

— Alice.

— Ton visage m'est familier, mais avec ces grosses lunettes à la Nana Mouskouri...

— Excuse-moi, mais il faut vraiment que je m'en aille.

— Dommage, tiens, voilà ta peau de bête.

— Merci, Marine !

— À une autre fois, j'espère. Je suis barmaid au Cyclope, *rue de la Collégiale.*

Rotation. La caméra filme deux costauds, postés devant un rideau rouge sang.

— Et moi, ingénue rue de la Catastrophe, adieu Marine, murmure Alice entre ses dents.

Elle marche d'un pas décidé vers les portiers de choc. Ils entrouvrent les tentures écarlates, la saluent d'un « au revoir, mademoiselle » appréciatif. Alice dévale les escaliers de cet immeuble désaffecté, ou en construction, sur plusieurs étages, débouche dans un paysage urbain désolé. Des entrepôts aux rideaux de fer tirés, une station-service fermée. Elle se met à courir, ses pas résonnent dans le vide de la rue, sa respiration est de plus en plus saccadée. Elle se retourne, à plusieurs reprises. Une silhouette penchée à une fenêtre, tout en haut de l'immeuble. Un cri d'homme. Alice s'engouffre dans une ruelle, puis dans une autre. On voit un carrefour, des feux rouges, elle dépasse un manège bâché.

Une station de taxis droit devant elle, une voiture à l'arrêt. La caméra cadre un chauffeur somnolent, la main d'Alice qui frappe la vitre. Elle s'ouvre sur du raï. Alice donne l'adresse de Saint-Félicien. Déclic du déverrouillage des portes, elle monte à bord. Les rues d'une banlieue inconnue défilent, au rythme des néons effilochés et de la musique, lancinante et triste. Un pont au-dessus du périphérique. Les feux des voitures liés en longs traits lumineux. Le taxi s'engage dans Paris.

Elle paie, descend, se dirige vers les urgences, demande l'infirmier Diego Carli à l'accueil. Une jeune fille lui répond qu'il est en intervention, qu'il faut attendre. La caméra filme un couloir à hauteur du regard d'une femme assise, dont la respiration se calme lentement. Il y a des allées et venues de blouses blanches, de blouses vertes, quelques visages fatigués et calmes. Bribes de conversations. Un fracas. Une porte battante s'ouvre sur un brancard occupé par un blessé, sur Diego Carli et un collègue. La caméra prend de la hauteur, capte le visage tendu de Diego, son agacement.

— Qu'est-ce que tu fais là !

— Il faut que je te parle, Diego…

— Par pitié, Alice, tu vois bien que je travaille !

La caméra reste braquée sur la porte derrière laquelle les deux infirmiers et le brancard ont disparu. Nouvelle vision de couloir. La cafétéria éclairée au néon. Un téléviseur en sourdine, et Adam None installé sur une chaise, son balai entre les jambes.

— Adam !

Il lui sourit. Un bon sourire généreux. Alice s'approche d'Adam et la main d'Alice s'approche des lunettes caméra. On ne voit plus que le carrelage gris et les chaussures de l'homme de ménage.

— Garde-moi tout ça précieusement, Adam. Et promets-moi de ne jamais en parler à personne ! Jamais, tu m'entends ?

C'est la dernière phrase d'Alice Bonin avant le silence cotonneux de la poche d'Adam None.

— Vous en faites, des têtes ! s'exclama Victor Massot. C'est de la joie trop forte ou du désespoir délayé ?

— Ni l'un ni l'autre, répondit Ingrid. C'est plutôt le syndrome de la tortue qui vient de passer le pylône d'arrivée.

— Je crois qu'on utilise le mot *poteau*, Ingrid, la reprit machinalement Diego.

— Si tu veux. On a avancé à petits pas mais on est essoufflées quand même, et un peu étourdies. N'est-ce pas, Lola ?

Pour une fois, Lola ne trouvait plus ses mots, alors elle désigna l'écran. Victor Massot ne vit qu'un arrêt sur image qui n'avait rien d'attirant ; il fallait être initié pour goûter les subtilités du fond de poche d'Adam None.

— Ce que Lola essaie de vous dire, expliqua Ingrid à Victor et Framboise, c'est que la vérité s'exhibait sous notre nez depuis le début. Mais c'était en trop gros plan pour qu'on la discerne.

Les yeux de Victor et Framboise étaient aussi ronds que ceux de leurs poissons koï.

— Ce qu'Ingrid essaie de vous expliquer, intervint Diego, c'est que bien des choses tiennent à la façon dont on les regarde.

— Et qu'à force d'ingurgiter des images à tout-va, on ne sait plus très bien ce qui fait sens, ajouta enfin Lola.

— Je crois qu'on va retourner prendre un café, hein, Framboise ? On reviendra quand ce trio de somnambules aura fini de dormir la bouche et les yeux ouverts. Allez, suis-moi, ma grande.

Mais Victor Massot plaisantait, en fait il semblait très intéressé par cette arrivée de course de tortues. Diego, quant à lui, retournait en tous sens une paire de lunettes, un boîtier noir et rectangulaire, un écheveau de fils.

— Une caméra et un micro à peine plus gros qu'un bouton ! Le tout raccordé à un enregistreur en mini DV.

Du beau matériel qui vaut bien dans les cinq mille euros !

— Je vous parie ce que vous voulez que c'est Mireille qui tenait la caméra et personnifiait Jules, reprit Lola. Et pendant ce temps, Jules était dans la chambre en train de suggérer à Alice de sauter. Après lui avoir fait boire le champagne à la kétamine pour la mettre en condition.

Elle obtint l'attention de l'assistance.

— Jules a interviewé le portier juste avant de changer de rôle avec Mireille, continua Ingrid. Elle portait sans doute le même survêtement de rappeur que lui et, pourquoi pas, une fausse barbe. Sa haute taille, ses talents de comédienne ont fait le reste. Personne n'a pensé à la détailler. Les témoins étaient bien trop horrifiés pour ça.

— On le serait à moins ! lâcha Victor Massot.

— Une question reste entière, ajouta Lola, l'air pensif. Comment Jules Parisy a-t-il pu entrer dans la 3406, *à l'heure de pointe* du club de fitness, sans clé et sans se faire repérer ?

— Certains jours, je me demande si je ne préfère pas le commerce de mes pensionnaires à celui des vivants, reprit Victor Massot.

— Oh, répliqua gentiment Framboise, il ne faut pas exagérer, chef.

43

Lola avait décidé d'offrir un cadeau aussi somptueux qu'empoisonné au Nain de jardin. Un cadeau dont il feindrait toujours d'ignorer la provenance. Elle fit copier par Diego la vidéo, qui aurait pu s'intituler *Le Non-anniversaire de Simon,* et s'arrangea avec le lieutenant Barthélemy pour qu'elle devienne une pièce à conviction majeure dans l'affaire Alice Bonin. Puis elle laissa les hommes de l'ordre et de la « maison Poulala » exercer leur beau métier d'agencement de la réalité. Le commissaire Grousset participa en personne à l'arrestation de Jules Parisy et de Mireille Coste. Les amants se trouvaient dans l'appartement loué par Coste grâce aux émoluments de Parisy. Il avait été engagé par TV Europa à un salaire plus que convenable. Pour autant, il donnait le change en continuant à vivre officiellement au milieu de la tribu Parisy, et sous l'œil de leur fidèle webcam.

Lola Jost était attablée aux *Belles* en compagnie d'Ingrid Diesel et de Jérôme Barthélemy, qui leur racontait les dernières avancées des interrogatoires. Passé le temps des dénégations énergiques, le couple avait opté pour une autre stratégie. Jules admettait avoir inventé le faux client et drogué le champagne. Pour aider Mireille Coste à se venger d'Alice Bonin en lui infligeant une trouille bleue, par le biais d'une épouvantable séance de défonce.

— Il prétend n'avoir jamais mis les pieds dans la chambre.

— Alors comment Alice a-t-elle récupéré le champagne ? demanda Lola.

— Jules le lui aurait donné dans le hall, avant qu'elle ne monte. De la part de Maréchal.

Coste et Parisy continuaient à tenir bon sur le reste. Le duo jurait n'avoir eu aucune intention de suicider Alice en l'incitant à se jeter du 34e étage de l'*Astor Maillot*. Selon le couple, l'hôtel n'avait pas été choisi pour sa tour spectaculaire mais parce qu'Alice y avait déjà travaillé. Mireille démentait sa présence sur place. Qui plus est travestie en Jules. En revanche, il admettait l'avoir reconnue au moment même où elle enjambait la fenêtre. Et ne niait pas avoir filmé sa mort en toute connaissance de cause. Comme il « était trop tard pour arrêter son geste », Jules avait décidé d'en faire un film et d'aller le monnayer.

— Hier, le Nain de jardin a réalisé qu'il jouait depuis un moment avec un bâton de dynamite, ajouta Barthélemy. Il va le refiler vite fait à la Brigade criminelle.

— Jules lui a parlé de Roland Montaubert ?

— Tout juste, patronne. Grousset a enfin découvert que le fils Plessis-Ponteau n'était plus seulement mouillé dans une vieille affaire de dope, mais aussi dans un *suicide* très sexy pour les médias. Il vient de comprendre que Coste et Parisy ont l'intention de devenir célèbres. Jamais vu des cocos pareils ! Jules a osé m'avouer qu'il comptait s'offrir l'avocat le plus médiatique du moment. Il envisage de se mettre en chasse d'un nègre pour écrire l'histoire romancée de sa passion pour Mireille, *forcée* de s'impliquer dans un chantage visant le fils d'une présidentiable. Il pense aussi à un synopsis à vendre au cinéma.

— Ça sent la démission ministérielle, fit remarquer Lola.

— Et le plantage présidentiel ? demanda Ingrid.

— Pas forcément. Un bon scandale suivi de quelques mois de placard n'a jamais empêché un politique de rebondir. (Elle s'adressa à Barthélemy :) En somme, le charmant duo compte s'en tirer avec une accusation non pas de meurtre mais de non-assistance à personne en danger ?

— Je crois bien. Et d'ailleurs, ils continuent de charger Montaubert autant que possible. Mireille dit qu'il était obsédé par la défenestration de son père.

— Je suis persuadée que Mireille a convaincu Jules de l'aider à supprimer Alice, déclara Lola. Et qu'elle s'est substituée à lui le moment venu pour lui donner un alibi en béton. Qui aurait pu imaginer que le cameraman n'était plus derrière sa caméra mais bel et bien de l'autre côté ? J'ai reniflé pas mal de haine dans mon métier, mais celle qu'éprouvait Mireille pour Alice était intense. Elle la jalousait. Pour sa fraîcheur, sa sensibilité, sa capacité à aimer. La claque musclée a transformé cette jalousie en un combustible plus violent. Alice avait osé lui balancer son mépris au visage. Elle savait bien que Mireille ne s'impliquait pas pour Roland Montaubert, mais qu'elle avait l'intention de dépasser le maître. En subtilisant la vidéo, c'était le rêve de grandeur de Mireille qu'Alice dérobait.

— Tu te souviens de l'arrivée d'Avignon et d'Orléans en Bretagne ? demanda Ingrid.

Lola hocha la tête.

— Je n'aurais jamais pensé que c'était elle qui avait révélé la planque de Montaubert.

— Moi non plus, Ingrid. Et pourtant, c'était logique. À part les Lebouteux, Mireille Coste était la seule personne à savoir qu'il se cachait sur l'île de la Gigue.

— Le vieux cœur de Roland piétiné par une jeune fille. Pathétique !

— Il faut dire que c'est une sacrée comédienne. J'ai cru à son numéro au cocktail Trobon. À la jeune romantique aidant la fuite d'un vieil amant qui ne la méritait pas. Habile, sa façon de le dénoncer tout en prétendant croire à son innocence.

— On a même failli gober le vilain portrait qu'elle nous brossait d'Alice.

— Le pire, c'est qu'ils ont leur chance, reprit Barthélemy. Parce que dans le fond, on n'a rien de tangible. Et d'ailleurs, Jules a une théorie sur la réalité. Il prétend qu'aujourd'hui les gens qui veulent le pouvoir doivent savoir la façonner. Plus rien n'existe, sauf ce qu'on fabrique. Et la petite pense comme lui.

— Si j'étais Jules, je ne m'y fierais pas, énonça Ingrid. Roland Montaubert aussi imaginait que Mireille Coste voyait les choses comme lui. À mon avis, elle a une conception bien à elle de la réalité. Et de la même taille que son ego.

Khadidja arriva avec les desserts. Barthélemy et Lola avaient opté pour des sabayons au lait d'amande amère, Ingrid pour le clafoutis aux cerises. Les yeux d'Ingrid questionnèrent Lola, qui l'autorisa d'un geste discret à goûter son sabayon. Lola vida la carafe de vin dans son verre. Ingrid ne buvait jamais d'alcool au déjeuner et Barthélemy devait rejoindre le commissariat l'esprit clair, pour un dernier round avec le couple infernal avant sa livraison au Quai des Orfèvres.

— Je n'ai pas dit mon dernier mot ! proclama Lola. J'irai voir Serge Clémenti à la Criminelle et je lui donnerai nos munitions.

— Je pourrai venir aussi ? demanda Ingrid.

Lola lui décocha un sourire complice.

— Ce qui les perdra, c'est leur souci du détail. Pour faire porter le chapeau à Montaubert, ils ont essayé de se mettre dans sa peau. Amateur de fleurs, il se donnerait la peine d'en offrir ainsi que du champagne, des petits gâteaux délicats, un bain moussant de luxe. C'était idiot. Montaubert vivait en spartiate, il rêvait de retrouver la froideur de la grande demeure familiale, le vent, la pluie, le cri des mouettes, la vue sur la lande, la vue sur le large. Mireille Coste a confondu ses propres rêves avec ceux d'un moine zen. Le standing de ses clients lui est monté à la tête.

— Et puis elle a voulu mélanger le vrai et le faux, répliqua Ingrid. Une technique délicate. L'histoire du P-DG allemand et du junkie était authentique, mais il n'y avait que Mireille dans le coup.

— Elle a même pris soin de noter le numéro de Diego dans le carnet de Montaubert. Histoire de suggérer qu'il avait téléphoné au domicile de l'infirmier depuis l'hôtel. Quel chichi !

— À bien y réfléchir, je me demande si je ne préfère pas les bains d'algues aux bains de luxe. C'est plus simple et plus sain.

— Comment peux-tu le savoir puisque tu n'as jamais essayé ?

— Justement. Et si on retournait barouder sur la côte d'Émeraude ?

— J'ai d'autres projets pour nous, après notre détour par le bureau du commissaire Clémenti, ma fille. Et sache-le, pour une fois, tu ne vois ni assez large ni assez loin.

Depuis Idabashi, où résidait le fils de Lola, elles sillonnaient avec une certaine aisance le centre de Tokyo, tantôt en train, tantôt en métro. Ingrid avait vécu plusieurs années au Japon, réflexes et automatismes lui revenaient, ainsi que des bribes de japonais. Elle était le guide, des artères surpeuplées de Shibuya ou Shinjuku à la tranquillité villageoise des ruelles de Yanaka ou de Ueno. Les sakura ne les avaient pas attendues. Une infinité de monticules roses tachetaient trottoirs et allées ; les derniers pétales s'accrochaient aux branches, guettés par la prochaine brise. Il fallait remonter vers le nord.

Elles prirent le *shinkansen* pour aller jusqu'en Hokkaido, si l'entreprise se révélait nécessaire. Le train dépassa Sendai puis Hiraizumi. Au fur et à mesure de sa progression, le paysage se colora, puis frissonna d'une fragilité somptueuse. Elles descendirent à Morioka, prirent un nouveau train jusqu'à Hirosaki, trouvèrent une chambre dans un *ryôkan*. Après une journée de marche dans un parc national gorgé de cerisiers, Lola déclara qu'elle était folle de joie mais morte de faim. Ingrid décida qu'avant le dîner à l'auberge, un détour par le *onsen* était nécessaire. Elle se garda d'expliquer ce que cela cachait.

Elles poussèrent la porte d'une maison de bois et de torchis. Ingrid glissa quelques centaines de yens dans une mystérieuse machine, appuya sur les boutons sans se tromper, et fit l'acquisition de deux tickets. Elles franchirent un portillon semblable à celui d'une station de métro puis on les dirigea vers un vestiaire. Lola dut se rendre à l'évidence : elle pénétrait dans des bains publics. Après un moment d'hésitation et de pudeur, elle accepta de plonger, tête la première, dans cette nouvelle aventure loufoque.

— Ça n'a rien de loufoque. Les Japonais vont au *onsen* depuis des siècles. L'eau volcanique, c'est aussi bon pour la peau que pour le moral. Et puis, à Rome, fais comme les Romains.

— Les Romains appréciaient les orgies. Ça ne m'oblige pas à jeter ma toge en l'air et à me gaver de grizzli mitonné à la graisse de zébu.

— Débarrasse-toi de tes vêtements et de tes préjugés, Lola. Laisse-toi prendre par le *funiki*.

— Qu'est-ce que c'est que cette bête-là ?

— L'ambiance. Tout simplement.

Lola se débarrassa donc de ses atours et de ses détours. Des femmes les observaient du coin de l'œil. Leur curiosité ne s'estompa pas davantage lorsqu'Ingrid se retrouva dans le plus simple appareil, dévoilant son dos de nacre et sa version du monde flottant. L'Américaine se contenta de garder l'attitude décontractée qui était quasiment sa marque de fabrique. Ensuite, elle révéla à Lola les règles du jeu. On se savonne et on se rince, bien soigneusement, en position assise si possible, puis on pénètre dans un espace ouvert sur la nature.

— Et sur le bonheur.

— Arrête !

— Mais si, tu vas voir !

Lola se rendit vite compte qu'elle n'était pas la seule dame mûre dans les environs et se résolut à faire sa toilette devant des inconnues. Ce fut d'autant plus facile que les habituées se désintéressaient déjà de leur duo. Elle suivit Ingrid dans un hall surplombé d'une verrière et bordé d'un jardin de bambous. Ce monde bruissant de conversations chuchotées baignait dans la brume qui montait d'un bassin couleur de rouille, rempli à ras bord d'une eau odorante. Ces bains publics sentaient le bois brûlé, l'humus, la puissance de la montagne. Lola commençait à apprécier le *funiki* et s'accordait aux pas d'Ingrid qui repéra un coin tranquille, non loin du jardin, d'un cerisier et d'un bout de ciel orangé. Elle pénétra dans l'eau lentement. Lola suivit le mouvement, s'imagina en homard géant sur le point de finir sa carrière dans la marmite du diable. Mais son corps accepta la morsure et elle se retrouva assise sur une marche de pierre, immergée jusqu'au cou dans un bien-être insoupçonné.

— J'aurais eu tort de ne pas t'écouter, dit-elle en s'étirant d'aise.

Ingrid lui répondit par un sourire.

Une jeune femme solitaire, un petit groupe de dames âgées, une mère avec sa fillette, Lola ne distinguait que le visage de ses voisines les plus proches. Un frêle esquif flottait sur l'eau. Elle tendit la main et récupéra un pétale de sakura.

— Ingrid, murmura-t-elle au bout d'un moment.

— *Yeah, Lola ?*

— Je sais pourquoi Jules a fait couler un bain moussant, très moussant, à Alice.

— Dis-moi.

— Ce n'est pas Alice qui a réservé la chambre. C'est Mireille. Travestie en Britney. Une clé a été remise ensuite à Alice, soi-disant de la part de Maréchal.

— Et Jules a récupéré l'autre.

— Tout juste. Alice n'a jamais ouvert à son meurtrier.

— Parce qu'il était déjà dans la chambre ?

— Il était même dans la baignoire. Sous la montagne de mousse. Et dans un bain trop tiède pour qu'elle soit tentée de le prendre.

— Mais comment respirait-il ?

— On respire très bien la tête sous la mousse.

— Tu crois ?

— Au pire, il a dû rester en apnée une minute. Et puis quel intérêt Alice aurait-elle eu à s'éterniser dans la salle de bains ? Elle a dû vouloir profiter de la vue.

— Elle n'a donc pas pu le repérer pendant son inspection.

— Jules avait apporté le champagne drogué. Il a attendu que la kétamine agisse, et a incité Alice à sauter. Il a remis ses vêtements sur sa peau mouillée, ce qui explique les serviettes intactes de l'hôtel. Il a pris l'ascenseur ou l'escalier comme s'il quittait la salle de gym. Personne n'a prêté attention à un garçon en sueur, ou sortant de la piscine. Tu as eu une sacrée intuition en disant que le tueur avait pu se glisser dans la masse des sportifs, Ingrid !

— Le portier a vu sortir le même sportif, aux cheveux mouillés, le visage sans doute métamorphosé par une paire de lunettes, ou un bonnet, ou les deux. Il portait toujours ses « vêtements de sport trop larges, style rappeur », mais ne ressemblait plus au jeune reporter cameraman.

— Ils ont été à deux doigts de réussir.

Elles gardèrent le silence jusqu'à ce qu'Ingrid se hisse sur le bord du bassin et offre son dos à la fraîcheur de l'air. Lola fit de même et apprécia le contraste thermique, le jeu de la brise sur sa peau.

— Qu'est-on censées faire maintenant, Ingrid ?

— On retourne à l'eau, pardi ! Et ensuite, tu appelles Serge Clémenti.

— Tu as raison. Contrairement à moi, Serge est un as de l'interrogatoire. Avec mes supputations en poche, il va faire un carton !

Diego Carli se cramponna au siège avant inoccupé alors que le coucou d'Air Niugini atterrissait, goéland surdimensionné et pataud, sur une piste de terre bosselée. Le copilote se tourna vers la dizaine de passagers et expliqua qu'on était arrivés à bon port. Diego jugea la formule vide de sens. L'avion venait d'atterrir au bout du bout du monde, dans un vaste nulle part d'une profondeur insondable. Après avoir quitté Port Moresby, on avait survolé des kilomètres de forêt luxuriante, de fleuves en lacets limoneux, de cols escarpés sans repérer la moindre piste, le moindre poteau électrique. C'était une sensation merveilleuse et un rien inquiétante. Alice aurait adoré ça.

Comme il s'était installé à l'avant, et que l'avion s'évacuait par l'arrière, il fut le dernier à descendre et découvrit un village au grand complet observant le débarquement des passagers, des bagages et des cartons de ravitaillement. Au bout du bout du monde, on n'était donc pas si isolé que ça. Son groupe fut accueilli par le directeur de l'hôtel, Adrian, un homme d'une soixantaine d'années.

Diego suivit le mouvement sous le soleil déclinant qui incendiait la cime des plus grands arbres. Il croisa des groupes de Papous rassemblés pour les palabres du soir, dépassa une petite église au toit de tôle. Le sentier se déroula sur une centaine de mètres et on passa le porche du *Tufi Resort*. Diego serra son sac à dos contre lui en écoutant Adrian exposer le programme. Plongée, trekking, pêche pour les amateurs. Baignade, contemplation et farniente pour les autres. On avait aussi la possibilité d'aller admirer les oiseaux de paradis. À plus d'une heure de marche, et à condition de se lever à quatre heures du matin. On but un jus de fruits et le groupe se dispersa.

Son bungalow donnait sur une terrasse offrant les lames mauves du ciel, la ligne des crêtes volcaniques, la roche raide et noire des fjords. Le bras de mer argenté miroitait. Un petit port. Des bateaux de pêche et de plongée amarrés côte à côte. Diego posa son sac sur la table basse, l'ouvrit et en sortit la boîte métallique. Fallait-il disperser les cendres d'Alice vers la mer et les fjords ? Ou les offrir aux oiseaux de paradis ? Il consulta sa montre ; en France, c'était le matin. Le bungalow n'ayant pas de téléphone, il retourna à l'accueil emprunter celui d'Adrian qui fonctionnait par satellite. Il eut une courte conversation, simple et chaleureuse, avec Maurice, comme s'ils se trouvaient dans la même pièce. Il raccrocha avec un sentiment de plénitude. Maurice voulait les oiseaux de paradis et c'était le bon choix.

Diego rejoignit son bungalow, passa sur la terrasse, s'assit dans le fauteuil de rotin. Il pensa que dans le même méridien, mais à des milliers de kilomètres de distance, Ingrid et Lola goûtaient elles aussi les beautés du couchant.

Il sortit le lexique de pidgin de sa poche et commença sa lecture.

Dans la même collection

Dominique Sylvain
Passage du désir

« La jeune fille était allongée sur son lit, en pyjama. Chloé crut que son amie flemmardait, rêvassait les yeux grands ouverts, tête tournée vers les livres et les peluches qui encombraient ses étagères. Chloé s'approcha et se sentit aspirée par le regard fixe de Vanessa.
Elle remarqua les traces rouges sur le cou très blanc et se rendit compte que ses chaussettes étaient mouillées. Elle pataugeait dans une flaque de sang. L'idée que le meurtrier pouvait encore être dans l'appartement ne lui vint pas à l'esprit. Son cerveau déconnecta le temps qu'elle imagine son œsophage transformé en un volcan tiède et elle se mit à vomir. »

« Vivement troussé, ce roman exerce sur le lecteur un charme irrésistible. » • TÉLÉRAMA

JL 8026

Dans la même collection

Russell Andrews	L'affaire Gideon	7408
Brigitte Aubert	Rapports brefs et étranges avec l'ombre d'un ange	6842
Alex Barclay	Darkhouse	8265
Stéphanie Benson	Le diable en vert	6952
	La mort en rouge	7776
	Requiem en bleu	7854
Sallie Bissell	La forêt offensée	7822
Laurent Botti	Pleine brume	5579
Philippe Bouin	Les croix de paille	6177
	La peste blonde	6360
Denis Bretin, Andrea H. Japp, Xavier Mauméjean, Jean-Bernard-Pouy, François Rivière, Maud Tabachnik	Sable Noir	7952
Serge Brussolo	Le livre du grand secret	5704
	La fille aux cheveux rouges - 1	
	Le chemin de cendre	8196
	La fille aux cheveux rouges - 2	
	Les rivages incertains	8197
Philippe Carrese	Graine de courge	5494
Thomas H. Cook	Les instruments de la nuit	5553
Alec Covin	Les loups de Fenryder	7985
	Etats primitifs	8360
William Diehl	Eurêka	7787
James Elliott	Une femme en danger	4904
	Adieu Eddie !	6682
Linda Fairstein	L'épreuve finale	5785
	Un cas désespéré	6013
	La noyée de l'Hudson	6377
Giorgio Faletti	Je tue	7828
	Droit dans les yeux	8276
Robert Ferrigno	Frères de sang	7497
Karin Fossum	Celui qui a peur du loup	8130
	Le diable tient la chandelle	8287
G.M. Ford	Déclarée disparue	8163
Lisa Gardner	Jusqu'à ce que la mort nous sépare	5742
	La fille cachée	6238
	Tu ne m'échapperas pas	7811

	La vengeance aux yeux noirs	8059
Caroline Graham	Ange de la mort	6511
	Un corbeau au presbytère	7536
	Sang bleu	7798
April Henry	Une mort pour une vie	8199
Andrea H. Japp	La voyageuse	5705
	Petits meurtres entre femmes	5986
	Le ventre des lucioles	6361
	Le denier de chair	7406
	La saison barbare	7800
Iris Johansen	Course à mort	7411
	Dernière cible	7642
	Cadavres menteurs	8164
Brigitte Kernel	Un animal à vif	6608
	Autobiographie d'une tueuse	6871
Yasmina Khadra	Le dingue au bistouri	5985
David L. Lindsey	Mercy	3123
Robert Littell	L'amateur	7770
	La défection de A.J. Lewinter	8131
Henri Loevenbruck	Le testament des siècles	8251
John Lutz	JF partagerait appartement	3335
Michael Marshall	Les Hommes de Paille	7407
	Les morts solitaires	7799
	Le sang des anges	8228
Val McDermid	Le tueur des ombres	6778
	Au lieu d'exécution	6779
	La dernière tentation	7409
	Quatre garçons dans la nuit	8025
	La fureur dans le sang	8391
	Le chant des sirènes	8392
Denise Mina	Garnethill	6574
	Exil	6176
	Résolution	7405
	Sanctum	8249
Estelle Monbrun	Meurtre chez tante Léonie	5484
	Meurtre à Petite Plaisance	5812
(avec Anaïs Coste)	Meurtre chez Colette	6978
Viviane Moore	Tokyo des ténèbres	6437
Joyce Carol Oates	Le ravin	7853
Gemma O'Connor	Adieu à la chair	7777
Robert B. Parker	La femme perdue	7653
T. Jefferson Parker	Pacific Tempo	3261
	L'été de la peur	3712
David Pascoe	Fugitive	7984
Michael Prescott	L'arracheur de visages	6237
	Le tueur des bois	6661
Douglas Preston &	La chambre des curiosités	7619
Lincoln Child	Les croassements de la nuit	8227
Philip Rosenberg	La lutte des seigneurs	7608
Greg Rucka	Protection rapprochée	7315

	La pire des trahisons	7537
	Écran de fumée	7823
Jacques Sadoul	Carré de dames	5925
Boris Starling	Vendredi saint	6722
	Vipère noire	7652
Whitley Strieber	Billy	3820
Dominique Sylvain	Travestis	5692
	Techno bobo	6114
	Sœurs de sang	6573
	Vox	6755
	Passage du Désir	8026
Maud Tabachnik	Un été pourri	5483
	La mort quelque part	5691
	L'étoile du Temple	5874
	Le festin de l'araignée	5997
	Gémeaux	6148
	La vie à fleur de terre	6440
	La honte leur appartient	6913
Boston Teran	Méfiez-vous des morts	7410
Carlene Thompson	Tu es si jolie ce soir	5552
	Noir comme le souvenir	3404
	Rhapsodie en noir	5853
	Six de cœur	6732
Charles Todd	Héritage mortel	7340
	Les fantômes d'Osterley	8198
Fred Vargas	Debout les morts	5482
	Un peu plus loin sur la droite	5690
	Ceux qui vont mourir te saluent	5811
	Sans feu ni lieu	5996
	L'homme à l'envers	6277
	L'homme aux cercles bleus	6201
	Coule la Seine	6994
	Pars vite et reviens tard	7461
Michael White	Rêves de loups	7810